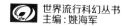

世界流行科幻丛书
主编：姚海军

光环 光之点

[美]凯利·盖伊 著

VG百科 译

HALO

四川科学技术出版社

图书在版编目（CIP）数据

光环. 光之点 / （美）凯利·盖伊 著；VG 百科 译
. — 成都：四川科学技术出版社，2023.10
（世界流行科幻丛书 / 姚海军 主编）
书名原文：HALO: POINT OF LIGHT
ISBN 978-7-5727-1158-9

Ⅰ. ①光… Ⅱ. ①凯… ② V… Ⅲ. ①幻想小说—美国
—现代 Ⅳ. ① I712.45

中国国家版本馆 CIP 数据核字 (2023) 第 214024 号
图进字号：21-2022-422

世界流行科幻丛书

光环：光之点

SHIJIE LIUXING KEHUAN CONGSHU
GUANGHUAN：GUANG ZHI DIAN

丛书主编　姚海军
著　　者　［美］凯利·盖伊
译　　者　VG 百科

出 品 人　程佳月
责任编辑　兰　银　姚海军
特邀编辑　贾雨桐　贺子恒
封面绘画　陈彦霏
封面设计　姚　佳
版面设计　姚　佳
责任出版　欧晓春
出　　版　四川科学技术出版社
　　　　　成都市锦江区三色路 238 号邮政编码 610023
　　　　　官方微博：http://e.weibo.com/sckjcbs
　　　　　官方微信公众号：sckjcbs
　　　　　传真：028-86361756
成品尺寸　140mm×203mm　　印　张　11.25
字　　数　216 千　　　　　　插　页　2
印　　刷　成都博瑞印务有限公司
版　　次　2023 年 10 月第一版
印　　次　2023 年 11 月第一次印刷
定　　价　52.00 元
ISBN 978-7-5727-1158-9

邮购：成都市锦江区三色路 238 号新华之星 A 座 25 层邮政编码：610023
电话：028-86361770

又见面了，归复者。

楔　子

"查补缺失。导正前途。平我族之遗祸。"

我在内部程序中翻来覆去地琢磨这三句话共十四个字的含义。我的程序化作拨动念珠的手指，一遍遍地吟咏，体悟其中隐藏的秘密和包含的真意，深涉上古历史，梳理其脉络并回顾过往的错误。

这简单的几个字词若是分而视之，只是平平无奇，但串联在一起后却深奥难明。

智库长，备受尊敬的先行者、创世者，以她的大能预测、铺设和对"生之流转"①的掌握，于六个月前在非洲的一座山峰下通过她的一个印记将这几句话和一把钥匙授予了我。如果我那时就知道其指向何方，我可能并不会接受。

她对我的信任既克制，又极为大胆。

---

① 生之流转（Living Time）是先行者发展出的一个哲学概念，更是"责任之衣钵"的核心概念。主要关注的是时间的流逝和生命与宇宙万物互动所产生的因果，以及因果相续而生起的一切世界现象。——译者注（后文若无特殊说明，皆为译者注）

沧桑历尽，为什么她还抓着我不放？

我们的老朋友和敌人都已不再。没有人知晓过去的遗恨，没有人与我共担她加诸我身上的重担。如今再去揭开历史深沉黑暗的伤口，绝不可能有什么好事发生。

但有时足履涉水，哪怕只是点水而过，也不见得就无人惊觉。

这是一千个世纪以前我的母亲教给我的道理——在缓缓流经马洛提克城的萨赫蒂河泥泞的两岸有不少鳄鱼，它们哪怕是在睡觉，都睁一只眼闭一只眼。

那时，我是契卡斯。那时，我还是人类，无忧无虑地生活在与世无争的艾德泰陵星——这颗后来叫作"地球"的行星上。我在那里度过的时间多么短暂……不久之后便是洪魔再现，威胁了全银河系的知觉生命。先行者发动终极武器净化全银河系时，我被卷入战火，失去人性成为343罪恶火花，后来奉命发射那恐怖武器的其中一座，然后在接下来的十万年间独自在那里监守。

孤单。孤独。孤寂。

我一直在这片死寂的银河中，等待生命再度回归……

我从少年长大成人的过程中，总觉得母亲的那些教导没什么鬼用，自己懂的更多。冒险、偷窃、诈骗、莽撞行事——这些都是滋养我灵魂的食粮，那些狂野又不知所谓的刺激，就像罕见的寒风，一缕缕充填我的肺腑，使我皮肤激灵、胸腔起伏。

很短的一段时间内，我都过着不知所谓又危险的生活。

直到年轻的先行者见习者[①]，新星，为了追寻他的冒险和宝藏，来到了马洛提克城。他的到来唤醒了我和我的小个子弗洛里安人朋友莱瑟体内的基因指令[②]——智库长在我们出生之时就刻印进我们的基因中的安排和命令——将新星带往巨人湖[③]，并将她的丈夫宣教士从冥冢[④]中解救出来。

古代众神和凡人玩着游戏……

羁绊将我们三人联结在了一起，我们的命运在世界线上紧紧地交缠，远超我们任何一人的想象。

然而，最终活下来的只剩下了……我。

当我青春年少时的刺激冒险、胸中的寒风和皮肤的鸡皮疙瘩消退，那些体验就再也找不回来了，它们只存在于记忆中，只能被模拟出来，而我还继续存在着。我现在是一个超凡的人工智能，找回了我人类时期的记忆，控制着一副功能完备的战斗扈从构造体，它成了我所缺的身体，并且我可以根据我的喜好塑造和调整我的外形。

她说我是独一无二的奇迹，她说得没错。

---

① 见习者（Manipular）是先行者最初、最简单的形态。先行者进行初次蜕变进化前，头衔均是见习者。

② 基因指令（geas）是先行者刻印在个体或族群基因中的命令。

③ 巨人湖（Djamonkin Crater）是地球上的一处地点。

④ 冥冢（Cryptum）是一个静滞力场球，通常用来囚禁或放逐先行者中位高权重者。

但是如果没了目标，就算成了一个独一无二的奇迹又有什么用？

显然，这是一个我不必细究的问题。她在我还没有形成自我意识前已经笃定，我会继承她的事业——一如天下间所有的母亲。

如果不是我……那也没别人了。

一声长叹回响在我心头。

此前我去往地球寻求某种机缘，如今我已如愿以偿。带着受赐之物和那十四个字，我加入一队人类拾荒者中，乘着一艘融合了先行者技术的飞船，我来了。

我们来了。

银河系，人马座旋臂。此时"黑桃 A 号"全体成员都聚集在舰桥，正透过落地式的观测屏看着眼前这座悬浮在太空中的、由蓝色环带勾勒出的巨大无比的技术奇迹。

我实在不想再见到光环。

尤其是这一座。

三周前

第一章

2558 年 8 月 / 赫里斯 −12 星系 / 索纳塔星

碧空如洗，万里无云，没有任何东西惊扰这片所有殖民地中最蓝的天空。一片片绿色的田地此起彼伏，犹如汹涌澎湃的巨浪，一浪追着一浪，直到钴蓝色地平线的尽头。从高地吹来的风让齐腰高的弗罗鲁斯作物低下了头，显露出细长叶子下方散发着翡翠般微光的茎部。荧光呼应风的足迹渐次明灭，依着连绵起伏的山丘时上时下，像一条在微风中飘荡的闪闪发光的绿色丝带。

令人昏昏欲睡。

眼前的景象抚慰着芮恩·弗吉的心灵。这对她来说是一种确认，也是一个提醒。她觉得自己很幸运，亲眼见到过的和探索过的银河系里的地方远比大多数人多：各大恒星及其所属星系、行星和卫星、生物群系和风景，还有眼前随风摇曳并露出发光根部的植物。去年她的大部分时间都花在了逃跑、悲伤和保住自己其他船员的性命上了，让她都快忘记自己对太空和探索的热情。

如果今天只是去哪里探索，而不是收到冰冷、残酷的真相就好了……

她不确定哪个更让她惊叹——是眼前的景象还是她母亲决定在这里安家的事实。

莲恩·弗吉从来都不是一个亲近大自然的人，她从来都不喜欢在家附近的公园散步，也不愿意照料芮恩的祖父坚持带在身边的那几盆植物，她不想弄脏自己的手。但她还是来到了这里，生活在这样一个她一直逃避的环境中。诚然，人总是在变的，但是这样的变化让芮恩很难理解。她的母亲离开地球，来到这个远地殖民地的农业星球，加入了当地的一个社区，过着田园牧歌式的生活。这让芮恩觉得，可能她从未真正了解过自己的母亲。

芮恩坐在一辆老旧的猫鼬全地形摩托车上，转身向身后看去。"黑桃 A 号"的货舱门正在她身后关闭，新近获得的隐匿屏障同时启动，使得飞船几不可见。飞船还是那艘灵巧的水手级运输船，但是已经由先行者的升级种子①改装焕然新生。升级种子是由火花根据这艘飞船的特性特别定制过的，他将先行者

---

① 升级种子（upgrade seed）是"设计种子"（design seed）的一种。作用是把先行者的技术应用于其他种族的飞船上，使飞船在不改变外形和内部构造的情况下用硬光对飞船进行全面强化。

的技术与"黑桃 A 号"的框架和操作系统融合,给飞船来了次独一无二的大改造,同时操控起来也十分顺手。有了这样一艘飞船,芮恩和她的船员们能够以前所未有的速度和安全性在太空中航行。

他们在索纳塔星着陆,停靠在一块弗罗鲁斯作物田的边上,背后是一片密林。周围有数千块田地,田地之间有一条通往南面的土路,莲恩生活的社区在郊区,沿着这条路就能到她的家。芮恩应该要向南走的,但她好像没办法将这辆四轮摩托开动分毫。

当身处太空,与家的距离以光年计时,很容易与那些留下的人断了联系,从几天、几周到几个月,再到数年。时间越久,鸿沟也越宽,也就更难主动重建联系。仿佛时间会自动地砌起高墙,流逝的每时每刻都是在为这堵墙添砖加瓦。现在这堵墙好像已经变得坚不可摧了。

她曾直面鬼面兽、铁绞头、猎人和豺狼人;去过充满毒素的星球,遭遇过叛变和饥荒;建立起卡西利纳贸易线沿途数一数二的拾荒者业务。然而,她却无法鼓起勇气发动这辆该死的四轮摩托去见她的母亲。无论芮恩怎么思考,她都没有办法绕过或逃避,也找不到足够好的理由中止眼前的任务。

她带来的消息理应面对面地传达。一次家庭成员之间的交流。

刚到达赫里斯 –12 星系时,她和火花就对这片区域做了全面的扫描, 然后对索纳塔星的轨道防御和通信阵列做了评估。他们发现这里就是按照一般远地殖民地标准布防的农业行星。除了这里的居民和原始的美景——至少这颗行星的这一面都是这般, 其真正输出的价值是弗罗鲁斯公司唯一的出口商品: 精炼弗罗鲁斯, 一种全天然的、利于健康的、不含葡萄糖的甜味剂, 这在全银河都是独一份。弗罗鲁斯绿色的根茎在很久以前就被各大组织拿去研究, 现在也可以人工合成, 但是那些竞品始终无法与有机种植的真材实料相比。只有索纳塔星上淡金色的土壤才能种植出这种作物, 它们是弗罗鲁斯公司的立足之本。

不管是不是普通的防御标准, 她和火花在进入行星大气层时都小心翼翼。

自从芮恩一行带着海军情报局自认为"属于他们"的高价值资产从地球逃离已经有六个月了。该组织一刻也没有停止过对他们的追捕。芮恩毫不怀疑ONI已经查遍了她所有的船员, 以及船员的家人、朋友、顾客、对手——能查的所有人。任何和他们有牵扯的人肯定都被问过话, 而且都做了一系列神经标记和心理评估。监视工作肯定很早就开始了, 而且根据关系的亲疏远近, 有些人可能现在还被继续监视着。

这就是他们招募了那个新进船员的后果, 且那个船员刚好是一个先行者技术强化过的人类心智, 并附身在技术先进的战斗扈从构造体内。ONI知道他就是343罪恶火花, 是一座光环特区的前监守者。芮恩和其他船员叫他火花，他掌握的知识和具有的能力超过任何现有文明，是任何一方势力都会用尽一切手段争夺的对象。

六个月过去了，喧嚣都已告一段落，有几件事倒是对她有利。ONI应该已经通过问询和审讯得知，芮恩已经有十六年没和她的母亲见面了，最近十二年都没有和她母亲联系，而且没有任何迹象显示这样的状态将会改变；所以芮恩出现在这里的概率微乎其微。

即使UNSC的情报机构覆盖范围广阔，势力也足够深入，ONI也不可能有足够的资源，能够长期派驻足够得力的小队去监视芮恩和她的船员们认识的每个人。而且他们自然也没办法专门安排数十艘有配备充足的星舰到芮恩常去的那么多地方守株待兔，以期哪天她自动现身。这些都不可行——银河系如此广袤，再多的舰队投入进去也只是其中的一粒沙尘。

安插一两个特工潜伏在主要地区倒是有可能，不过主要的监控手段还是得通过技术、花钱雇的线人和当地人。要应对这些，芮恩自有她的先进监控手段。如果有任何异常、当地有任何消息发出，或是任何舰船突然从跃迁空间出现，火花都会立即启动撤离程序。等ONI集结完毕，他们早就离开那里，进入跃迁空间了。

芮恩看来，就实际情况来说，ONI给他们造成的最大的威胁，在于其向全银河系广而告之的丰厚悬赏。这一招引得各路自私自利的机会主义者,还有那些不世出的经验老到的专业人士纷纷出动,其所调动的外部力量着实让他们头痛不已。

又一阵风从她身后吹来,弗罗鲁斯的叶子再次弯折到一旁,露出下方发光的茎部,绿色的丝带再次飘荡……眼前的景象她可以欣赏一整天,要不是有事在身她真的会这样做;不过她在这里耽误的时间也够久了。

发动了四轮摩托,芮恩启程南下,尽力将不断攀升的焦虑抛诸脑后,把注意力集中在暖风吹过皮肤带来的愉悦感觉上。

芮恩来到一个平缓的山坡上,一所小农舍就修建在路边。农舍周围砌有靛蓝色的石头围墙,墙脚还有一大片低矮的皮革纹草丛。屋前开有一排白色和粉色的锥形花朵,有几朵还掠过了窗沿。房屋的石材用的是和石墙一样的靛蓝色石头。坚固的灰白色木门两侧饰有几丛纤细的绿色灌木和几盆花。

稍有坡度的院子里,两根晾衣竿之间的晾衣绳上挂着一套连体工装裤、三条毛巾和一条白色的毯子。泥土路面的车道上没有停放车辆,不过当她把车开进车棚后,倒是看到里面停着两辆农用车。她停好四轮摩托,熄掉了引擎。

真是简陋得惊人。

芮恩盯着这间房子看了很久,为了接下来必须要做的事,她一边准备要说的话,一边给自己鼓气。

约翰·弗吉,联合国太空指挥部海军陆战队中士,凤凰级战舰"火灵号"船员，一位儿子、丈夫、父亲……牺牲了。

他很早以前就死了。

人类与星盟的战争初期，"火灵号"追着一艘星盟驱逐舰进入了跃迁空间，此后再无音讯。那之后的二十六年中，它的消失仍然成谜，是扎在飞船上一万一千名船员的家属们心灵上的一根刺。

但"火灵号"并非如 UNSC 向他们的家人们交代的那样，全员凭空消失了。实际上，他们顺利地穿越了跃迁空间，来到了一个先行者的护盾世界。那里停靠着一支先行者的舰队，这正是星盟志在必得的武装力量。如果这支上古舰队落入敌手，后来人类与星盟的战争早就不用打了。人类将毫无胜算。

最近六个月芮恩总有种不真实感——也难怪如此——她对当下的现实毫无兴趣。至少在之前的现实中，她的父亲还在太空中的某处，还活着，还与她同处一片星空之下。那是她唯一的安慰。而现在的境况远远超出了她的想象。

从离开地球、与海盗为伍、四处寻摸战场遗迹打捞残留物资，到买下一艘自己的飞船，成为受人尊敬的拾荒船长……无论经历好坏，皆因约翰·弗吉而起。传达他牺牲的消息，公布他的遗言和事迹，就等于和这一切做个了断，再也回不去了。

而拖延注定要去做的事，只会让她越发紧张。

终于，她将一条腿从座驾上移开，跳下了四轮摩托，挺了挺肩膀往前门走去。

当她刚从车棚一侧转到房子正面,一个女人的身影也从房子另一端的转角处走了出来。

芮恩看到莲恩·弗吉的那一刻起就愣在了原地。

老了,这在她预料之中,但她母亲的样子却有了翻天覆地的变化。以前那个教养深厚的都市女性不见了,取而代之的是一个中年农民,穿着连体工装裤、简单扎起的辫子垂在一边肩上,裸露的双臂尽显隆起的二头肌。她的眼中闪烁着钢铁般的光芒,没有化妆,额头上还有一点泥污。

芮恩的突然出现让她的脚步有点踉跄,脸色也变得煞白,"露希?"

清了清发紧的喉咙,芮恩点了点头表示打招呼,她的心跳得厉害,险些盖过她母亲叫唤她名字的声音,"嘿,老妈。"

第二章

早晨芮恩穿衣服时，看着镜中的身影，想象着以母亲的视角去看自己：少年时那张稚嫩的脸已然不见，换上了一张被时间和挣扎求存锤炼过的坚毅脸庞；明亮、充满希冀的双眼如今已被种种经历磨去了光彩；她柔美的身体已经变得坚韧、结实与强壮，此外还多了许多大大小小的伤疤⋯⋯

芮恩选了一条她已经穿旧了的工装裤，腰间系上工具带，上身穿一件背心，外面套了件轻便夹克。她把长长的黑发盘到脖子的高度，然后装备上了日常防身用的轻便武器：工具刀、眩晕枪和 M6。

房子附近栽种有两棵淡黄表皮的树，几只通身绿色但翅膀下有一抹蓝色的小鸟在两棵树间来回嬉戏、歌唱，为母女间的沉默带去了求之不得的声响。

莲恩似乎从震惊中恢复了过来，步履僵硬地向前门走去，"你来是有什么事吗？"

芮恩本来也没指望得到多热情的欢迎，但她此前还是多少抱有希望。她想要笑、想大笑出声,想呼吸得更轻松些,她想知道她母亲一直挂念着她,或者至少很高兴见到她。

然而拥抱、微笑、喜悦,这些统统都没有。

莲恩指了指前门,"这边,先进屋吧。"她继续看着芮恩,面带困惑,好像她无法相信她所看到的。

芮恩低头走进这栋面积不大,但建造精良的房子。屋内采用开放式布局——左边是一个小的起居室,中间有一段楼梯,右边是厨房。莲恩走到厨房的水槽处洗手,在一条洗碗巾上擦干后,她转身快速从头到脚扫了芮恩一眼,"上次我见你时,你还是个小女孩呢。"

"那年我才十六岁。"

莲恩依在水槽边,重申她的观点,"如我所说……"虽然芮恩并不是在和她争论。"你现在三十……三十三了,对吧?"莲恩更仔细地审视了她一番,芮恩点了点头。"你长得像他,"她评价说,"比你小时候更像了。你总是跟着他学,如今你也像个军人了。"

如果这些话是褒奖或客观观察的结论就好了,不过芮恩知道那是批评。她现在真想立即转身回到那四轮摩托上。

莲恩的眼神稍微柔和了些,"来,坐下吧。我刚做了些新鲜的阿甘尼果汁。是我们自己的农场种的。"她从木制的厨台上的碗里拿起一个绿色的水果扔向芮恩。

芮恩接住抛来的小小椭圆形果子。那果子和她掌心差不多大，果子的皮很薄，上面长有一层细小的绒刺。她放在鼻子前闻了闻，一阵混合了柑橘、柠檬和苹果香气的味道飘进了她的鼻子。

"味道和酸橙差不多，不过要甜些。你还记得吗……"

"爷爷以前每隔一段时间就会买点酸橙回家。"是家里不多见的美食，"好像那之后我就再也没吃过了。"芮恩把阿甘尼果放在手心，翻滚把玩着。她就这么一直看着。莲恩从厨台上拿起一个玻璃水瓶，倒了两杯白色的液体。"索纳塔星啊，"芮恩挑起话头，试图用闲聊打破这段沉默，"想不到你做了农民。"

莲恩将杯子端上桌，顺手拉开一把椅子，"想不到你成了通缉犯，彼此彼此。"

很高兴她母亲的反唇相讥能力宝刀未老。芮恩在桌旁坐下，尝了尝那杯饮料，发现比她想象的还要酸一些。

莲恩哼了一声，"你会习惯的。"

"你说是就是吧。希望当局没有给你带来太多麻烦。"

"他们……工作做得很彻底。不过我也没什么能跟他们说的。"莲恩耸耸肩，"几乎都不认识你了，又能说什么。那你到底做了什么？他们不肯告诉我。"

"他们说我拿了他们的东西。"

"那你拿了吗？"

"我拿的那东西从来就不是他们的，所以，没有，真不算。"

芮恩又啜了一口饮料，莲恩眼珠一转，"那这个节骨眼上你跑来干什么？你要是想躲在我这里，或者找我要钱——"

芮恩被一口饮料呛住，"我钱多得用不完，全银河系想去哪里都可以。不是我瞎说，比这里好的藏身处多的是。"

保持冷静，别让她扰乱你的心神。芮恩紧握杯子的手放松下来。芮恩很久以前就学会了如何应对莲恩的尖酸刻薄——只要不往心里去，和她相处在同一个空间时就会容易很多。自己得有多蠢，才会希望今天有所不同，才会希望时间已磨平她的尖锐……

芮恩稳定住情绪，进入正题，"我有些消息，是关于老爸的。"

莲恩的整个身子定住了。过了好几秒，她才坐到了椅子上，接着又发出一声尖锐又带着失望的笑声，以前芮恩瞒着她去参加过一些测试，结果没能通过，她知道后发出的笑声就和现在一样。"是因为**他**，你才来这里的。说起来，我不应该这样惊讶才对，哪次不是因为他……"

本来不必发展到这个地步的。

心里的话就在芮恩的舌尖，她真想告诉母亲，是啊，我只有他，因为你总是和我保持距离。

"所以，这表示他是死了吧。"

芮恩毫无防备，倒吸一口凉气。她的心沉重而痛苦地狠狠跳动了一下。她直直地看着前方，完全无法相信，她的母亲如此漫不经心地将那些话说了出来。

莲恩的肩膀垮了下来，眼中浮现愧疚，终于显露出了一丝人性，"我知道要是我再见到你，只会有两种可能：要不就是你找到了他，要不就是他真的已经死了。看你的表情……"莲恩突然站起身，"没什么其他事了吗？"

"这还不够吗？你不想知道事情经过吗，不想知道他是怎么死的？"

"露希。"她母亲的脸上显出一丝厌倦，语气也是如此，"你父亲很久以前就不在了。我早已接受了这个事实。"

"是啊，我知道。你从来就不认为他能活下来，从来没有抱过一丝希望。"

"因为他常年被派驻在外，每次我以为他会为了家而改变时，希望就消减一分；年复一年，我的希望早就耗光了。"悲伤与愤怒在芮恩心中交织，她气母亲的无动于衷。"我的所有希望都耗在了那个男人身上。所以，没了……他失踪之后我半点希望也没剩下。"

所以我在你身上也没得到过半点。

"他是为了救其他船员牺牲的……"

"我不想听。我现在要忙着——"

芮恩踉踉跄跄地站起身，她的椅子在身下发出刺耳的刮擦声。她的父亲应该被感谢，每个人都应该知道他做出的牺牲，关于他的记忆不应该如此轻易地被丢弃。要是她对这些无动于衷、不发一言的话，那就太不像样了。

"你的丈夫——我的**父亲**——去到了一个未知星域，为了摧毁一支很可能导致人类灭亡的舰队，他留下来手动引爆了'火灵号'的核聚变反应堆。他救了你……我……还有这个银河系中他妈的每个人。你可以随便怎么恨他，但都不会改变他是一个英雄，一个好父亲的事实。"

突然，走廊的侧门砰的一声开了。伴随巨大的脚步声，一个有着沙棕色头发，穿着沾有油污的连体工装裤的高个子男孩进到了屋里。他走到厨房时突然愣住，先扫了一眼莲恩，又看到了芮恩，他脸上原本带着的些微笑意随之收敛。愣了几秒钟后，他还是进了厨房，先是亲了下莲恩的脸颊，然后打开冰箱门拿出一罐饮料。

他拉开易拉罐的拉环，自顾自地喝起来，期间没有再看她们一眼。

芮恩瞬间明白了他的身份。那男孩看来是渴了，咕嘟咕嘟地一直喝着水，等他好一阵终于喝完了，莲恩已是面有愠色。他用前臂擦了擦嘴，然后好奇地看向她们。

一秒之后，他突然被呛到了，又咳了几声，"噢，见鬼。这就是她吗？"

莲恩的眉头皱得更深了。

他走近了一些，眼睛直视芮恩，从头到脚毫不掩饰地把她打量了一遍。一个大大的笑容在他脸上蔓延开来，及至他的双眼，"姐姐——我们终于见面了。"

那一刻，仿佛整个星球都天翻地覆。

莲恩去到水槽边，"如果你有保持联系，肯定早就知道了。"

"非得等着我联系吗？"芮恩不假思索地回道，"要是我结婚了或有了孩子，我肯定会告诉你，绝不会一直等着你来联系我，然后才透露点儿消息给你。"

"看这场面我该撤了。"小伙子慢悠悠地说道，"很高兴终于见到你。你比我想象中要高些……我到车棚待着去。"他跟莲恩打了声招呼后走出了厨房。

房子里再度安静下来。大门发出砰的一声响。厨房窗户外的鸟儿们不依不饶的叫声再次填满屋内。他出去了。意外的发现和背叛的感觉袭来。芮恩的情感防线如遭重击，让她毫无防备地暴露在外。一个人怎么可以讨厌到这个地步？

"那……他多大了？"

"十六。"

芮恩本没想到这个问题的答案会有什么伤害性，但它真的比之前的一切更伤人，"我离家那年你就怀上了？"

"离家出走。"

"什么？"

"你那是离家出走。可不是一般的出去长途旅行或者上大学去了。"

"那这算什么，报复吗？我离家出走了，所以你生命中所有重大事件你都不打算告诉我了，是吗？"

"是你抛下了我的, 露希。你跟你爸一样。我又不欠你们俩什么。"

这话倒是没错——植根于原点的无可争辩和难以直面的事实。"那时我还是个孩子——你的**女儿**……"又不是什么能看透和理解她母亲痛苦的心理医生。

一直以来, 她都以为自己是母亲唯一的孩子。要是她知道是这样, 或许她会更积极地保持联系吧……

她的母亲似乎读懂了她的心思, "别。"

"别什么?"

"别假装如果你知道了这一切, 你的所作所为就会有所不同。你还是会跑得远远的。你以为我想我的儿子成天为他的姐姐担心, 像我担心你爸那样吗? 和你相认, 然后一次又一次地看着你离开, 想着'为什么天上的那些比她身边的人更重要?'"

"这是你的想象。"

"我知道必然是这样。你也心知肚明, 如果你老实面对自己的内心的话。"

"我给了你我的航点网络地址。这些年来你从来没有发过一条消息给我, 无论是你离开地球, 还是有了新家——一次也没有。"她们上次一别就再也没有说过话了。天杀的, 她的眼睛开始感觉有些刺痛。"爸爸死了。"她说着, 突然感觉好累, 这一切超出了她的心理准备, 一时之间不知道还能说什么。"我只是想告诉你这件事。"她向门口走去, 但又有些犹豫。她的母亲始终没有再发一言。"多保重，妈。"

迈向四轮摩托的每一步都仿佛被施咒一般沉重。别让她扰乱你的心神。有一件事芮恩是很确定的：她已经收拾好心情重回太空——比任何时候都准备得都好。

她刚认识的同母异父的弟弟正摆弄着她先前看到的那两辆老旧农车中的一辆，他正要把车推到车道上，看到她来便停下了手上的动作，"你要走了吗？"

她指了指那辆车，"这辆车也风光过呢。"那辆车的单人驾驶座位于车的左后方，便于随时查看车前方的载重平板。这种车在所有殖民地都很常见，有着许多的用途。

"我们说话都喜欢绕弯，不是吗？"他嘴角翘起，"你的这辆四轮摩托也有些年头了吧。M247 直列引擎……我猜是 42 年或 43 年款的？"

只有地道的车迷才能分清各年的款型，"眼光不错。是 43 年款的。绝对能打。"

"看得出来。"他伸手到载重平板下，把一个工具箱拉到边缘处，"别往心里去，好吗？她一直是个嘴上不饶人的人。"

尽管他还年轻，他还是轻易地让她想起了卡德。和她的大副一样，他不怕认真地盯着一个人看，从繁杂点滴中看到一个人的内心。

"如果你想知道的话，"他继续说道，"她是真的挺想你的。我是说，她虽然打死都不会承认，但是我说的是真的。我就是因为这个才知道了你的存在——前阵子我撞见她在看老照片，然后她跟我说了很多你和你父亲的事情，还有他是怎么失踪的，然后你离开家去找他……所以，你有吗？我的意思是，你找到他了吗？"

一阵悲伤涌上心头，不过芮恩还是忍住了，向他微微一笑，"花了二十六年……不过，算是找到了吧。"这期间她失去了卡德，一个她可能与之厮守终生的人。

"所以你的意思是说，你很不擅长找东西。"

她笑了一下。要是这个小鬼知道她是干哪行的话，"是啊……你可以这么说。"

他嘴角上扬，露出一个歉意的笑容，"不好意思，你看起来太伤心了。"

他想让她振作起来，挺贴心的。

"现在你也知道我了，你会再回来吗？"

"我想……"

"无论你来或者不来……"他伸手进口袋，随即抛给她一个廉价的数据芯片，"上面有我的联系方式。愿意的话偶尔给我发消息吧。"他仰头看向天空，"我一直想看看上面是什么样的……"

"你从来没有离开过这颗行星吗？甚至只是去到行星轨道？"

"我想啊。只是我家又没有飞船和燃料。这里的人都没有那么多钱。"我有，她想这么说，突然生出了满足眼前这个大男孩的所有愿望的冲动。"谁知道呢——或许有一天，她会同意我带你出去兜一圈……"

话一出口他们顿觉好笑，他们都知道莲恩是绝对不会同意的。

"你可能得走了。"他微微皱眉道，"请不要怪她。我想她认为自己是在帮你。"

"你意思是？"

"ONI 的那些人。他们之前来过了，五六个月之前吧，我想。他们把整个社区的人都叫去审问了一番——不，不，和字面意思相反。"他马上出言解释道，"那是这里发生过的最有趣的事情了，相信我。啊……除了今天。他们给了她一个信号发射器，让她一见到你就用它。我猜你刚才走出门的那一刻她就按下去了吧。"

"周围有他们的人吗？"

"以前有的，但是几个月之后就放弃了。不稀奇——这里太无聊了。他们在兰切萨镇设了间办公室，我猜他们过来差不多要十五或二十分钟吧。"

芮恩琢磨这则消息时，他隔着四轮摩托将手伸了过来。她握住了他的手好一会儿，感受着两人之间的联系。"很高兴我们终于见面了。"他说。

"我也是。"

　　他们松开了手, 她看着他走到刚才那个工具箱处拿起一把扳手, 忽然想起有件如此明显的事儿完全给忘了。"嘿, 我才想起还不知道你的名字呢。"

　　"噢, 是啊。抱歉。我叫凯斯。"

　　"凯斯。"她朝他笑笑, 点了点头, "回头见, 小子。"

　　"希望如此。"

第三章

赫里斯-12星系 / 索纳塔星 / 兰切萨镇 / ONI艾克桑D-2713号中继站

通信控制台响起的警报声像一盆冷水，毫不留情地将库鲁曼·罗威尔从午间的酣睡中唤醒。他浑身一震，双脚一下子从控制台上弹起，差点连人带椅翻倒在地。

警报响个不停。

妈的！

警报响个不停。

他从惊吓中恢复了过来。这一刻终于来了。他被指派到这个无聊到让人脑袋都麻木的哨站就是为了这一刻。他抓住控制台边缘，把坐在椅子上的自己拉回到控制台前，查看屏幕上显示的信息。

"罗威尔，别慌。"他默念道。

如今芮恩·弗吉自己送上门来，要是他连这个绝佳的机会都搞砸,那可就惨了。他快速地输入了一个命令,让本地系统与最近的轨道 GPS 卫星建立连接,并根据坐标定位目标的位置。副屏上立即显示出了实时的卫星影像,罗威尔很快发现了停在一间农舍的车道上的猫鼬全地形车,还有两个人,一男一女,站在一辆老旧的农用车两旁。

尽管他的手不自觉地颤抖着,但他的手指仍然飞快地在面板上操作着,将情报发往了主办公室,然后输入了启动"劫持协议"的密码。密码刚输入完毕,罗威尔停止了动作,等待"子弹"上线。他的眼睛紧紧地盯着屏幕,心脏狂跳。

绿色信号亮起。"子弹"已经准备完毕。

他输入了猫鼬车的坐标作为目标。

安装在农舍屋顶的隐形微型无人机——整个社区三台的其中一台——只有一个任务:给罗威尔设定的任何东西打上标记。

影像中的女性向猫鼬车移动,罗威尔的手指悬停在发射命令上方。"还差点……"他操作"子弹"的瞄准镜放大画面。那个被通缉的拾荒船船长又往前走了几步,一条腿已跨上四轮摩托。根据卫星影像,他只能看到她的一只手搭上了摩托的扶手——但那已经足够了,还有她启动摩托时排出的尾气。

"发射。"

标记完成。

他的心怦怦狂跳。

他们好像没有任何反应。四轮摩托先倒车,然后驶离了私家车道。附着良好。标记已安放到位。

通信即将中断。三……二……一。

搞定。

"真要命。"重重地呼出一口气,罗威尔向后仰去,双手交叉放到脑后。他的工作已经完成,后面就交给轨道上的设备了。

兰切萨镇的主办公室早早地派出了他们手上唯一一艘轻型巡猎舰。如果它能来得及拦截"黑桃 A 号",不啻一个奇迹。

不过那没关系。他知道"劫持"才是真正的奇迹,这是专为这艘无法无天的拾荒船准备的,其作用远远高于罗威尔能够了解的级别,但他知道 ONI 是要放长线钓大鱼,部署"子弹"只是第一步。

而且他也完美地完成了他的任务。

现在他应该能摆脱这个糟心任务,去做些更有价值的工作了。

第四章

井村阿尔法星系 / 绿宝石湾星 / 青金石湾度假村 /14 号房

尼克知道他的过往早晚会再度缠上他。他一直有某种感觉，一种奇特的预感，或者更确切地说，他可以感知事件发生的概率。对于有些事情，预感应验是很糟糕的。

他是从阿莱里亚星逃出来的，而他的不告而别并非没有人惦记。"信使公会联合会"[①] 素来不会放过任何胆敢拒绝他们的人，哪怕是最微不足道的人。所有人，无论以何种形式，最终都付出了代价。尤其是一个叫作"横锯"[②] 的公会，在这方面睚眦必报，而尼克不仅仅是摆了老东家的挑子，他在那里还有未完成的工作、未偿还的欠债和没有履行的合同。

他的叛逃对所在组织来说是巨大的打击。像他这样拥有

①信使公会联合会（Courier Guilds）是多个走私者帮派联合组织，总部在原地殖民地阿莱里亚星。这些公会也给当地居民提供了工作机会。公会与公会之间有时候也会合作。

②横锯（Cross Cut）是信使公会联合会的成员公会。尼克曾为他们工作。

先进技术经验的高价值人才在阿莱里亚星是相当稀有的。这地方对那些科班出身的科学家、研究员和技术人才没有任何吸引力，根本不用指望他们学成后会来这里——一个地球联合政府弃如敝屣的世界，饱受干旱之苦和腐败政府的剥削，没有任何复兴前景。所以这些公会只能从本地招人来经营生意和管理他们具有空间跃迁能力的星舰。如果没有尼克这样的人来维护和修理驱动器和核聚变引擎，那所有公会的营生都得歇菜。

莉莎刚采买完东西回来，在房间开始收拾行装。树顶小屋的环形露台上，拉姆正坐在摇椅上休息，他晒得黝黑的双脚没有穿鞋，大模大样地搁在栏杆上，一缕香烟的烟雾冉冉升起，飘过了他满是文身的肩膀。阳台外的全息风景非常完美——一望无际的海水清澈碧绿，十几艘悠闲的帆船点缀海面，两边陡峭的长满树木的山坡将这幅画卷稳稳地托在中央。他们这屋有最好的通信信号，和最方便的逃跑路线——如果用得上的话。

不过他们用不上了。

今天是他们在这个乐园待的最后一天，然而尼克却难以放松和享受这剩下的时光。他始终心绪不宁，一直抖着腿，他的十个指甲都快被他咬光了，一股焦躁的能量不受控制地在体内乱窜。距离他们与"黑桃 A 号"会合还有一小时，他必须在这之前厘清头绪。

三年前，他和莉莎得到一个承诺，许诺给他们一个更好、更自由的生活，成为芮恩的船员。于是他们为了这一承诺仓皇逃离了阿莱里亚星。从那以后，他们不再是骗子，不再是矿场的奴隶，也不再是那些公会的契约奴工。现在，只要他们想，可以随时离开"黑桃 A 号"，按自己的意愿规划前方的道路。有璀尼尔星这个不为人知和无人打扰的先行者行星，他们有取之不尽用之不竭的财富；有火花在，他们等同于有一个几乎无敌的盟友，以及熟知各个先行者遗迹、情报和技术的头脑。

他俩的未来不在阿莱里亚星，从来就没有过。这颗行星正处在死亡的阵痛中，这是当地尽人皆知的事。然而现在这颗即将消亡的行星正在唤他回家。不，准确地说是要挟他回去，而他不知道如何是好。

他一只手摸着自己未修边幅的脸，发出一声苦闷的叹息。要是他告诉莉莎，她一头卷发都会担心得被捋直了不可。芮恩和火花肯定会立即动身解决这事，拉姆呢？他多半赞成狠狠地教训要挟他的人而后快吧。

问题是，尼克和这位敲诈者有一段渊源，而要让他们出面帮他的话，他必须将他发誓保守的秘密说出来。然而不幸的是，知道他这个秘密的贝克思，也正是以此作为要挟他的筹码。

由于 ONI 已经将他们所有人的航点网络账号监控了起来，他利用软件后门临时登录了自己的老航点网络账号，里面有几封未读邮件。邮件的信息无关紧要，不过他在字里行间发现了贝克思的别名，他知道该去哪里获得真正的信息。

换个服务器，换个账号，换个后门。不费吹灰之力。

找到了，信息来自一个他从未想过会背叛他并利用真相要挟他的人。他更没想到的是，她要他对付的是她所在的信使公会"霍尔森中继"①。他没办法怪她，当初他连招呼也没打一声就走了，因此过去几年里他都一直试图弥补，并保持着联系。

但事实是他离开了阿莱里亚星，而贝克思没有，任何尝试与之相比都苍白无力。他们曾经是一对搭档。"横锯"公会和"霍尔森中继"公会曾经合作过一段时间，他们两人以前是双方公会的常驻技术专家。

贝克思威胁他，如果拿不到她要的设备，她就要公开他们共同发现的那个秘密，这让他十分头大。他们可是有约定的，她怎能这么快就翻脸不认人了呢？

现在，他有一个月时间去搞一堆中型跃迁空间引擎的电容器。就他妈这点时间，直接买又太贵……不过，如果他拿出他们今年年初卖出的先行者装置的那些收入，加上贷款，或许也凑得出来。但即便如此，他还需要时间伪造必要的批文，绕过一系列的销售规定。没有时间去璀尼尔星搜刮，然后卖东西筹钱了；也没有时间去找有足够电容器的飞船残骸打捞。看来只有黑市是最适宜的选择。

或者你也可以寻求帮助……

不。他现在的境况还挺好，事实上好得不能再好了。找其他人帮忙有可能泄露真相，从而危及他现在的境况，而他不愿

---

① 霍尔森中继（Holson Relay）是信使公会联合会的成员公会。

意冒这个险。有时候你必须将过去的契约和真相藏在心里,将它们深深埋藏,不让任何人找到它们,直到被遗忘,这样对每个人都好。

尼克抹去了自己在网络上的踪迹,然后用一个新的密匙开了一个新账号,给贝克思写了一则回信,并发了出去。

行吧。这活儿我接了。

他销毁了账号,向上天祈祷这是最后一次。他躺回到椅子上,一阵想吐。

第五章

前往绿宝石湾星的跃迁空间中／"黑桃Ａ号"

我感觉到了它们,仿佛脖子后面微弱的呼吸一般。

我知道它们来了。

那不是什么错误的数据或放错位置的日志。我很肯定,它们是旧时的记忆。因为那些记忆年代太过久远,我很肯定它们并不属于我。

有时,这些意识深层的事物会突然冒出来,搅动思绪,然后又回归沉睡,再次拒绝我的访问。

知道它们的存在却又没有办法调取它们是我完全无法接受的。我随即启动了数道检测程序和区间扫描,但都无济于事。

当我由人类转化为机器时,新星说我将成为我族生物记录的保管者。"这应该是保全你的记忆和智慧最好的方法了,同时能够安全地收容智库长的那些实验中最危险的部分。"

这些话被我遗忘了很长时间。现在我越来越频繁地想起它们,思考它们的含义。

不过,耐心是关键,多少如此。

等待——虽然我在任何形态下,不管是人类还是智仆,都不喜欢等待——已经成了我的一项特殊才能。耐心所产出的结果从没让我失望过。对于大多数存在来说都是如此,但是,大多数存在都是生物,所以遗憾的是,他们的时间是有限的。

想到此我停止了动作。

这一次,我可能还会比银河系中的大部分生命活得久——一个完全有可能、又让人不安的想法,我不想再从头来过了。

或者……我真的不想吗?

在当前技术不发达的时代,我的知识和力量都无法完全发挥。或许下一个时代会更有挑战性吧。我的确应该多锻炼我的耐心才是……

芮恩来到舰桥,手里还拿着一杯热气腾腾的饮料,不用猜,一定是她的最爱——卡斯巴咖啡。她把它放在船长椅的扶手上,走到导航控制台前检查我们飞船的情况,随后在她的座位上坐了下来。

她也会死的。

我历来比周围其他人都活得长,自然我也会比她和她的其他船员活得长。

我体内忽然感到一阵悸动。它像静电荷一样穿过我的核心,灼烧出一条痛苦的痕迹。我又记起那些痛苦和失去的往事,实在不愿再经历这些事情了。

永远不想。

"那个……"芮恩露出一个不自然的微笑,"你找我。"

"是的。准确地说是三十八分钟前。"

她啜了一口饮品,"是关于钥匙的事吗?"

"当然。"她所说的东西的全息影像已经悬浮在战术桌的上方有三十八分钟了。她当然是看到了的。"我很高兴这东西引起了你的兴趣。你之前在打盹儿。"

"我需要养精蓄锐。我们人类需要休息。相信我。"她调整了下坐姿让自己更舒服,"一上午过去了,我需要打个盹儿。"

她还没有告诉我索纳塔星上发生的事情,但是我不打算逼她,虽然我确实心痒难耐,但毕竟我只是为了满足好奇心。或许我待会儿再问她吧……

"我猜你现在已经搞明白那个符号的意思了。"她指着那个细长的矩形装置说道,那是我们在地球时,智库长印记交给我的东西。一把着实引人好奇的钥匙。

"那就是把坐标钥匙吗?"她问。

我让我的全息影像围着钥匙走动,"是的……"

"不过……"

"它是有钥匙的作用,不过远不止于此。"我将钥匙的图像放大。它悬在空中,设计精巧,却预示着不祥。它的精美和带给我的痛苦皆是不可否认的。

可以看出，打制它的人倾注了巨大心血，将它做得玲珑精致。它非同寻常、优雅凝练，我能清楚地看到智库长制作它时她锤炼的轨迹。

"能确定的是，这是把造物者的钥匙。"我说，"硬光纤维中承载的整洁的量子代码可以在与我身体相似的机械细胞合金中运行。这一特性让这把钥匙同样具备改变形态的能力。你还记得吧，几个月之前莉莎在研究这把钥匙时无意中触发了一个命令。它的一面——"我转动全息图像将那个区域展示出来，"向内凹陷了十二毫米，形成了这个符号的轮廓。"

这个符号是一个古老的徽记[1]，可能因随时间流逝而被遗忘，但我没忘。

如果我有灵魂，它也将会带上这个徽记。

而这，也是智库长要我去做的事。总是将最为艰难的事交给我。

"这是代表身份信息的标志，"我继续说道，"一个远古的、早已被遗忘的符号，授予大架构师的其中一个战争机器的。后来这个符号被新的徽记取代，新的一直沿用至今。"

芮恩坐在椅子上，身体前倾。她是该表现点兴趣了，"你是

---

① 徽记(sigil)：代表先行者个体的图案，比如智库长、罪恶火花和宣教士等都有自己的徽记。徽记通常用于传输信息的签章，或者代表佩戴者属于某个先行者的势力。

说那个符号属于某个光环？"

我很高兴她还记得我讲的那些故事。

能被先行者的大架构师支持的战争机器，除了光环没别的了。它们是他极其凶险但又最终成功的遗产。

船长身体后仰，适当地表现出了震惊。

"我们可是说好的。"我提醒她。不止一次了。她和我，我们都喜欢做交易。"我协助搜寻'火灵号'六个月，"——为了达成交易我可是很慷慨的——"如果没有新线索，而且我这边又准备好了，我们就转向钥匙这条线索。"

"也不能算是没有新线索吧。奥本星①呢？那些秃鹫炮艇和雀鹰战机可不会平白无故地在那里。"

这条线索就连我也曾抱有希望。之前我们运气不错，发现了一组状态相当完好的支援舰，它们和"火灵号"上配备的型号是相同的。这批星舰见于奥本星的黑市，后来被一个叛军势力给买走了，不过我们本来也没打算要买它们——只需要靠得足够近，能访问它们的系统日志就行了。我们查阅星舰后发现，所有日志都被清除一空，不过它们响应访问请求时回传的序列号还保持原样，而这些序列号证实，它们确实是配备给那艘失踪的 UNSC 战舰的。

"后来我们不是顺藤摸瓜去查了嘛。"我回道。花了四个半

---

① 奥本星（Oban）：人类近地殖民地，位于维斯普（Visper）星系，是穆尔（Mull）行星的卫星。

月什么也没找到。又一次巨大的失望。

那次挫败打击了大家的士气，所以才有了这次的休整。船员们去了绿宝石湾星，我则陪同芮恩去了索纳塔星。

现在正是开启新旅程的绝佳时机。

芮恩打量了我好一会儿，虽然她有所犹豫，但她显然会遵守我们的约定，"你说过这把钥匙指向的是一个安全的地方。你可没说它和光环有关。"

"根据我的初步研究，这只是我的假设……我的希望。我想这把钥匙指向的是一个我只在传闻中听过的护盾世界。"

一个或许能让我接入"智域"[1]，还有其他东西的地方。

船长长叹了口气，然后双手捧起她的杯子喝着咖啡。最终她还是同意了，"来次主线之外的冒险或许能让我们转转运。"

"很明显你也需要转移下注意力。"

"谢谢。"她语调平淡，听不出半点感激，"你要准备一份靠谱的行动计划。如果不能保证我们出入平安，咱们可是不会去的。"

我看了她一会儿，说道："乐意之至。"她又放松下来，躺回了她的椅子里，思绪已然去了别处。

我们离开索纳塔星，进入前往绿宝石湾星的跃迁空间已有好几个小时了，现在我必须要打听一件事，"你想聊聊索纳塔星

---

[1] 智域（Domain）：存储了先行者所有知识、历史记录和意识精华的量子资料库。由先驱所造，建造时间距离先行者文明毁灭前五亿年。

上的事吗？"

我的询问将她的思绪唤回了现实。我察觉到她微微抽了抽。看来她不太想说起这事儿，这下我更好奇了，"你的反应说明事情并没有如你想象那样发展？"

她先是轻轻地哼了一声，然后她漆黑的眼睛落在了我的虚拟形象上，"你还是人类时，也有过家庭，有姊妹。"

我歪了歪头，愈加好奇了，"是的，三个姐姐。"

"你们关系好吗？"

"她们比我年长许多。"我现在已经想不起她们的样貌——那些记忆早就消散了。剩下的只有她们的剪影和模糊的轮廓。还记得她们一起穿过拥挤的马洛提克城街道，低着头走向神殿的几个画面，四周是因高温扭曲的空气和灰尘。"我还是小孩时，她们就被送去智库长的神庙做祝祭了。"

虽然她一副若有所思的表情，但也掩盖不了萦绕在她身周的困惑和痛苦的气氛。我认为我明白了，"除了你的母亲，你还有别的亲人。"

她的喉咙发出一声低沉的声音表示肯定，"显然，我也是才知道。"

"你之前对此一无所知吗？"

"惊喜吧。"她有气无力地讽刺道，"我有一个同母异父的弟弟，十六岁了。我猜我妈是再婚了？可能吧。我连这个都不知道……我们没有说起这事儿。"

“呃，我猜这次团聚不是那么愉快。”

“一个人怎么能连这样大的事都不告诉家人呢？”她的困惑全压在这个问题上了。确实，这种事是挺难理解的。

我想起了我的母亲。我对她的记忆比我对那几个姐姐的还要模糊。我几乎记不起我小时候的家庭生活是什么样的了，我好像总是在街头巷尾乱窜，从来没担心过自己的安全或健康……不过我还记得她的亚麻连衣裙和红蓝色的围裙，还有她一直挂在肚子前的篮子，她弯腰将我从地上扶起时，她身后的太阳……

虽然她的脸背着光，但我知道她在朝我微笑。

无论是从心理还是生理上，我也没法完全理解身为人母的行为动机，以及她们为什么会选择那样的方式以期达成自己想要的结果。这样的我又怎么安慰芮恩或说出什么有哲理的话来呢？

“不是每件事都有一个合乎逻辑的答案的，无论人在做那些事时是出于关心，还是不关心……真希望我能安慰到你。”

“嗯，有心就好。”她的注意力集中在了我身上。她眯起双眼，“你会做梦吗？”

相当出乎意料的问题。

如果梦是记忆，如果能从中听到、看到不属于我的过去的片段，那——“某种形式上，是的。为什么问这个？”

“我会梦到她。不是我的母亲，是智库长。”

"她有对你说什么吗？"

"没有。她只是在花圃里忙着，照料那一排排的……我不认识的花或者植物，对它们说话，拿起其中一株，或是摘下另一株枯掉的叶子。"

我脑中也浮现出了这幅画面。在她的本心，以及每一位造物者阶级的先行者的本心中，都有一种与生俱来的渴望，去保护、培育、研究和深入了解所有生命的本质。

"什么时候开始做这梦的？"

"非洲那会儿。乞力马扎罗山那事之后。"

"啊哈。"这就解释得通了，"所有人类都保留了一定程度的遗传记忆和基因指令，代代相传，可以追溯到光环阵列发射后，重新播撒到地球的第一批人类。或许非洲的智库长的印记激发了深埋在你们家族血脉中的基因指令，或是她当时对所有刚出生的人类植入的通用识别模式。"

"那怎么区分是我自己的梦，还是她通过遗传密码让我看到的东西呢？"

舰桥上响起了提示声。

所有信息我肯定都是第一个知道的，但我也没去打扰她，让她坐在椅子上，一边喝着咖啡，一边查看数据板。"很快就会出跃迁空间了。"她起身离开舰桥，"待我们接回船员后，就着手你钥匙的事情吧。"

"谢谢你，船长。"

第六章

绿宝石湾星高行星轨道／"黑桃A号"

莉莎虽然极不情愿离开绿宝石湾星，但和尼克还有拉姆一样，她也很高兴重返"黑桃A号"，与船长和火花重聚。集合后，他们在起居舱一起吃了个简单的午餐。饭后，其他人都各忙各的去了，只有莉莎留了下来，窝在起居舱的一把椅子上。她的腿上放着一个平板电脑，她正滑动着屏幕，在挑选什么东西。兴奋和愧疚在她心中绞缠在一起。

选项一是和她弟弟、芮恩、拉姆和火花——她的家人们———起在群星中翱翔。选项二是去过一种截然不同的人生，一种自打她还是小女孩，还和尼克在阿莱里亚星的贫民窟勉强度日时就憧憬的生活。

她将搜索范围缩小到两所大学：艾斯卡达大学和贝克－沃丁大学。为了好玩，她加上了变数——绝不可能有机会入学的爱丁堡大学。雄伟的建筑和修剪整齐的草坪，那一张张学生和老师们因有幸身处教育氛围中而展现笑颜的图片，在她看来都那么不真实。对她来说，遭遇圣赫利赏金猎人和齐格亚尔海盗，或是和上古的先行者 AI 共同生活在一艘飞船上，反而要更真实一些。

像往常一样，在浏览了许多大学的图片和入学指南后，她的兴奋劲儿变成了酸楚。她在痴心妄想什么呢？

过去这一年，他们从高高在上的海军情报局眼皮底下跑到吉兰诺斯 A 星救走了火花，又躲过家园舰队找到了智库长留在地球的印记。时至今日，他们的照片仍然张贴在近地和远地殖民地的各个航点网络、ONI 掌控的所有媒介上，上面全是诋毁他们的谎言。

ONI 将他们的名字和不法分子、叛徒、通缉犯等词汇放在一起——说他们危害了 UEG[①]，并在全人类殖民地悬赏提拿他们。

无稽之谈。没半点真话。

不过，如果她真的想去上学，她可以改变她的容貌，让尼克和火花施展他们的才能，修改各种文件和 ID，骗过那些 DNA 检查和生物扫描仪。她只是银河中数十亿年轻女性中的一个，做一名普普通通的大学生藏起来太简单了。

---

① UEG(Unified Earth Government)，地球联合政府，游戏"光环"系列中的组织。本身并不是一个统一的国家，而是由许多个国家和殖民地组成的联合体。——编者注

但是，让她整日忧心的并不是 ONI 或头上的悬赏，而是做出这个决定本身，不管是离开大家，还是去上学。芮恩为她付出那么多，她怎么能拍拍屁股就走人呢？一句"回头见，感谢你为我做的所有"就行了吗？

这样做不对。但要她背弃她的梦想，同样也不对。

她叹了口气，关掉了平板电脑，透过起居舱的观测屏看向外面。绿宝石湾星化作一道弯弧占据着观测屏下方一大块角落。她是在满是尘土的环境中长大的，所以她永远也看不厌那些蓝色和绿色的行星。成为芮恩的船员，让她见识到了许多非凡的事物。她还去了地球，地球啊！无数的太空殖民者终其一生，无数的家庭世世代代，都无缘得见的家园。

起居舱的中央，被用作餐桌加会议桌的桌上亮了起来，一束光线映入她的眼帘，火花出现在了桌上内嵌的全息投影台上。他的虚拟形象和他的战斗盔从本体一模一样，只是缩小到了半米的高度，而他本尊一般都待在货舱里。发着蓝色亮光的双眼和光洁的银色合金脑袋转向了她这边，向她点头致意。

火花突然头一歪，好像他听见了什么动静。

"没事吧？"

"嗯……"他回答得非常慢。

他的虚拟形象和她上次见到的有些微不同，但是她又说不上来。她第一次见到他时，他还是散落在地上的一堆黑色的合金零件，有着许多刮痕和损坏。

从吉兰诺斯 A 星上将他回收后，当他在"黑桃 A 号"的货舱中用硬光技术将全身部件集合到一起，组成一个三米高、看起来凶神恶煞的先行者战斗扈从时，真把他们吓得半死。可以说那次"丰收"是他自己送上门的，而更夸张的是，寄宿在扈从身体里的是前光环监守者 343 罪恶火花。

因为构筑他身体的合金是由可变形的机械细胞组成的，所以他的扈从外形随着时间一天天过去，也逐渐发生着变化。他的战斗扈从外形逐渐变得线条柔和，成为一个极具未来感的高科技外星人工智能体。

"你打算什么时候跟他们说？"他问，"你决定了吗？"

她张嘴正要否认，不过有必要吗？"我们不是说好不偷看的吗。"

他指了指她的平板电脑，"偷看是要花力气的。但你简直明摆着。"

真会装傻充愣……"这个借口没你想的那么好用。"不过现在她没精神也没心思跟他讲隐私，"别跟他们说，好吗？我还什么都没想好呢。"她觉得有点不好意思，把头转向了别处。她觉得仅仅是考虑这些事都有点蠢了，"我只是……看看，想象下这样的可能性。我很可能不会真这么干的……"

"为什么不呢？"

"呃……因为，我不应该想着——"

"啊，你们俩都在，太好了。"芮恩迈着轻快的步子走进了起居舱。"拉姆和尼克应该很快就到了。"她去饮水机旁接了杯喝的，然后看向了火花，"都准备好了？"

莉莎从舒适的椅子上站起身，走到桌子前，"什么准备好了？"

尼克和拉姆也走了进来。芮恩微笑着眨了眨眼，"新任务。"

尼克憔悴的模样让芮恩忍俊不禁。他黑色的头发向四面八方支棱着，都长过他的耳朵了。最近他都会把长发别到耳朵后。"哇！你这样子哪像在海边待了八天。"

"嘿。我平常就这样。"

"疯疯癫癫的？"

"哈哈。这是努力工作之后的天才的样子。"他瞥了一眼火花的虚拟形象，"嗯……还有那个。"

"我知道你一直都在努力工作。只是别抱太高的期望——"

"肯定能行的。"尼克回过头用眼神寻求火花的支持，"你跟她说。"

自从他们发现了伊川星港的残骸带，并在其中打捞起那里的一个残损的智仆后，ONI很快插手了，把他们叫作"小不点儿"的智仆，还有它制作的"火灵号"在摧毁那个护盾世界后的可能去向的星图投影都拿走了。一并被ONI夺走的，还有他们的银行账号、仓库、尼克的研究、数据和实验样品，还有芮恩二十多年来寻找"火灵号"的那些成果。回头看来，这些似乎都是上辈子的事了。

后来，他们在欢乐港与 ONI 交易，通过巧妙的安排拿回了一些东西，其中就包含了有小不点儿制作的星图投影的数据芯片。不过不是他们想要的数据原本，只是一份拷贝。他们清除了芯片上 ONI 安装的窃听器后，就将其束之高阁，直到最近几个月他们又重新研究起"火灵号"可能行经的路线，才又将芯片拿了出来。

这是一项几乎不可能完成的任务，成果微乎其微。于是火花开始深度挖掘星图投影，想在小不点儿的成果之上再发掘几条新的路径……结果他在芯片的晶体基质里发现了一个奇怪的子代码。该代码显示，这个残损的智仆在不经意间将他自己的框架像拼图一样一段段地编入了里层，隐藏在数千次的计算结果中。

于是火花和尼克联合起来，试图将小不点儿的代码从芯片上一点点地解放出来，同时还要保障星图投影的完整。

这是一项非常艰苦的工作，他们为此已经工作了几个月了。

"成功的可能性在提升，"火花说道，"我说不准解救出来的代码是否有用，但我们已经接近完成了。请牢记我们所做的工作完全是实验性质的。"

尼克的东西 ONI 只还了一部分回来, 对于像他这样富有想象力的人来说, 干劲受到了相当大的打击。如果能复活小不点儿残损的代码, 从而帮助他重整旗鼓, 让他心情好起来的话, 芮恩对他们这个小项目是没有任何疑虑的。

拉姆迈着悠闲的步子姗姗来迟, 他是最后一个到起居舱的。芮恩忍不住笑道: "终于有个看起来像是度假回来的人了。"他深橄榄色的皮肤之上又多了一层漂亮的棕色。她看着他, 伸手拍了下咖啡机的面板。

拉姆没回应她, 专心地等着他的咖啡, 散乱的头发垂到了脸上。"为什么每次你用它就好使?"他烦躁地嘟囔着。

"因为'她'爱我。"

拉姆无语地按自己的喜好设置好他不可或缺的唤醒饮料, 然后拖了一把椅子, 像只慵懒的猫一样滑了进去, 接着伸了个懒腰。她和这位云屋星的糙汉拾荒船船长一直都是朋友——也当过对手, 取决于是什么打捞物——不过他成为"黑桃 A 号"上的船员后, 这份不温不火的友谊慢慢地变成了持久而真实的东西。他成了家人。

"很高兴大家都回来了。"芮恩开口道。她这话是真心实意的。经历了索纳塔星灾难性的家庭团聚后, 和眼前绝不会让她失望的人在一起感觉不是一般的好。

"下次你也一起去吧。"莉莎说, "那里的沙滩真是太棒了。"

"下次一定。"芮恩从口袋里取出智库长的钥匙放在了桌子上，"现在开始，我们要去见识下这把漂亮的钥匙会开启什么东西。"

所有人的目光都投向了那把钥匙。莉莎将它拿在了手里，"你搞清楚了它的用途吗？"

"是的，这得谢谢你。"火花说，"之前你让钥匙浮现出的符号是属于光环07特区的。"

"不是吧。"尼克马上坐直了身子，两眼瞪得像铜铃，"我们要去光环吗？传说中的光环？"他满脸希冀地看向周围的人，当火花做出了肯定的回复后，他几乎兴奋得从椅子上跳起来。

"等等。"莉莎插话了，她一直是姐弟俩中考虑事情更全面的那一个，"但那地方不就是你说你——"

"失去身体成为机器的地方。"火花接过话头，"是的。你也可以叫它'泽塔光环'。"

想从一张金属和发着光的脸上看出什么表情显然是徒劳的，不过相处一年下来，芮恩已经掌握了一些他的一些肢体语言和声音特征——他头部的移动、肩膀的动作……而现在，他似乎在压抑着自己对泽塔光环的情绪。

算起来，这个古老的存在也只是前几年才拾回了自己人类时期的记忆。在了解到已有一千个世纪过去，他认识的、关心的、爱过的、恨过的每个人都早已消逝后，他的心境是需要一段时间才能平复的。现在每个人都在猜测火花的心理状态，而前往泽塔光环可能是极为错误的决定，也可能是为他的过去画上句号的机会。

芮恩继续保持沉默,让船员们有机会消化她的提议。拉姆似乎对这则新闻浑不在意,他对他的咖啡显然更上心些。莉莎小心翼翼地把钥匙拿在手里翻看,抚摸着上面的符号,"真是奇特,这还是把钥匙……你知道它能打开什么吗?"

"泽塔光环上的制图机①会告诉我们的。它会读取钥匙上的坐标,很可能会显示这个坐标在环带的什么地方。"

拉姆来了精神,"制图机就是绘制地图的吧。"芮恩对他的兴趣并不感到惊讶,他对地图和星位很是着迷——他身上那么多星座文身就是证据。

"没错。制图机能生成可导航的地图,提供目前没有任何限制的完整泽塔光环的蓝图。它保存有整个环带的所有历史记录。"

尼克往椅子上一靠,双手枕在头下,"我就想知道咱们什么时候动身?"

芮恩嘴角扬起,心中欢呼雀跃。她也不知道自己竟然如此怀恋狩猎时的兴奋,对未知的期待。他们很久都没有围坐在桌前,着眼真实具体的目标了。

他们上次的冒险为他们赢得了一艘升级的飞船,一个极为

---

① 制图机(Cartographer)是一种先行者的专用设施,通过它可以访问沉默制图师,后者是一个专门维护当地实时全息地图的程序。如果制图设施被毁,很快会在别的地方重新被修建。

先进的 AI 和全银河系在案的犯罪记录。芮恩认为那次际遇赋予了他们无限的可能性，整个银河系尽在他们的指尖。

但现实是残酷的。他们是有一艘速度极快的飞船，钱也花不完，不过不法之徒就是不法之徒——她这些年积累的人脉都被监控起来了，而且她要是敢在这个时候把他们拖下水，等一切如愿平息之后，也再不会有人愿意帮她了。

无论如何，他们花了数月的时间寻找"火灵号"，现在已经精疲力竭了，而结果也令人极其失望。他们都需要一个大大的转变，而眼前的选择就是了。

"火花，"她笑着说道，"向泽塔星进发。"

回归冒险的感觉真好。

第七章

　　船员们都睡了，即使是尼克，在劝说了几句后也睡下了。此时我们已身处前往泽塔光环的跃迁空间中。

　　我喜欢这份宁静，喜欢飞船引擎的低鸣，喜欢像不眠不休的风一般在"黑桃 A 号"上永无止境地流动的数据。这一切让我想起在吉兰诺斯 A 星上的那段时光。我重生的地方——要算的话这是第三次重生了。我们在货舱搭建了个工作间，配备了全息投影端口和系统直连通道。尼克和我可以从这里研究那个芯片晶体，目前还不能肯定上面是否有小不点儿的可运行副本。

　　此时，载有小不点儿做的"火灵号"星图投影的芯片正插在插槽上，我要再次潜入死水潭般的基质层，沿着一段段层叠的计算代码深入。这个智仆曾经拥有强大的能力，我也只是管中窥豹。现在的它只是全盛时期的一小点儿，一小点儿的一小点儿的一小点儿……

　　我并不常为人工智能感到悲伤，虽然我自己从技术上说也算是其中之一。我的人性牢牢地依附在我的核心上，已经渗透到所有区域和层级中，并且沉淀进入我的矩阵里。它常常阻止我将自己的身份和机器画等号。与这些人类相处的数个月里，更加深了这种人性的融合。

然而，我却同情这个残损的智仆片段。如果我们的努力成功了，也不知道这个曾经非凡的伊川星港的管理者的意识能留存下多少。

即使对最基础的人工智能来说，复制数据时保持数据干净而不留下自己的印记也是最基本的。然而不知道是有意还是无心，这个残损的智仆在它编制的每道计算中都留下了自己的身影。只有专业人士才能透过数据看到作者传达的信息。也难怪人类和他们普通的扫描设备和 AI 没能发现其中的玄机。

一声突如其来的静电爆音从飞船网络的深处传来——穿过数公里长的光纤、线缆、导体……我停下了所有操作，侧耳倾听。我之前在起居舱和莉莎说话时也听见过这个声音，不过这个异常的声音实在太过短暂了。

彻底检索了一遍系统，还是没有找到异常信号、噪声或这个声音留下的任何痕迹。太奇怪了。

我又回到手上的工作，轻手轻脚地深入并揭开一层又一层的代码。

我一边工作，一边将智库长的钥匙的事放入第二道思维处理进程。

我体内的监守者开始考虑再度回到光环的事。它对光环的偏爱完全影响了它平素分析的条理性和客观性。我的人性和343罪恶火花的合并已经达到一个可观程度，当遇到这类事情时，我必须插手消除主观上的不平衡。

当然，结果不尽如人意，但尚在可控范围内。

虽然有关光环的主题唤起了不愉快的回忆，但不可否认的是，我的好奇心被点燃了。

或许有什么信息蕴藏在那些回忆中——那些藏在我核心的最黑暗处的隐秘和记忆的答案，那些触动心弦的往事的答案……

我心中升起一股渴望，想了解我的先祖，想追根溯源，在这新的时代找到属于我的位置。我本以为和弗吉船长还有她的船员们在一起的我已经找到了，然而我总感觉有个总是抓挠不到的痒处，有种奇怪的急迫感，促使我去寻找未知，回忆从前的同时又期待未来。

我必须要去了解那些已被遗忘的上古人类[1]，我还未出生之时，他们已在星辰中穿梭，在十万年前与先行者有过一场大战。

他们是超凡的军事家、战士、发明家、建筑师和科学家，他

---

[1] 上古人类（Ancient Humanity）或称先祖（Ancestors），是十五万年前极为强盛的太空种族，被先驱选为"责任之衣钵"的传承种族，在与先行者的战争中落败后被强制退化为现代人类，安置于地球。火花就是生于那时的地球。

们在先行者到来前就抵御了洪魔的进攻,并且已经几近弹尽粮绝。然而就是在这样的情势下,他们仍然打了一场漂亮仗,让先行者部队的最高指挥官宣教士也不得不佩服。

当然,人类最终还是输了。

查姆哈克星①的最后一战中,他们战败,并遭到了严厉的惩罚。数十万人,包括儿童都被强制重组,他们的身体被原子化,心智和人格模型被保存起来,留作以后研究。由于智库长的坚持,部分上古人类保住了性命——但不再是之前强大聪明的种族,而是被强制退化到了狩猎采集文明的层次,身体和心智都被削弱,并被放逐到了地球。

智库长将古人类的遗传记忆和大多数成就非凡的领袖、科学家还有战士的意识精华都保存了起来,存入这些被退化了的人类之中。

而存在于我身上的超凡印记,是我接下来的所有麻烦的根源……

_____

① 查姆哈克星(Charum Hakkor)是上古人类的首都行星,原本是先驱数百万年前用神经物理技术制造的星港世界。

第八章

一般来说，到人马座悬臂需要花上一个月甚至更久，而"黑桃 A 号"只用了六天。对芮恩来说，如今要做到从跃迁空间出来即是设定的目标地点，已不再需要凭借经验盲调了。因为无论是时间还是地点，他们都能做到分毫不差，每次都令她感到敬畏。这已经不是她熟悉的太空旅行了，她都不确定自己能否习惯。所有人都来到了舰桥，然后立即投入到了评估周遭环境的工作中。从主观测屏看，没有什么值得注意的。伊弗斯星系是个不起眼的红矮星星系，只有一颗与该星系同名的巨大无人行星。

"看来一切安全，船长。"莉莎查看了导航后说道，"周围没什么东西，就是前方有块大石头挡住了我们的目标。"

"那块石头是泽塔光环的锚点。"火花介绍道，"这颗行星其实也是意料之外的选择。"

"怎么说?"芮恩问。

"大部分锚点都是气态巨星,以防环带附近有生命形成,或是吸引一些人去定居。这颗行星不但是固态的,而且还有水和大气。选择它是极为不寻常的,不过可能也是出于必要性的选择。"

火花曾说,这座光环历来与众不同,锚点的选择显然也是其中之一。根据他的说法,这是个奇怪的决定,但芮恩还记得,在战争期间 [1] 所有光环的调派都很匆忙,先行者可能没有时间去找符合发射地点要求的气态巨星吧——或者这片星区根本就没有这样的行星。

"附近没有任何通信设备信号。"尼克说。

在没有实时数据可用的情况下,火花将目的地坐标定在了远离光环环带的位置,他留了点余地,等搞清楚那里的实际情况后再行动,以免陷入不必要的麻烦。"完全隐形,保持航向,速度减半。"

距离环带还有七百公里时,他们开启了远距离探测器。尼克将相关的信息推送到芮恩面前的屏幕上。芮恩看了后说道:"看来 UNSC 在行星表面修了几个通信塔,还在轨道上投放了几颗通信卫星。"

"轨道上还有三艘飞船,"拉姆回过头说,"同样是UNSC……两艘驱逐舰加一艘补给船,我从没见过这么大的补

---

[1] 指十万年前先行者与洪魔的战争。

给船。"

芮恩切换到拉姆的控制台。该死。一千米长，五百米宽，真是个大姑娘。她也很少看到这种级别的庞然大物。一般来说，小一些的补给船是全自动的，但这个大小就需要配备人员监管船只航行和上面的物资了。

两艘驱逐舰护卫在补给船的前后，分别与船的首尾保持着相同的距离。典型的 UNSC 利戟级驱逐舰[①]，外形漂亮，火力猛，装甲厚，芮恩喜欢它犀利的箭头形造型。它们全副武装，各有一门电磁加速炮，还配备了射手型导弹和点防御炮。

"速度降低到四分之一。"芮恩下令，并持续关注着"黑桃 A 号"的行进路线，她要确保与那两艘驱逐舰拉开安全的距离。

一段紧张的时间过去，他们总算来到了行星的另一侧。舰桥上一片安静，只见一条光洁的银色环带缓缓浮现，飘浮在漆黑的太空中。

泽塔光环的真容引得船员们纷纷起身。

芮恩从来没见过如此奇异和异域的东西，如此巨大而简单，复杂而美丽，却又暗藏难以言明的危险。它的直径和地球差不多，环带外圈刻有奇怪的几何图案，一闪一闪地发出蓝色的光芒。

"黑桃 A 号"飞越了那颗行星，他们的行进方向稍微有了些

---

① 利戟级驱逐舰（Halberd-class Light Destroyer）是一种轻型驱逐舰，2058 年开始装备，长 485 米，特点是火力猛、装甲厚和速度快。

改变，让他们能看到环带令人惊叹的表面。与外圈相比，环带内圈的景象截然不同，色彩丰富，光线明亮，带状的蓝色天空美得不可思议，朵朵白云萦绕在白雪皑皑的群山峻岭之间，地势高低错落，有峡谷与平原，有江河湖海。这一切仿佛出自神明之手，从地球上切割出一条三万一千公里长的沃土，将之严丝合缝地移植到了这座大规模物种灭绝武器的框架中。

他们眼前所见是银河中只有极少人见过的存在，绝大多数人是不可能有机会看到的。她心中浮现出一个疑问：为什么？那么多的人——偏偏是他们在这里……

如今芮恩知道了上古的历史，还有智库长操控因果的强大能力，她很难再把火花与他们的交集当作偶然。他们完全可能是在智库长为他们铺设好的道路上前进——或至少是希望他们走上的道路——这是荒谬至极而又完全有可能的，而且相当令人忧心。

一直没有人说话，直到莉莎开口打破了沉默，"光环不用旋转产生重力的吗？"

"不需要的。"火花答道，"它会自转，只是为了实现日夜循环和其他方面的需要。重力是通过人工产生器维持的。"

拉姆用手抹了一把脸，转身对上了芮恩的视线。她也一样目瞪口呆，给不了什么回应。这或许就叫一切尽在不言中吧？

"啊，我不知道你们是什么感觉，"尼克说，"不过我感觉像是被扇了一耳光，还感觉很带劲。"

"那叫作敬畏,小弟。"莉莎微笑道,接着咯咯笑了起来,她的俏皮话正是他们借以消解震惊情绪的助力。芮恩重新坐回到椅子上,"虽然我们在暗处,不过咱们还是保持对周围空间的监控,远离那些舰船和卫星。"

船员们从敬畏的情绪中恢复,再度回到了自己的工作上。

"开始接收到来自环带的能量信号了。"尼克说。

"船长,我建议对周围五百公里范围内的区域做持续性扫描。"火花说道。

"可以。莉莎,带我们进去吧。一旦火花确定了制图机的位置,就规划一条过去的飞行路线。拉姆,我想知道下面有什么,还有其具体数量——侦察轨道和地表有哪些武器和防御系统。尼克,监控刚才那艘舰船和卫星的通信,有情况随时向我报告。我们这次小心些,无惊无险地搞定一切。"

"能做到的话,可是有史以来头一遭。"拉姆小声说了句。

船员们又发出一阵哄笑。

谁知道呢,或许今天就是那头一遭。他们有火花,还有一艘有先进隐形技术的飞船。

不过,话说回来,也有可能和以前一样。

甚至更糟。

第九章

眼前的"巨轮"①已不再是我记忆中那苍凉破碎的样子。在我的记忆中，它充斥着外露的骨架和破碎散落的地表，弥漫的硝烟和无尽的痛苦。到处都是废弃的城市、损毁的设施和巨大的裂痕；烽烟四起，星舰陨落，疮痍满目。先是大架构师残忍的人类实验引发内乱，接着又有偏见之僧②和原基夺取控制权后导致的大战和混乱。现在，这些痕迹都消失无踪了。

那些扭曲外露的基底层，一片片焦土和断垣残壁，已经被十万年来的生态发展和变化所吞噬。曾经的痛苦和苦难已被时间抚平和遗忘，埋葬在原始的、诱人的，甚至堪称美丽的地表之下。

这里以前也被叫作"伽尔11"，是大架构师下令制造的最

---

① 巨轮（the wheel）是07光环上的人类对光环的称呼。

② 偏见之僧（Mendicant Bias）曾受命管理泽塔光环。先行者于上古人类战争期间，受命于大架构师，为测试光环，对查姆哈克星系发射，也是此举释放了被关押在查姆哈克星上的原基。偏见之僧被原基策反后，带着泽塔光环失踪了43年。

初的十二座环带之一。最初这座光环的直径达三万公里，配备有密集的定向能量发射锥，可发射交叉相位超大质量中微子波，能够消灭一切复杂神经生物体——动物、植物、树木……

在上古人类掌管的法恩哈克[①]行星上，我目睹了所有生命的终结。从海洋生物到大片大片的森林与菌根网络组成的共生群落的消亡[②]。

泽塔光环是初代光环阵列中唯一尚存的。在先行者与洪魔的战争末期，从自毁撞击下救回光环后，它被改造为了原直径三分之一的大小，与后来小方舟制造的新光环阵列编制在一起——这些秘密制造的小一号的环带最终被用作铲除洪魔的最后手段。

虽然泽塔光环和其他几座较为相似，不过我的人类同伴间有个词来形容这种家族中的异类——"害群之马"。它仍然保有旧式设计的元素，在它的尘土还有岩石之下，仍可找见曾经屹立的城市与林立居所的残垣断壁。生活在这里的人类已经历经了许多世代，发展出了复杂多样的文明。

即便看到已经愈合的伤口，我也没有感到舒心和安宁。相

---

① 法恩哈克（Faun Hakkor）与上古人类首都行星查姆哈克星同在一个星系，为上古人类的主要殖民星之一。

② 公元前97495年，上古人类与先行者战争期间，先行者为测试07光环，以低功率向法恩哈克星所在的查姆哈克星系发动攻击，消灭了该星系的所有生物，甚至包括洪魔不会寄生的生物，只有原始的有机物，如青苔、真菌、藻类和部分植物存活下来。

反，这些画面如骨中之刺般扎在了我的心上。

再多时间也不够驱散我被囚禁此地时的恐惧。我不会忘，也不会原谅。在这座光环的基底层的深处，我被抹杀了人类的身份，成了先行者的一员。我还记得，因为我必须记得，在一千个世纪之后，我仍然狂怒。

"你确定要这么做吗？"芮恩问我。她正站在全息投影桌前，双手背负在身后。

她知道我的往事，其他人也一样。他们脸上的关心和担心告诉我，无论我做何决定，他们都会支持我。这股力量让我知道自己的局限，同时也让我害怕。友情真是种可遇不可求的东西。

"我确定，船长。"我向她保证。故事还没到结局，"我们的前途非常明确。"

她利落地点了下头，然后再度看向了全息图像，"我们从哪里着手呢？"

坐在各自的转椅上的大家此时都转向了我，认真地听我的说明。我已经仔细研究了泽塔光环，并进行了一系列的计算。我将环带的全息图像投影在桌上，将其中一部分放大给他们看。"我认为应从这里开始。"加强后的光学雷达扫描图像能够穿透植被和地面，显示出下层的结构，我认得这个区域。

"这个干涸的山谷以前是一条河。"我将图像放大，带大家看着一个被两侧灰色山崖包夹起来的宽阔山谷。我沿着山谷平移图像, 一路追踪到了河道的源头。那里是一个陡峭的足有百米高的峭壁。"这里以前是一座瀑布, 上面有个湖。"沿瀑布往上, 这里早已成了一处盆地。"那里。"我指着湖盆中央说道。

芮恩靠近看了看, "那是什么?"

"像是一个火山口。"莉莎说。

"差不多吧。我们这里看着很小, 但是它的直径有二十六米, 可以直通泽塔光环的基底层。"我移开了光学雷达的扫描成像, 换成了漂亮的卫星影像。

我挺喜欢美丽的环带, 这一座和我的 04 特区那座尤其像, 使我突然感觉到悲伤、愤怒和强烈的嫉妒。

不过, 我必须屏蔽这些情绪, 将它们抛诸脑后。

"盆地植被茂密, 我建议直接飞进去, 把飞船停到光环内部去。"从他们的表情看来, 显然都没有预料到我会提出这么一条建议。

"到光环内部去。"尼克犹豫地重复道, "你让我们直接飞进去。"

"是的。我刚才是这么说的。这是最快和最安全的着陆方式, 可让我们规避地表的所有情况。目前环带上大约有三千四百一十六个人类, 其中有四百到六百人是来自各个研究团队的科学家, 其余的则是军人。我还侦测到有几百个人类无人机在环带表面进行各种工作, 例如扫描、记录、绘制地图、寻找控制中心和能源核心等。"

"我们知道地面上有什么，如果去到地下，"拉姆说，"我们怎么知道那里更安全呢？"

"是啊。"尼克附议，"下面应该有几千个环带的工人在维持这座光环的运转吧。而且下面至少有几十公里深，完全是另一个世界。"

"基底层里大部分构造体都是各种护卫。它们的大小和功能各不相同。"

"它们为什么比地表的人类更安全呢？"芮恩问道，"还有这座环带现在的监守者呢，什么情况？"

他们的问题无聊得很，我权当锻炼耐心了。"这座环带的监守者已经无法履行自己的职责，这也是这座环带的防御力量没有现身的原因。根据我获得的资料，从2555年起，它对人类在环带上的活动就没有任何反应了。如果它要保护这座环带，或是发动攻击，它早就已经做了。"

在我担任04特区的监守者期间，我曾试图联系过这座环带的监守者"失落焚火"，就连那时都不曾收到它的应答。现在我的人类记忆恢复了，我不禁猜测，有可能它的任务与我和其他监守者的不同。毕竟，新星原本打算让它成为一座坟墓，将那段可怕的过去和死在那些事件中的人们丢进时间的迷雾中，让其就此消失然后被遗忘。虽然后来他确实又将这座光环送往了发射地点。

"好吧。"芮恩打定了主意，"那我们就来制定一个飞行路线，然后对路线进行一个深度扫描, 看看一路上有些什么, 哪些是我们需要避开的。"

"遵命, 船长。"莉莎转回到导航控制台前。

完全没这个必要。

"飞行计划我已经完成了。"我告诉他们, "最近的军营距离我们的进入点有三十公里远。两架无人机预计在二十三小时后才与我们的计划路线相交。离湖盆最近的科研基地也有十二公里, 他们最远到达过离这座山谷四公里处。如果他们继续前进, 他们将遇到一个中继站, 他们将花好几天, 也可能好几周的时间忙于研究那个站点。"

全体船员再一次用熟悉得不能再熟悉的眼光看着我。"是我越界了。"我意识到, 我们每个人在船上都有自己的职务, 我怎么能自作主张呢?

拉姆咳了几声, 转身回到他的屏幕前。莉莎和芮恩相视一笑, 尼克摇了摇头, 说道:"老兄, 你这不只是越界了——你这是越了界还飞出去老远, 跨过那该死的山谷了。"他嘴角大大地上扬着, "别担心, 火花。我们明白的。这是你的行动, 而且是属于你的私事。"

是的。我想也可以这么说。

第十章

泽塔光环

　　芮恩指挥"黑桃 A 号"飞近环带下沿外侧。看到几乎垂直或干脆倒置于头顶的山脉森林、湖泊河流、蓝天白云，她倍感新奇。环带之大、之丰富让她瞠目结舌。泽塔环带宽三百一十八公里，直径一万公里——和地球差不多。在她看来，建造这样巨大的设施所需的知识和技术近乎幻想、魔法和神迹。

　　能够建造如此伟大事物的文明，怎么就被洪魔击垮了呢？她初次得知洪魔的存在是通过火花的讲述，听过后就再也忘不掉了，即使是现在，她想起它们时仍感到背脊微凉。如果它们大量出现，尚不及拥有如此神奇技术和知识的建造者万分之一的人类该如何面对这样的威胁？

　　随着"黑桃 A 号"进入到人工生成的大气层中，眼前风景更加清晰了。这个世界是直到最近才被发现的，之前一直处于无人知晓、无人打扰的状态；这是一个原始而美丽的世界。她早就知道环带为什么有这样的环境——根据火花所说，当初是智库长说服先行者议会，阵列造成的破坏太大，需要保育措施①来加以平衡，以另一种方式实现救赎。那么，还有比这里更好的地方来存放她的生命样本，在洪魔到来时能安然无恙，并让成千上万的种族、物种以及动植物在新的环境中保存千万年吗？

然而，那乌托邦般的景象并未出现在这座环带上。

飞船里大家都不再出声。其实这么巨大的设施，他们的队伍又这么小，芮恩敢打包票，他们就是开着齐格亚尔人的垃圾飞船都能神不知鬼不觉地潜进来。

"船长？"

全息投影桌上的火花早已迫不及待，"我现在需要接管飞船的控制权。"

"交给你了。"

火花控制飞船先是沿着一片白雪皑皑的山脉飞行，然后降低高度朝山麓飞去。当他们滑向一个被两侧灰色峭壁包夹的深谷时，地面上几个移动的小点引起了芮恩的注意——看上去像是一群是公羊，它们宽大的角一直弯曲到了脖颈之后。羊群在低矮的山峰上前行。"黑桃 A 号"快速平稳地俯冲而下，稳稳地骑跨在干涸河床和两侧悬崖形成的裂缝的上空。悬崖上方

---

① 保育措施（Conservation Measure）是智库长在得知大架构师意图发射光环阵列对抗洪魔时提出的计划，目的是保存银河系中的各种生命，在光环阵列发射后重新向银河系播撒生命的种子。

的高地上有一小群像鹿一样的生物被他们的动静吓了一跳，在绿色的大地上狂奔一气，画出一条巨大的弧线。

到了山谷尽头，"黑桃Ａ号"的推进器转而朝下，飞船沿着峭壁爬升，来到平整的湖盆。数以百万计的藤蔓缠结在一起，呈心形的叶子厚实而有光泽，有的长达两米，如同在原来的湖床上铺上了一层厚厚的地毯。湖盆中心，叶子往地下深入，勾勒出一个完美的圆形空间，如同在湖盆中央放了一只翡翠碗。

"黑桃Ａ号"减慢速度，悬停在了洼地上空。"植被约有四米半厚，下面除了一大片中空的空间就没有其他东西了。"尼克说。全息投影桌上显示出了光学雷达的扫描成像，显示出下方的基底层有多么深邃，简直触目惊心。与之相比，地表的湖床就像漂浮在深邃黑暗的海洋之上的一片莲叶。

"范围内没有侦测到任何敌对或生命信号。"拉姆补充道。

"尼克，附近有通信信号传输吗？"

"没有，船长，什么都没有。"

"我们要用枪来清除这些植被吗？"莉莎问。

"不。我不想打草惊蛇。"芮恩回道，"而且清除的过程中可能反而会砸到我们自己。还是用火焰喷射器对付它们吧。"

"好主意。"拉姆说。

尼克脸上浮现出一个放肆的笑容，"我体内的火焰之灵同意了。美好的一天从烧点小东西开始。"他连上飞船后推进器边上的舷外摄像头，在飞船调整到位后，将影像显示在了屏幕上。

芮恩打算通过节流阀控制推进器的出力,只需要点燃一点三氨基联氨[1]烧出一个小窟窿就够了——范围再大点的话恐怕会形成烟雾信号,引人前来查探。她开始点火,发动了两秒钟就搞定了。然后她松开操控,看了看传回的影像;结果让她挺满意的。高热将底下的藤蔓尽数烧光,周围的植被余焰未灭,沿着圆形的路径一圈一圈地向外延扩散,直到遇到含水分的藤蔓和树叶才停了下来。

"干得漂亮,船长。"火花说,"如果你准备好了,咱们就可以继续下一步了。"

准备好把她的飞船开进一个先行者的巨型构造体的内部吗?她差点笑出来。这主意听着不怎么靠谱,不过也正是他们接下来要做的事。有没有准备好都是相对的。以前那种兴奋劲还在,带着一丝鲁莽和探索未知的冲动,只是暗藏在了小心谨慎和深思熟虑之下。"我永远都是做好了准备的。"她打趣道,"请各位盯紧自己面前的控制台和报告。"

"黑桃A号"稳稳地就位了,芮恩将飞船的主推进器设置到了垂直起降挡位,将飞船调整为垂直姿态,令飞船竖直地飞入环带的内部。尼克靠近控制台敲入了一个指令,舰桥上四个小屏幕和主观测屏纷纷点亮,显示出了"黑桃A号"的几个舷外

---

[1] 三氨基联氨(Triamino hydrazine)是虚构的燃料,其中联氨是现实世界常用于人造卫星及火箭的燃料。

摄像头的图像，图像每飞过一米更新一次。首先出现在屏幕上的，是烧焦的藤蔓和入口的边缘，然后……是一片黑暗。

芮恩紧张起来。每个屏幕都是漆黑一片。他们唯一的可视参考是战术桌上悬浮的图像。随着传感器不断返回数据，全息图也在不断更新，显示出网格状的上构造层，这一层位于湖床下方，有几百米深，再下面是许多巨大的柱子，将整个上构造层支撑了起来。整个构造层只留了他们进来的那一处二十六米宽的洞口作出入口，看起来应是原本就这么设计的。

初步读数显示，泽塔光环的基底层有十五公里深，并且还在不断向下延伸。

从图像上看，支撑环带内部网格和横梁结构的巨大立柱还没到底，它们的大小太惊人了。舷外摄像头的画面仍然一片漆黑。他们的四周空无一物，持续以每秒二十米的速率垂直往下飞。芮恩的注意力集中在不断更新的图像上，希望找到附近任何可以作为参照点的地方，然而他们只是沉入这个无比黑暗的深坑中的一艘小飞船而已。

八分钟后，他们来到十公里深处时，周围的环境终于有了变化。"黑桃 A 号"的探照灯揭开了一个巨大的纵横交错的世界的一角。巨大的立柱在这里相连，规模远远超过她见过的任何摩天大楼。宽阔穿插的通路延伸到远方，远超他们传感器能够侦测的范围。横竖交叉隔断出的空间中又分出数个区域，有开放的空间，也有约六层楼高、六十米宽的隧道，还有四面都是墙壁的巨大隔间。

他们就像一粒灰尘，飘飘悠悠地落在了一座巨大无比的城市中。惶恐无比，又自感渺小。

"我们下方一公里处有条路。"火花说。

这里逐渐显现出了被破坏的痕迹。爆炸的焦痕、有些路面坑坑洼洼，有些像树枝般断折，捆扎起来的物资，还有一些更小型的东西——飞船、运输机、裸露的管道和线缆，以及看不出来是什么的废弃物——散落在通道和隧道各处。

"这些破坏……都发生在这座环带发射之前吗？"芮恩问。她记得火花曾说过他还是人类时在泽塔光环上发生的那些事，包括他到这里之前就有的内乱，还有这座光环差点撞毁在狼面星，最后让其从环带中间穿过的事，他说的在此地的每件事她都记住了。但她必须亲自确认，不能有遗漏或是隐瞒，才能判断这是否还有其他事需要她担心的。

"大部分是。"火花答道。

"有谁觉得奇怪吗？"尼克带着担心与她对视了一眼，然后才看向了火花，"地表显然状态良好，但不会平白无故就这样美好，那需要大量的维护工作和能源才能维持大气和人工重力。那为什么这个区域没人管呢？这下面甚至都没通电。"

"可能是有点怪。"火花承认，不过他的声音听起来倒是无所谓的样子。

"我得有比'可能'更好的情报才会继续前进。"芮恩说道，

"火花，这区域是有什么原因才年久失修的吗？"

"没有任何迹象表明其背后原因是有问题的或者危险的，船长。我没有察觉到有这方面的问题。很有可能这个区域只是被废弃了。可能是因为能源紧缺或别的什么原因，有许多可能——出于节约安排了休眠周期，为了将能源输送到别处关闭了这里的系统……"

到目前为止，行动都较为顺利，芮恩希望能保持下去。信任是这次任务的基石，她相信火花，他的知识、他的建议还有他的假设。但是无论如何，不管他可能做什么、说什么或是导致了什么，产生的一切后果的责任，都是压在她肩上的。

"我也是很谨慎的，和你们一样。"火花补充说道，"我和这座环带有交集时，它已存在了十万年，列出目前有哪些潜在的危险是不可能。不过我可以稍微缓解你们的担心，我认为这里的管理者们对我们没威胁。"

管它叫第六感也好，信任也好，或随便别的什么都行，就目前所见，芮恩也有同样的感觉。

"而且我也不认为保存在基底层研究设施中的洪魔样本对我们有任何威胁。"

她的乐观情绪一落千丈，"对不起……你说什么？"

"等等——你刚才说什么？"拉姆从椅子上转过来，难以置信地皱起了眉头，"这里有那些东西？"

"有可能。"

"老天，火花。"他刚晒出的漂亮古铜色皮肤立马显得苍白了几分。他们都听过火花那些关于洪魔的故事，那东西的恐怖让人一辈子都忘不了。"如果它们真像你说的那么危险，不是应该早就将其消灭吗？"

"正是它们危险，才驱使先行者留存了它们的样本。所有光环——包括我的——都有重重保护的研究设施收容这些寄生生物，这是为了有朝一日能找到对付它们的解药。由于洪魔的本源还存在于银河系之外，为了防止威胁重临，找到战胜它们的方法才是防止所有生物多样性终结的唯一出路，这也是启动光环之外唯一的选择……不过，新星也有可能在将这座环带派往发射地点前就把那些样本清除了。"火花耸了耸肩，语气浑不在意，"我没办法说哪些事可能发生，哪些不会。"

如此重磅的消息让全员都陷入了沉默。过了一会儿，莉莎小声地问道："我们需要担心这个吗？"护犊子的天性让芮恩紧张不已。"我是说，这么长时间过去，还关得住那些东西吗？"

"我可以向你保证要是真有任何洪魔溜出去，这座环带，连同整个银河系的状态都将和现在大不一样。"

确实如此，芮恩也没办法反对这个说法。

"正在靠近路面，船长。"尼克插话道，"我们要不要着陆？"

现在他们离得足够近了，下方路面的情况在屏幕上一览无余——一条巨大的公路，建造材料看起来和光环外侧那种合金差不多，不过亮光的蓝色线条和符号文字只是装饰性的。

"火花,该你上场了。"芮恩说,将决定权交给了他,"你有什么建议?"

"最佳和最快的行动方向是沿着这条路到达离制图机最近的下层。"

芮恩朝他微微点头,让他继续说。"黑桃 A 号"的推进器转向的声音在飞船内部回荡,他们开始沿着路面往前飞去。

"这里损毁成这样,你觉得它还在那里吗?"尼克问。

"制图机是会一直在的。如果一个被破坏了,环带的另一处将会自动地造一个新的出来接替它的工作。它的作用太重要了,必须有这样的保障。不管怎样,我们肯定能找到的。"

图像显示前方几公里处有障碍物。那是一截看上去像立柱、横梁还是承重梁的巨大金属,正好砸在了这条路与前方隧道的交接处。巨大的冲击力把路面砸出一道巨大的裂口,几乎把公路砸成两段。"我们就在这里着陆。"芮恩做出了判断。她可不想把飞船停靠在那裂口附近。"然后下船步行。"

飞船放下起落架,慢慢地朝降落地点靠近。火花则在全息投影桌上开展着工作,不断校准各个扫描仪以获得精确的成像,绘制出残骸和隧道后的地形轮廓。

尼克从座位上转过来,站起身,伸了个懒腰,打了个长长的哈欠,"要不要让米歇尔和黛安 ① 待命?"

"不需要。"火花说,"我知道我们的位置,还有目的地

---

① 米歇尔(Michelle)和黛安(Diane)是"黑桃 A 号"上的无人机。

所在。"

"嗯,空气良好,温度适中,建议穿个外套。船长。"

芮恩感谢了他的建议,"谢了,尼克。制图机在哪里?"她见火花正在摆弄泽塔光环内部的图像,于是开口问道。他将图像移动了几下,来到一个较为接近地表的区域,并将之放大,说道:"这里——隧道另一头出去往上二十米的位置。"

尼克倚着桌子探出上半身,"那里差不多五层楼高,还没有什么能借力的地方。"他若有所指地抬头看向芮恩,她很清楚接下来他要说什么,"我当初说要配喷射背包的时候是谁给否决的?"

"我们有喷射背包。"

"没有。我们有的只是'过时的'喷射背包。有很大的区别。"

"我们用不着那个。"火花放大图像,显示出隧道外面的一根支柱,"看到这面墙上的那些隔间了吗?"图像有点模糊,不过倒是能看出大概的轮廓,柱子上垂直叠放有不少矩形的容器。"这些隔间原本是停放运输舱的。可能现在里面还有不少能用的。"

虽然没有百分百的确认,但也大致知道到时候该怎么办了,所知的信息已足够他们展开行动,而且芮恩也很想见识下智库长的钥匙会解锁什么东西。"火花和我去,再加一个人。你们两个留一个监控周围情况。"

"如果还是照老样子,"莉莎不假思索地回道,"我留在船上。"

"我跟她一起留下。"通常尼克是第一个要求下飞船的,他渴望前方的冒险。他这么快就做出的决定倒让芮恩有些诧异。"你们三个去吧,"他又说,"船长,这样可以吗?"

她点了点头,看着他坐回到自己的椅子上,转过去找他姐姐说话。他身上带着某种疲倦,不是彻夜埋头技术导致的那种疲倦,而是更为深层、更难捉摸的压在他身上的东西。她之前没有注意到,是她的疏忽。

"我会全程联络和监控飞船的。"火花向她保证道,他以为她的沉默是因为有所疑虑。

"要是出了什么问题,莉莎和尼克都是久经锻炼的。"芮恩说。这也不是什么高深的技术,他们会立即让飞船脱离危险,这也是他们的本职工作。虽然尼克的决定和他的本性严重不符,但芮恩决定暂时不去管他,等他们离开泽塔光环再说。

"那好,你们看家,有什么随时通知我们。老办法,要是有什么朝你们这边过来就赶紧跑,我们稍后再跟你们会合。"

"明白,船长。"尼克说道,"我们会让飞船随时待命的。"

火花的虚拟形象消失了。"看起来你得跟我们走了呢。"芮恩对拉姆说道。

拉姆朝姐弟俩得意一笑,"大人的事小孩儿别插手。"

随之而来的白眼让芮恩微笑着与拉姆一起离开舰桥,朝走廊走去。他们走到狭窄走道上,往两层楼之下的货舱看去,火花正在组装他的扈从身体，他的那堆银色合金部件都堆放在他工作台前的地上。蓝色的硬光勾勒出轮廓和连接点，像磁铁一样将各个部件聚拢起来。脚、腿、躯干、手臂、手掌和头各就各位，然后收拢到一起但又互不挨着，硬光就像胶水一样将各个部件锚定在合适的位置。

火花直起足有三米高的先行者身体，威压十足又不失智慧。他缓缓转过头，抬起下巴，发着神秘蓝光的眼睛与芮恩对视了一眼，然后点了点他棱角分明的头打了个招呼。

芮恩的手臂立时起了一层鸡皮疙瘩，她相信自己永远都不会习惯看到他从地板上起身的样子。每每看到这种场面，她就会想起他有多异类。

狭窄走道连着的楼梯底部附近有一个狭长的房间，就在货舱外面，这里安放有一排储物柜，是飞船的整备区加装备库。这里有适合各种地形的装备和武器，以应对各种环境和情况，这里曾是芮恩在飞船上最喜欢的区域之一。储物柜中存有各人的收藏，那些都是每个拾荒者经过数年甚至数十年的时间积累起来的，都是很有意义的战利品，他们的工作需要为任何类型的环境做好准备。极少的情况下，这些藏品会被拿去拍卖——通常是在拾荒者退休或者死后——银河中各地的拾荒者都会在那时聚集起来，拍卖会通常最后都变成了退休派对或追悼会。

拉姆从他的储物柜中拿了件外套，然后再在外面套上了一件事先准备好的工装背心。"你要带装备吗？"

"是啊。我不放心这地方，太安静了。"

拉姆笑了，乌黑的胡须后露出一口大白牙，"别跟我说你怕黑啊？"他又拿出了一件工装背心。

"很好笑。"她接过背心。在他用皮筋将头发向后扎起来的当口，她多拿了两个弹夹插进背心的口袋里，然后才将背心穿上身。"准确地说，我尊重黑暗。两者有很大区别。"

"嘿，没地方比这里更奇异了吧，我敢肯定。"他取出一把M6手枪，检查了下弹夹，然后将它插进了腰间的枪套中。"我以前还觉得璀尼尔星是第一古怪的，不过这地方……我还真不知道有什么能超过这儿的。"

"噢，查尔瓦老兄，只要你跟着我，我肯定我们能找到些什么，或者被什么东西找到。"通常都是这样。"麻烦递两个手雷给我。"

他从架子上拿下了两个手雷，分两次递了出去，然后取出一把步枪，快速地检查了一遍，"我准备好了，等你。"

"我们还需要带上两个反重力盘①以防万一，然后就齐活儿了。"

"不带搬运车吗？"

她戴上通信器，调整它在耳中的位置，"不带，我们要去的

---

① 反重力盘（antigravity plate / grav plate）是 UNSC 于 2531 年开发的一种小型反重力装置。现在普遍被认为已过时，用的人不多。

地方带着这东西可能太累赘。"此外，她觉得钥匙解锁的东西应该不会大到需要反重力推车才能装得下。反重力盘更小，更容易携带，只需要一个人将一对盘子附着到一个物体上，启动，然后这些盘子就会产生一个小型反重力场，使那物体自己浮起来。"如果我们发现的东西对盘子来说太大了，我们可以再回来拿。"

"收到。"拉姆转身去到其中一个货箱处拿反重力盘了。

芮恩将带有小型数据板的左手护臂穿戴好后，从更衣间出来朝拉姆走去。当她看到火花一动不动地站在空气闸门前面时，不由得停下了脚步。他没有发出任何声音，头也没有因她的靠近而侧过来，只有沉默和静止。

这是他相隔十万年后首次重回泽塔光环。她完全猜不出他那复杂的大脑里在想着什么。

在非洲时，她在亮光中听见智库长的声音告诉她，火花是特别的、珍稀的，比她想象的更加重要。自从那次事件之后又有许多次，尽管他威力无穷、技术超卓，芮恩还是感觉到他需要她的保护，她的帮助，而且最重要的是她的友情和信任。没有那件事，他可能会形成与现在完全不同的自我——让人想起来都不寒而栗。

她很高兴他们是同一边的。

芮恩向下扯了扯她的背心，走到了那个三米高的巨人身边，"你还好吗？"

空气闸门滑开，装卸踏板缓缓放下。"很快我就会知道了。"

迎接他们的黑暗巨口向货舱中送入一阵令人不安的寒意。这里的空气污浊而清冷。装卸踏板周围的灯光只照亮了飞船周围的小块区域，此外的一切都漆黑一团。从她所在的地方能看到的道路，至少透着点熟悉——道路的金属材质是她以前在别的地方见过的，地面上有着熟悉的几何线条，唯一的区别是没有她之前见过的那么华丽。

"打开照明。"她按下背心内置的斜角肩灯，走下装卸踏板，"通信测试，有没有问题？"

"非常好。"拉姆说。

"祝你们好运。"芮恩的耳塞里传来莉莎的声音，"我们会看着你们迈出的每一步。噢，记得带些了不得的东西回来。"

无论钥匙解锁的是什么，都不会是寻常意义上的宝藏。芮恩很肯定，如果没有非常好、非常重大的理由，智库长是不会安排这场狩猎的。

"收到。"芮恩说，"咱们出发吧。"

芮恩与飞船之间已隔着一大段的黑暗。从这个距离看去，"黑桃 A 号"只是一个被昏暗、不成形的灯光勾勒出的小黑疙瘩。他们已经走出去一公里半了，用了差不多二十分钟，这段时间里, 他们踏出的每一步, 每一次呼吸, 衣服的每一次摩擦和装备的每一次碰撞, 都在这令人心烦意乱的静默中发出一声令人心烦意乱的噪声。他们身上的照明合在一起大约能照出八米远, 虽然能给他们些许并不真实的安全感, 但包裹他们的黑暗太过妖异, 芮恩必须有意识地控制自己的牙齿不要打颤。

以她现在的状态, 她在找到制图机之前就会头痛欲裂了。

终于, 他们的照明打在了通道的裂缝上。一根不知道从头上什么地方砸落的巨大支撑梁砸穿了大约有六层楼高的隧道入口的顶部, 力道之大, 通道的地面表层也被砸得裂开来, 还连带周围一大片地方的金属也往下陷去, 在地面撕开了一个大口子。她不想让"黑桃 A 号"靠近这里半点, 但像他们这样小如蝼蚁的存在经过倒是不用担心会引起坍塌。

翻越金属梁和绕过残骸减慢了他们的前进速度, 但火花似乎总能找到最高效的路径。当他们终于通过支撑梁砸落的地带走向隧道时, 芮恩已经上气不接下气、挥汗如雨了。他们进入到隧道中, 芮恩对于她背心上的肩灯, 还有火花发出的恒定的蓝光甚是感激。

这些光线照在他银白色的合金身体上, 反射出荧荧神光, 使他像黑暗中的灯塔般让人心安。在这个如同神一般的、创造火花的先行者们曾待过的地方, 火花那来自不同世界的感觉也比往常任何时候都要明显。

"这整片地方感觉很……不对劲。"拉姆一边喃喃地说着,一边加快了步伐跟上芮恩。

"我懂你意思。"

"我们可是正走在泽塔光环的地下世界中。"他慢慢转过身,对着来时的路照了一圈,然后转回到原位,"在我们头上的起码是活物……而这下面,谁知道有什么……"

"被你一说更恐怖了,真是谢谢你。"

拉姆嘴角扬起一抹笑意,眼角的笑纹皱了起来,"我就是为这个来的。"他不断地扫视黑暗中的区域,沉默了好一阵后又说道:"我想象中的'永恒之厅'就是这个样子。"

"那是什么东西?"

"圣赫利人的神话。'愿你的名字永远响彻永恒之厅'。"他朝她一挑眉毛,吟诵出声,"他们的古神话中的一种说法,比星盟成立还要早上许多。"说话间,他们从某种飞行器的遗骸旁绕过,看似某种小型的运输工具,碎成了一块块的,散落在隧道各处。"这和他们的神祇黑暗之星'费厄德'有关。他们说,他手里拿着一盏用乌尔斯星的火焰点亮的古老灯笼,穿着旧履在永恒之厅走来走去。费厄德永远都不会停下,永远都不会停止晃动他手上的灯笼,一边走一边不断唱诵出新死者的名字。想想看,黑暗之神的声音,在一个像是这样的大厅里喊出往生者的名字。他们说他会一直走下去,一直叫出那些名字,直到宇宙中最后一个圣赫利人呼出他的最后一口气。"

也难怪拉姆会想到这个故事,这条隧道确实适合被某个异星神祇拿来当作永恒之厅。

"只有带着荣誉而死的人的名字才会被叫到。圣赫利人至今仍认为这是一件值得追求的事。带着荣誉而死,否则你的名字将永远被抛弃。"

"你是怎么知道这些的?"

他耸了耸肩,"如果你被一堆铁绞头抓去当俘虏,总能学到些东西的。"

发生在拉姆和他船员身上的事,大概他一辈子都不愿再提起。不过芮恩有种感觉,假以时日,他最终是会说出来,以释放一些压力的。现在可能正是那个时候。

果不其然,都不需要她开口。

"他们折磨我的船员时,就喜欢说这话来侮辱他们……说他们会毫无尊严地死去,他们的名字会被抛弃,没有任何种族的神祇会呼唤我们这种只会哀号哭喊和求饶的弱者的名字。"拉姆这番话说得艰难,带着深刻的悲痛,"'你们的荣誉呢?'他们常说。"

战后星盟余孽组成的复兴势力盯上拾荒者已有数月,等他们的拾荒工作完成得差不多的时候突然冒出来,把他们的打捞物一扫而空,再将船员们悉数杀光。星盟余孽就靠这个快速获取他们所需的船只和技术来重建他们的舰队。去年芮恩为了某个东西一路追踪到拉科尼亚星,他们遇到臭名昭著的盖克·拉尔并发现拉姆时,拉姆和他的船员已经被囚禁好几个星期了,而盖克·拉尔折磨他们完全只是为了消遣。

拉姆活到了最后，他是唯一的幸存者。

火花转过身，等他们两人赶上，他的头微微侧了过来，声音平静而礼貌，语气却很坚定，"他们叫什么名字？"

他的问题让芮恩屏住了呼吸，因为她瞬间明白了他问的目的何在。拉姆也是。他牢牢地盯着火花，他骄傲的侧脸满是悲伤和惊讶。

他们身在一个上古种族建造的地方，这个种族被当作神一般崇拜，在这样一个够格成为任何神话中的大厅的隧道中。如果要找一个时刻来纪念他们……

芮恩为拉姆所失去的还有他曾遭受的痛苦而感到心痛。还有火花……在这一刻，她真切地感受到他是多么有人情味。"我们来叫出他们的名字吧，就是现在。"她说道，"这样他们就不会被忘记了。"

她和火花相视点头。

拉姆眼中涌现出极度的痛苦，他努力地控制住自己的情绪，最终强忍住了。不过，芮恩还是注意到了在那背后，他强忍着的愤怒。拾荒者船员就像家人，而他无法让他们安息。

他坚强外表下努力保持镇定的样子让人看着于心不忍。她想他这样做，她觉得这样有助于他恢复——去年他一直压抑着自己的情绪——但她不会逼他。这是他的决定。

"好吧。来吧。"他慢慢地吸一口气，再将之吐出，"咱们一起吧。"

于是他们走在属于他们自己的永恒之厅中,火花领头,成为无尽黑暗中的一点光明,拉姆念出了每个人的名字,他们一起跟着他念,一个接一个,声音在空中回荡。

第十一章

我们行走在环带内部，我的思绪从拉姆失去的船员身上转到了在这座环带上消逝的那些生命。回荡在永恒之厅的名字有数百万之多。

在我人类生命终结前的那段经历，那一幅幅生动的画面像从玻璃碎片中倒映出，在我的核心中一一闪过。当时我和莱瑟乘坐的飞船坠毁在这座环带上，我们会合后，由一个叫"雯伊芙娜"的人类和一只叫"玛娜"的、生性温和的巨猿带领着进入了这个黑暗的地下世界。

我们在饱受战火摧残的环带内部长途跋涉，最后迎接我们的是——肮脏、恶臭、伤痛、饥饿和恐怖。我们看到一拨又一拨的人类和被洪魔感染的生物被扫描、分类，最后又被聚拢到了一起。

曾有许多先行者在这里工作过、生活过并战斗过。他们要么死了，要么被感染了。那些先行者没有一个活下来保护环带上的人类，没有一个活下来，与被策反的征战级 AI "偏见之僧"

和被囚禁在环带上的"原基"争夺环带的控制权。我们变成了奴隶，还有以永无止境的痛苦取悦"原基"的柴薪。

除非我们奋起反抗，杀了那个怪物。

我真是胆大包天！

想想看，一个年轻人胆敢去做成千上万比他先进、聪明、强大的人都没做成的事。

舰队总司令弗斯科恩仇——先行者与上古人类战争中，与宣教士打了无数场仗的老对手——的印记好像一直对我悄声低语，催促着我，将他想要赢、想要打一场没有胜算的仗的意念加于我……不过我不能因为我的自尊去责怪他。

用莱瑟的话来说，那就是一帮子市井凡人想去操心神明的事。

血肉之躯和传奇故事交缠在了一起。

被恶魔引领着，走向灾厄。

这不是真的。

这不是真的。

别来烦我们！

激荡的思绪填满我的核心，直到我无法呼吸、喘息、与各种记忆抗争。

虽然经过了一千个世纪，但对我来说，对契卡斯来说，我从"封存"状态觉醒只不过短短几年。曾经的伤口兀自滴血，背叛仍旧灼痛，重要之人的逝去仍然令我倍感折磨。

　　水是我的锚。是我体认自身情绪和人性的方式。水是基础、是根本。它代表生命，它代表我。我用溶于其中的所有来平息情绪的起伏，缓解痛苦，一剂掩盖无法忘怀的苦痛的膏药。

　　对于巨轮内部，我的记忆并非全然准确。被偏见之僧抓住后，我一直处于被蒙蔽的状态，我的同伴和我浑浑噩噩，乖乖听令，直到它需要"处理"我们时，向我们灌输虚假的画面、虚假的环境、虚假的记忆……没有一样是真实的，直到我体内弗斯科恩仇的印记从背上开的洞中抽离出来。

　　唉，痛苦果真有极强的驱动力。它将你唤醒，把你从白日梦中拖出来，再一把将你推回现实的噩梦中。

　　我记得后来发生的所有事情。

　　我永远都不会忘记。

　　我永远都不会原谅。

第十二章

泽塔光环 / "黑桃 A 号"

莉莎端着一个托盘来到舰桥，托盘里放着两份热气蒸腾的预制餐包，"过来帮我下。"

尼克赶紧从他的控制台边跑过来，小心翼翼地端起一份。"面条啊。"他欣喜地说道，"还加了托萨克辣酱？"

"当然啦。打开包装的时候小心点，很烫。"她舒舒服服地坐在椅子上，选了首下饭的音乐，然后搅了满满一叉子冒着热气的铁锈色面条。她一边吹凉面条，一边看着她弟弟。到目前为止，她还没有鼓足勇气将她想去读书的想法告诉他。"周围情况怎么样？"

他嘴里塞满面条，被辣出了眼泪，好不容易挤出了几个字："没什么情况。"

她理解被辣出眼泪的尼克。托萨克星的辣椒外形细长，卷曲呈螺旋形，看着很是不起眼，但是它们对味蕾可是极具冲击力的。让这一切都值得的，是随之而来的略带烟熏味的回味。

莉莎吃着面条，始终鼓不起勇气说出她想上大学的梦。她说不出口，于是干脆将注意力转移到了尼克身上。她学会了重视自己的感受，尤其是和家人相处的时候。从待在绿宝石湾星的最后一天起，尼克的行为就很反常，而这次他又选择留在飞船上，而不是去探索这个他们到过的最高科技的地方。他肯定有什么心事，而她必须要知道。

"真不敢相信我们跑到了光环里面。"她从椅子上转过来，与他面对面，"你觉得呢？我是说，我们可是真的跑了到一个银河级武器的内部。"

"嗯。谁说不是呢。就好像坐在前排身临其境体验火花的过去，呃，至少是一部分过去。"

当他们第一次听到契卡斯和343罪恶火花的故事时，他们彻底被真相震惊了。她不知道别人如何，但她用了好久才消化了他说的那些东西。然而有意思的是，此一时彼一时，现在和这么一个从上古时期活到现在的人共同工作和生活，已经成了他们的日常。"那一定很不容易吧……在这里经历了那么多，现在又回来了。"

"肯定的。"尼克凑近控制台，调整了下飞船的舷外摄像头的角度。

通常有关火花的话题都会引起她弟弟极大的兴趣，但是现在他的心思好像远在天外。"你有没有觉得奇怪，智库长给他的钥匙偏偏是到这里的? "按她的想法, 这么对待朋友好像有点不近人情。

尼克没有马上回答她的问题, 他将最后一口食物送进了嘴里, 然后把可回收的餐盘放入了垃圾分类机, 才慢慢说道: "可能她没的选呢。可能她不是专为他打制的这把钥匙呢。这只是我的看法, 因为触发印记去找她的可能是任何人, 对吧? 比如, 只要符合了某些预设资格的人, 只要去了都能拿到钥匙。"

莉莎耸耸肩, 不太同意, "不管怎么说, 重回剥夺你的身体和人性的地方肯定很糟糕, 以前的那些回忆都……"她真想知道火花的感受。

"他在泽塔光环上失去的只是身体。"尼克随口说道, 他的注意力都在那些屏幕上, "他后来被带到了方舟上, 在那里待了一段时间, 一边休养一边为智库长工作。再后来所有光环被集结起来, 准备派往最终发射地点时, 他才被命名为'343 罪恶火花', 从那时起他的人类记忆就被封存了。"

"你怎么知道这些的?"

尼克皱着眉抬头看了她一眼, "因为我专心听他讲了。他讲故事的时候你没听吗?"

"我当然有听。"显然不是所有事情在她弟弟那里同样是问题。"主要是需要消化的东西太多了。"她说, "可能钥匙的事真像你说的那样。我碰到后它才显现出指示。火花一直拿着它都没能触发。"

"可能程序限定只有先行者和人类能用。"

"你在做什么呢?"他好像所有注意力都集中到了眼前的控制台上。

"扫描周围而已。"

"找什么?"

"没有具体目标。你对外面不好奇吗?"

她看着舰桥上各个摄像头传回的画面,漆黑一片的屏幕除了让她感觉有点害怕外没别的了,"我更愿意拿到钥匙解锁的东西后马上离开这里。问题是你这次怎么没到外面去?"

终于,他被问住了。

她以为他会给出一个解释,不过他只是用耸肩避过了。"是因为小不点儿吗?"

他的鬼脸告诉她,她的猜测离真相太远了。"没什么,挺好的。"

"那,是因为火花?"

他有了一点反应,"你什么意思?"

"呃,有他在我们俩都没什么事做了。我知道你也注意到了。他不需要我们任何人就能独立操控这艘飞船。"

尼克翻了个白眼,"天哪,谢谢。"

"我只是实话实说。我不是说他应该这样做。"

"我们都有自己的事情。我们各司其职。没问题的。我才不担心这个呢。"但他僵硬的语气和僵直的肩膀透露出了相反的信息。

"好吧……那你在烦什么呢？"

"我在烦什么？那你在烦什么？"他发火道，"天哪，莉莎，能不能别说了。"

她知道为这点小事吵架不值得，但知道和做到是两件完全不同的事，尤其是他们姐弟之间。如果他想怪到她头上，那她就给他点甜头吧。"其实我在考虑离开飞船。"

"什么？"

现在局面调转了，她顿时后悔了，"那个，我很久以前就修完了远程课程。一直在考虑去上大学……"

他突然低头看着面前的控制台，连头也没抬，等他好不容易抬起头时，他只是朝她微微一笑，"哦，我觉得这想法挺好。"

他一句话打发了她，就像一记重拳出其不意地打在了她的肚子上。"你就这么一句话？"

"等等。我收到奇怪的干扰。我派米歇尔到外面看看。"

她被气坏了，起身将她的托盘丢进分类机，"你觉得这想法挺好吗？"

不过他已经走出舰桥了。

她回到她的操控台前，不知道自己该对他的态度做何感想。他对她可能离去这件事几乎没有反应。

她决心找出答案，于是她查看了他的控制面板，惊讶地发现哪里有什么干扰。那个骗子！她坐到了他的椅子上，开始了调查。她调出了他的控制台最近所有的操作。米歇尔的目标搜索参数都已经输入进去了,从小型到中型的星舰残骸都有——纠正下:除此之外没别的目标了。

怎么回事?

好吧,现在她是真的感到奇怪了。继续深挖,她发现他最近浏览拾荒者论坛的记录,查询了当前和即将开卖的引擎残骸、跃迁空间引擎电容器和飞船残骸的坐标交易信息。

这没道理。

他捣鼓的那些项目哪里需要这些大玩意儿。而且他显然无权在当前任务中途派米歇尔去打捞零件。

一个通知出现在了屏幕上,告知左舷后部舱门打开,准备放出无人机。尼克的控制台弹出了米歇尔的操控界面,他回到座位时就可以操作了。她马上关掉了他的搜索记录,然后尽量消除了自己的访问痕迹。

尼克回到舰桥,再度坐回到了他的位子上。输入了几个命令后,米歇尔启动了,离开了飞船。这台前 UNSC 间谍机器人是尼克在刚开始拾荒者事业不久后寻得的,他改进了她的信息收集能力,还增加了一系列的有用的功能。

无人机传回的影像显示在了其中一个屏幕上。莉莎来到主观测屏前看着。尼克也来到她身边,换用数据板来操控无人机。她有种感觉,他这回牵扯上的不是什么好事。只有这样才能解释他的古怪行为。

她很想直接问他怎么回事，但是她忍住了，决定等到他们从泽塔光环离开后再挑明。希望到时还为时不晚吧。

她的注意力刚转回到屏幕上无人机摄像头和传感器传回的数据，突然飞船内传来一声很大声的闷响。"怎么回事？"她探过身子，伸手关了站术桌另一边的音响。尼克控制飞船其中一个舷外摄像头查看飞船周围的情况。

又一声闷响从他们头顶传来。

不管打在飞船上的是什么东西，其频率都在加快，就像一场逐渐下大的雨。"黑桃 A 号"的传感器纷纷亮起照亮了舰桥，同时发出阵阵警报声。

她和尼克面面相觑。她用力吞了吞口水，刚下肚的饭菜在胃里不安分起来。陆续又是几声闷响传来。一个黑影从其中一个摄像头前闪过。"我们得让米歇尔马上回来。"

"大雨"倾泻而下。

数百次冲击的声响在舰桥回荡，冲击使得整艘飞船不停地摇晃。莉莎用战术桌上的通信板尝试通过传感器探测外面到底是什么东西。她发现了一件事——不管撞到"黑桃 A 号"的是什么东西，它们都没有弹落到地下，而是粘在了飞船的表面。

第十三章

出了隧道，又走了很远的一段路后，我们微弱的灯光照到了一个东西上，根据我的扫描显示，正是那根柱子。我们从它底部走过去的时候，我计算了一下，它的横截面积为二百七十五平方米。

柱子上有三列垂直的凹槽，从底部往上延伸，每条凹槽里还有许多运输间。运输间是用来停放各种小型内部运输机和运输舱的，本来应由硬光固定和牵引，但因为没有能量，许多运输间都砸落到了地上——我们只能绕着走——其他的则散乱地堆叠在了一起。

我的两个同伴用他们的灯光在这片区域四下扫射，我则走向了在柱子底部的一个终端。要接入控制界面，我必须得清理掉启动控制台上的残骸。但这片区域没有能量，我没法远程访问它。所以我只得手动解决最根本的问题，从能量开始……

芮恩也走到终端前，站在我旁边，"情况如何？"

"硬光光缆从这里开始全都被切断了，受影响的不只是这个启动节点，还有我们后面要去的所有地方。修起来很容易，船长。"

"嘿，弗吉，过来看看这个。"拉姆半跪在一个坏掉的监守者旁边。它的球形外壳有一边凹陷了下去，银白色的合金有爆炸造成的焦黑痕迹。它的目镜已经碎掉了，镜片散落了一地。

我打算一会儿也过去看看。眼下我要先把硬光光缆的光纤重新接上然后焊接起来，大约有个几百条线缆要处理吧——要是人类来做需要几个小时，我只要几分钟就好了……

好。大功告成！

久违的蓝色光芒沿着墙蔓延至终端。我退后一步，看着它沿几何形状的线路流动，流进了柱子上的三条凹槽，再到每个运输间。能量恢复后，固定运输间的硬光也启动了，将现有的运输舱拉回了它们的正确位置。整个区域动力和灯光脉动。它流过我们的脚下进了隧道，可能——除非沿途有损坏的线路——将照亮我们回飞船的路。

芮恩和拉姆也停止了他们的调查，站起了身，欣赏这伟大的光明。

这片区域的大部分地方都恢复了能量，让这里的空间显得更大了，也更熟悉了。

奇怪，我发现自己还是更喜欢刚才的黑暗。

"这是泽塔光环的监守者吗？"芮恩蹲在那东西旁边问道，她的指间拿着一块镜片碎片。

他们发现的这具已无生息的躯壳让我感到一阵不安，可以的话我宁愿将之忽略掉。我粗略地检查了下这具躯壳，它数据核心的命运不可避免地引出了一系列无法回避的问题——而且我好奇的是这些监守者的数据、意识精华、印记在它们死后会去哪里。不过恐怕我已知晓了答案。

"不，这个不是 117649 失落焚火。这座环带上有许多功能性的从属执行者，它就是其中一个。我们得继续前进了。"我又回到终端那边。

我通过终端用远程连接选择了一个适合三到四个乘客的运输舱。用于固定的硬光松开一个运输间，一个光滑的珍珠白色的椭圆形运输舱从中轻轻地滑了出来，下降到了我站着的地方。它停在我身边，悄声无息地悬停在离地半米的空中。我再靠近了一些后，运输舱的中部才出现了一道门。我毫不迟疑地走进又一个熟悉的空间。贴着运输舱的内壁有一圈长凳，天花板是银黄色的。以前里面还有服侍食物和水的智仆，不过这会儿里面什么都没有。

我的两个同伴小心翼翼地进来后，门便消失了。"请坐。"我招呼了声，随后轻松地接入了驾驶端口。运输舱的外壁在我的命令下转为了透明——我不喜欢狭小的空间。我坐在运输舱的前面，芮恩和拉姆在我后面相对而坐。

我们的旅程得以继续，迅捷无阻的升空让拉姆咬到了嘴唇。"下回记得先提醒一声！"拉姆大叫，只消一秒钟，我们便爬升到了五层楼的高度。

"这不比瞬间移动平台好？"芮恩看到他吃瘪，乐了。

到了合适的高度后，运输舱不再上升，在又一段通道上空滑行了一公里半后进入了一条宽阔的隧道。出了隧道，一个平台出现在了眼前。运输舱停在了上面。"我们到了。"

拉姆第一个走了出去，芮恩紧随其后。这个平台要容纳一座小型的城市都绰绰有余，自然让他们一番赞叹。"从那条路过去，那边。"我一边跟他们说，一边带头向那边走去，"运输舱会在这里等我们回来的。"

"你感觉到没？"芮恩问，"这里要暖和一点。空气不一样了。"

"我们现在离地表更近了。"拉姆说。

湿度和温度的改变，加上一丝此前并不存在、微不可查的气流的出现，着实令人在意。这不是好兆头。"制图机就在前面了。"

我的目标一直是尽可能不惊动过去的记忆。但是这个地方唤醒了我的核心，让我再也无法对那些记忆保持沉默。

曾经，为了拯救这座光环与狼面星相撞的命运，许多的人类、先行者、AI和洪魔感染的寄生体被偏见之僧控制的斯芬克斯战兽集合到这片区域。

我还记得。

我们像牲口一样被驱赶到一起，经过查验后被派往分散在环带各处的控制塔。在那里，人类直接与被洪魔感染的先行者连接，直面他们未经抑制的身体和心灵的痛苦。古人类把洪魔叫作"化形病"很贴切，因为它会从里到外腐化和改变感染对象。

我还记得。

痛苦的记忆蚀刻进我的四肢百骸，彼时的感受倾泻如注，仿佛一切发生在昨日。我的身上多处被钉入飞镖状的导体，然后被一张奇特网将我和与我一组的被感染的先行者织绑在一起，最后我俩被直接连到了制图机上，通过它与环带同步。我们和其他数千个心智心灵相通，并不是简单地使用控制器指挥环带避险，而是成了控制器、成了环带。在连接期间，我感受到环带巨大的能量和力量——万众一体、全知全能、令人欲罢不能。

我还记得。

狼面星从环带中间穿过时的能量大得不可想象。环带有些地方凹陷破碎，有些地方扭曲断裂，大块大块的土地、岩石、山脉，金属和线缆四分五裂，随后一切便陷入黑暗。我没能看到最后。我与环带压倒性的力量连接在一起，失去了意识……

被感染者、蹒跚的洪魔感染体，还有那些如我一样，肉体在重荷下被毁坏的人类，他们的痛苦一直持续到了整个过程结束。众多生灵如此整齐划一地遭受的痛苦，都成了原基的养料，令关押在我们脚下、地底深处的监狱里的他很是受用。

我还记得!

伤口至今仍未愈合。

危急时刻,已经成为新星宣教士的新星前来救援。他临时关闭了偏见之僧,和我连接,指引我们成功度过最危险的交错时刻……

他来了。

但是已经来不及救我了。

战争、偏见之僧、大架构师、原基、智库长还有宣教士,都剥夺了我的一部分。

然而……我还活着,他们早已不再。

所以我就是胜者了吗?

我们来到放置制图机的房间外,看到里面有亮光溢出。只是这光线的颜色不太对。还没进到里面,我就知道它已经被破坏了。

修建在峭壁内的巨大穹顶早已被破开了个天窗,现在已经是一片陈旧的废墟。穹顶外上方的地面已经向内塌陷,泥土、碎石和大块的灰色崖壁都掉落在了大厅内,在我们头上显露出一个十字形的裂口。日光和尘埃填进了这个空间。

拉姆走在前面,沿着大厅的一侧边缘,一边找路一边前进。芮恩站在原地,她看着我,黑色的眼眸和紧闭的双唇透出担心。"你觉得这里有什么东西是值得咱们捡回去的吗?"

奇怪的是,我脑子里冒出的第一个反应是想笑出声来。不过我忍住了，做了个耸肩的动作。

拉姆的口哨声从大厅另一边的尽头传了过来，"嘿！过来看看这个！"

我们跟着他的足迹小心翼翼地绕过碎石和残骸走过去一看，大厅另一头被全部切掉了，本来应该是金属和山壁的地方，现在变成了一个悬崖。

站在悬崖边看出去，风景倒是挺漂亮的，大地如同一幅在眼前展开的巨大画布。一双生着艳红如火的翅膀的鸟儿以绵延的山脉和环带辽阔的弧面为背景，展开三米宽的双翼乘着热气流在湛蓝的天空翱翔，让人的双眼不由自主被它吸引着，不断往上，再往上。此景此地独有。

崎岖的山脉脚下，高山森林朝我们的方向延伸过来，一波又一波，逐渐连成了一片绿色的平原，一直绵延到我们所在的山崖脚下。下面，一条宽阔的河流沿崖底流淌而过，绕到另一边不见了影踪。不远处，一个蓝色的湖泊边上堆满圆滑的小石子，湖面波光粼粼，旁边还有一个弃置的营地可以将湖景尽收眼底。远处，人眼所不及的地方，沉睡着一个曾经伟大的人类城市的壮丽遗迹，其历史远在我到达这个环带之前。

突然，我们的通信器响了起来，引起了我们的警觉。是莉莎，她的声音掺杂着静电干扰，"船长！有——这里有什么东西……它——"

"莉莎！"芮恩尝试重新连接，但没有收到任何回应。她转身快速走过了我身旁,脸色煞白,"我还以为你一直和飞船保持连接的?!"

之前是的。我当然有这么做。我都没注意到从某个时刻起,我和飞船之间的连接已经断掉了。着实奇怪。

第十四章

"黑桃 A 号"

飞船摇晃得厉害, 莉莎只得紧紧地抓住面前的桌子。"尼克! 那是些什么东西?!" 船外的噪声让她想起以前有一次"黑桃 A 号"被拉入杰伦 X 星的重力井时的情形——当时他们差点没能逃过高层大气中弹幕般的石墨雨。

她再次尝试用通信器联系芮恩, 但是依然只听到静电噪声和几个模糊不清的词, 然后又断了联系。

"坚持住! 米歇尔马上就回来了!" 尼克将米歇尔摄像头捕捉到的画面转到了观测屏上, 和莉莎一起紧张地以无人机的视角看着它沿着通道往回飞, 灯光照向了飞船的方向。

莉莎惊得下巴都要掉下来了。这是什么?

"黑桃 A 号"的船身被大片大片的黑色斑块覆盖着……不管那是什么, 它们居然在……动? 等等——那些是翅膀吗? 一个可能是张开的爪子样的东西突然在米歇尔的镜头前闪过, 一秒后米歇尔便不受控制地猛然坠地, 屏幕闪了几下黑掉了。莉莎二话不说开始执行起飞程序。

"黑桃 A 号"的推进器开始了升空前的转动,但这段时间仿佛被拉长到了永远。快,快啊!飞船突然摇晃了一下,接着就是一声刺耳的金属回声。飞船又动了一下。

莉莎的心沉了下去。尽管听起来很疯狂,但他们真的感觉是在被推着或拉着走。"继续呼叫船长,告诉她我们要离开了!"

"我在!"尼克不耐烦地回道,"那些东西爬满了所有传感器!我什么信号都收不到了。"

飞船不停地摇晃、发出声响,莉莎惊呆了,越来越害怕。她看向桌子另一边的弟弟,目光碰上了他圆睁的双眼。闷响声不绝于耳,拖行也没停下。很显然他们遇到麻烦了。

"黑桃 A 号"又剧烈地摇晃起来,猛然开始向一侧倾斜。莉莎离开战术桌,朝她的位子上冲去,"系上安全带!"

真要命。飞船持续朝一侧翻倒,令她系安全带的动作都没那么利索了。当"黑桃 A 号"被从平台上推下,一切进入了失重状态,飞船内的世界跟着慢慢上下颠倒。

谢天谢地,她的安全带卡扣终于咬合在了一起。莉莎胃里一阵翻江倒海,视线一片模糊,她死命地抓住导航控制台,调动她全身所有的力气——腹部的肌肉、手臂和手上的力量……但重力阻碍了她的动作,让她难以操作控制界面。一个没有固定好的数据板砸落下来,尼克大叫了一声她的名字,她及时躲过了,数据板砸落到她背后的墙上。要是她能够到……

飞船还处于自由落体的状态,莉莎奋力将身子向前靠,终于够到了控制台。她立即启动了AAC[1],然后再度跌回到椅子上,剩下只有希望……不,祈祷飞船的自动防撞传感器能够透过附着在船体上的"乘客"测量出距离了。但她还没有完成起飞程序。她看到推进器是锁定状态,但绿灯已经亮起。心脏的狂跳声和尖锐的警报声刺激着她的耳膜。她再次使出浑身力气扑向了控制台……

成了!

飞船发动了。推进器点火,全速前进!

莉莎松开了手,荡回到了椅子上,"黑桃 A 号"猛然翻转成了正面朝上,离心力将她的五脏六腑狠狠地拉扯了一下。他们下跌的速度现在已经被推进器的反作用力抵消了。她睁开眼睛,一股希望令四肢舒缓开来。

没有任何警告,"黑桃 A 号"撞到了地面。

冲击力将她的双腿往上推,身体往下压。她的脸磕到了自己的膝盖上。

然后……一片黑暗。

一连串可怕的声音将她从昏迷中唤醒。

---

[1] AAC（Auto Anti-Collision sensors）即自动防撞传感器。

起初,那些声音像是在水下,像一道慢放的惊雷,始而无声,继而声音从深沉的低音拖成尖利的高音。她的胃里又一阵翻腾,胆汁涌到她的喉咙。她的脸上火辣辣的,一跳一跳地疼,眼窝连着鼻梁四周全都火辣辣的。莉莎努力想要睁开眼睛,但是它们太过沉重,完全不听她使唤。

她清了清嗓子想说话,却被一股强烈的恶心感阻住了。终于,她努力挤出了两个字,最为重要的两个字:"尼克。"

恶心感几乎和她脸上的疼痛一样严重,她害怕睁开双眼,努力集中注意力,只觉得一阵天旋地转。如果睁开眼睛,她肯定会吐出来的。不,别去想。

她必须得振作起来。尼克没有回答。

尽管她感到极度困倦,但她还是与逐渐逼近的黑暗做着斗争。求生的诀窍之一就在于一个人恢复清醒和做出自保行动的速度快慢——或能躲过接下来的又一次伤害,然后逃得无影无踪的本领。

她要使出最后仅存的力气。她的头仿佛重达千斤,不过她还是努力抬起了头,睁开了眼睛。舰桥上警报器闪烁,如彩虹般五彩缤纷。有个控制台短路了,往外蹦着火花。尼克一动不动地伏在他的控制台上。

她的眼泪一下子涌了出来,一边伸手去摸安全带的扣子,一边说道:"坚持住,尼克。"

恼人的卡扣怎么都解不——开了。她自由了。她站起身来,但不等于她能走动了，刚一尝试，她的头就疼得仿佛炸裂，一阵眩晕袭来，差点将她再次击倒。她的额头冷汗直冒，身体里里外外都在颤抖，"我来了，尼克。"

她扶着导航控制台，迈出了一步，接着又是一步，直到自己能用双腿站立。就在这时，飞船又猛烈地摇晃了一下。莉莎往前倒去，摔在了地上。她的手差点就能碰到尼克的脚后跟了。

她的视线开始暗了下来，她连从地上抬起头的力气都没有了。

好吧，我本来就要办到了。

舰桥响起一阵巨大的刮擦金属的声音。

"黑桃 A 号"又被挪动了。

第十五章

尝试建立稳定的通信连接徒劳无功，一行人乘运输舱回飞船的速度恨不能再快点。芮恩联系不上"黑桃 A 号"，唯有做最坏的打算，不过他们以前也不是没经历过类似的情况。这算是这份工作极为重要的一环吧——勇闯未知、兵来将挡、水来土掩。多年来的打捞作业教会了她检视自己的情绪，冷静自信地处理事情。

话虽如此，她的手指还是焦躁地敲击着步枪的一侧，不能自已。运输舱下降了五层楼的高度，然后快速地飞过了那些运输间，穿过来时的隧道，越过那一处残骸，最后终于飞往了飞船之前所在的地方。

运输舱外的事物飞快地掠过，模糊不清。

火花之前修复的硬光光缆穿过了这里的大片区域，让来到之前"黑桃 A 号"停靠的地方的运输舱里的人能看得比较清楚。芮恩就像自己开枪打穿了自己的脚一般，肠子也打结成了一团。运输舱的门刚出现，她就走了下去，朝那个唯一能证明她的飞船曾经在那里停过的东西走去。

合金地面上数道深深的划痕一直延伸到路面的边缘。她在运输舱中为保持冷静所做的心理建设都烟消云散了。就算她想象力再丰富，也不可能想到眼前的情形。兀自不信，她还站在边缘处往深不见底的黑暗海洋看了一眼。

拉姆来到她的身边，在边缘处跪了下来，"沉住气，弗吉。我们会找到他们的。"他快速取下他的步枪放到一旁，然后从他的背心口袋里掏出一个小型的单筒望远镜——那一般是用来看清楚飞船残骸用的。她真想一把给它夺过来，不过还是咬着嘴唇忍住了，跟他一起趴在地上往下看。

"看到什么了吗？"

等了数秒钟之后，他终于回话了："有……有了。就在那里。看。"他把望远镜递给她，指着一个地方说道。

在黑暗中找方向和东西都不是那么容易，尤其是她的焦躁影响到她的冷静时，不过最终她的眼睛适应了黑暗，终于看到了它——一个微弱地发着薰衣草般紫灰色光芒的朦胧小点。看不出来那团朦胧的光是不是和"黑桃 A 号"发出的颜色一样，但看起来除了那艘飞船应该也不会是别的东西。

她站起身，"火花——"他已经将运输舱开到了边缘处。没有再耽搁，他们钻了进去，马上开始了飞速下降。运输舱的墙又变得透明了，芮恩透过墙体焦急地盯着那抹亮光。

他们没有说话。他们还能说什么呢？就算现场看起来像是她的飞船是被推下来的,芮恩也不打算做任何的假设。在此之前他们还以为"黑桃 A 号"已经脱险,现在正飞往外面。

芮恩打开了通信连接。"'黑桃 A 号',能听到吗?"只有静电的声音。"莉莎?尼克?谁都行,请回答。"她沮丧地说道。

终于,那光团的轮廓逐渐明晰,最先像是夜雾笼罩下的聚光灯,但随着他们越来越近,一道朦胧的紫光浮现在了眼前。

她还以为他们是朝着一个小东西在飞。

他们已经深入到了基底层的更深处,那团微弱的亮光现在变成了某种庞然大物,某种令人震惊的、从未见过的东西。随着距离的缩短,氤氲也逐渐散去,首先显露出来的是巨兽的许多尖角,那是林立的漆黑的尖塔,它们密集地聚在一起,组成一个个簇群,其规模可与殖民地中一些最大的城市比肩。

原来那根本不是"黑桃 A 号"发出的光亮,那些紫色的生物光是贴附在尖塔上的东西发出来的,如同艺术家笔下挥洒出的成千上万个发着微弱荧光的墨点。

"看那形状,"拉姆说,他的声音都在颤抖,"那些是……水晶吗?"

"是的。那是个核心集群——这座光环遗留下来的原初设施[1]。"火花语调如常地介绍道。他并不觉得有什么稀奇,"这个

---

[1] 泽塔光环是大方舟建造的十二座原初光环之一,也是唯一留存的一座。泽塔光环被改造前直径达三万公里,之后才被改为直径一万公里大小。这里的原初设施是指最初建造时就有的设施。

生物光倒是以前没有的。"

"'黑桃 A 号'有没有可能在这个核心里呢?"她问。

"飞船有可能在任何地方。"他同样平静地说道。

"你说了当没说。"她回敬他。

运输舱减慢了速度,飞近最高的那座水晶塔。芮恩试着用通信器联络,还是没有任何回应,"咱们别靠太近了。"

"那里!"拉姆指着藏在一丛水晶的阴影中的一个小点说道,"那肯定是了。"

"咱们去看看。那个单筒望远镜再借我一下。"

运输舱改变了航向,朝停在那水晶簇群底部平台上的小点飞去。芮恩屏住了呼吸,全神贯注地看着那东西,直到她看清楚了。噢,谢天谢地。果真是"黑桃 A 号",就在水晶簇群外几百米远处。"是它。"她恢复了呼吸,放下心来的她都有点站不稳了。

"感谢众神。"拉姆说了句,然后拍了拍她的肩,要回了望远镜。他快速地看了一眼后,他的声音转为了凝重,"呃,那是'黑桃 A 号'不假,但是附着在它身上的是什么鬼东西?"

芮恩感到一阵恐惧,"火花,咱们飞过去看一眼。"

"真迷人。"他们看清楚了飞船,火花说了这么一句。

她是绝不会用这个词来形容的。她只想指着像毯子一样盖在"黑桃 A 号"上的东西骂街。运输舱飞近后,成千上万双小眼睛看向了他们。运输舱里没有半点声音,所以芮恩现在听到的声音只能是下面那些东西发出来的……那是种嗡嗡声，像昆虫那样通过振动发出的声音。

"把我们放下去。隔个二十米的距离。"

运输舱划出一道柔和的弧线，缓缓地降落在飞船前面。现在嗡嗡声愈加大了，此外还有"黑桃A号"被断断续续地沿着平台拖动，底部发出的令人神经刺痛的刮擦声。他们从运输舱出来后，拉姆就尝试建立通信连接，不过还是只有静电噪声。她忽然想到，那个声音可能在干扰着飞船的信号。不管它是什么，它们是什么，必须滚下她的飞船。

她努力保持冷静，再次检查了手上步枪的枪膛——一个比任何动作更让人安心的动作。拉姆也做出了和她一样的动作。她朝他迅速地点了下头，对有他并肩作战感到欣慰，然后朝飞船靠近，寻找合适的时机。

"它们好像对我们不感兴趣。"拉姆说道。

"是啊，它们忙着糟践我的飞船呢。"

她唯一想做的事情就是扣下步枪的扳机撕碎那些东西。要保持冷静是很难的。不过草率的决定可能适得其反，有可能导致对方群起而攻之，他们根本对付不了那么多，也防不住。

"黑桃A号"下方的平台被烧得焦黑。空气中弥漫着浓浓的燃油味，空气也变得灼热，味道浓重刺鼻，留下了绝无可能搞错的线索。推进器在飞船撞击时是有在工作的，安全协议应该在检测到冲击时将它们关掉了。从芮恩现在站的位置可以看出"黑桃A号"坠地时受到的冲击很猛烈：起落架要么被撞飞了，要么被压碎了，飞船底部肯定也受到了些损伤。

"火花，你能探查到飞船内的情况吗？"

"看来有某种电磁场正在干扰我们的信号。你听到的低鸣是那些生物振动产生的声音。这种声音……有点类似电磁感应——它们组合起来的动能转化成了电能。"他歪着脑袋想了想，"可能它们的生理结构让它们可以将身体作为换能器吧……"

这就能解释为什么火花与飞船失去了连接，通信也中断了。不过，还是不知道如何将那些东西弄下飞船。芮恩推了下拉姆，要过了单筒望远镜。

调好望远镜焦距，她才算看清楚了他们要对付的东西。镜头中的生物形状奇特，外形近似山羊，有黑色的短毛，脸长得像狐狸，眼睛黑而圆，鼻子细长，有点像某种花蜜喂食器。它们的翅膀是像昆虫一样的一层薄膜，可以看到分布在里面的发着生物光的血管。它们还有两条长长的尾巴。它们有极为发达的利爪，扁平的手掌处还有某种高黏性的器官或吸盘。它们没有攻击飞船，但看似想齐心协力将飞船拖到那座水晶组成的城里去，那座城在"黑桃A号"后面隐约可见。

"有什么想法吗？"她问道，顺手将望远镜还给了拉姆。

"警告射击可能太过冒险。"他望了一眼后说道。

"我们飞过来时它们并没显出攻击意图。"火花说，"它们肯定认得运输舱。"

"有道理。'黑桃 A 号'是外来物，而运输舱它们可能已经看惯了。"

"是因为熟悉还是敬畏？"火花仰着头若有所思地说道，"要不咱们试试？"他不待两人回答，大步向前走去。

"他没有——天哪。"芮恩赶紧跟了上去。"**妈的，火花——等下！**"

她只走了几步便站住了脚，害怕地看着火花继续往前，驱动扈从身体的硬光由蓝转红。

"该死。"拉姆站在她身旁，举起了枪，"他最好知道自己在干什么。"

随着他的靠近，那些生物一齐抬起头来，它们的小眼睛里纷纷映出了不断靠近的那团红色。

芮恩举起了枪。但引起那些生物注意的却不是火花，而是一个个银色球体高速从它们头上飞过时划出的道道蓝色拖影。其中一个球体脱离了群体在空中盘旋，其他的球体则围着那些生物。巨大的黑云飞起，朝那座水晶城市安全的地方飞去，那些球体紧随其后。

那个盘旋在上空的球体飞到火花面前，和他的扈从身体齐眉的高度。火花的颜色也由红色转回了蓝色。

"走吧，免得他又草率行事。"芮恩一边喃喃地念叨，一边放低了武器。

这个监守者和它的同类一样，外形是一个球体，用和扈从相似的合金制造，只是它的外壳看起来较柔和和陈旧。它与芮恩看到的 343 罪恶火花的形象惊人的相似，只是它的另外三个侧面不是镂空的，而是封闭和向外突出的。它中央的眼睛，或镜头，先是对火花发出了蓝色的扫描光束，芮恩走过去后又对准了芮恩，然后是拉姆。

扫描光束游走在拉姆身上时，他身体整个僵住了，"这他妈的是在干什么？"

"我正在扫描你，人类。"那个监守者以悦耳的女声回答了他的问题。扫描结束后，它的注意力集中在了火花身上，"你没有职务，构造体。请说明你的职务。"

"我没有，因为我不需要。"火花傲气地回道，"但是如果你一定要知道的话，我是前监守者 04–343 罪恶火花。"

蓝色的光束再次从它的镜头射出，又对他扫描了一通，"这个形态很不合适。你的外壳呢？为什么你不在自己的光环上？"

"04 特区已被破坏。117649 失落焚火在哪里？"

"无所在，又无所不在。"它以虚无缥缈的语调回道，"我是副监守者芙瑞蒂缇副官。你们可以叫我芙瑞蒂缇。"

那些生物一离开，飞船的信号就恢复了。"黑桃 A 号"的装卸踏板放下，飞船内的光线洒在了平台上，同时芮恩的通信器和手套都亮起了消息通知。噢，谢天谢地。心上的大石终于放下了，她一身轻快地径直从监守者旁边走了过去。她能感觉到芙瑞蒂缇的眼光在她走过去时打量了她一下。至于火花,反正他喜欢自己拿主意,就由他去应付监守者吧。芮恩太紧张她船员的安危了。

拉姆跟了上来,"他一个人没问题吗?"

"我肯定他能处理好的。"

随着装卸踏板打开更多,莉莎和尼克出现在了她的视野中,他们互相搀扶着,已做好了下飞船的准备。他们一脸茫然,饱受惊吓,但他们仍有意识地穿戴好了装备,拿上了武器。看到他们互相扶持着一瘸一拐地走下装卸踏板,踏上地面,查看周遭的情况,仔细思考下一步行动的样子后,芮恩打心底为他们感到骄傲。

"你们俩还好吧?"话一出口,芮恩马上注意到莉莎鼻梁上的瘀青,还有她眼睛下方的一片紫黑。她卷曲的金发在头上炸开,脸上的雀斑在苍白的脸上更显眼了。她和芮恩一对视,便立即哭了出来。

见鬼。

芮恩的喉咙发紧。"你们可把我们吓坏了。"这句话可能太平淡,不过她发现突然不知道说什么好。莉莎扑进芮恩的怀里,不管不顾地抱紧了她,让芮恩连退了好几步。芮恩内心的一部分想要卸下心防,将他们两人都搂进怀里,但是她没有那么做,而是把莉莎推开了些,好仔细看看她。"你还有哪里受伤没?"

莉莎脸上的瘀青很大一块,瞳孔也有点扩张,"我感觉有点脑震荡，不知道是我膝盖撞伤了脸，还是脸撞伤了膝盖……"

拉姆撩起垂在尼克前额的黑发，查看他发际线处那道不小的伤口。这孩子看起来有点迷糊，不太清楚自己在哪里，也不知道是怎么到这里的。如果他没有头破血流的话，他晕晕乎乎的表情其实还挺好笑的。他一边肩膀的背心已经从肩头滑落，他带上的备用弹夹和他死死地攥在手里的等离子步枪也不匹配。

"我们带你们去医疗舱吧。"拉姆边说边扶着尼克往装卸踏板走去。

芮恩扶莉莎走进飞船时，她断断续续地说道："下落的时候我们都及时系上了安全带……"

货舱中，拉姆把芮恩拉到一边。"我来吧。我会用医用扫描仪给他们做全身检查，帮他们包扎伤口的。然后再检查下飞船。你最好去火花那边。我们越快处理好他那钥匙，就能越早离开这里。"

芮恩仍在犹豫。拉姆的双眼闪烁出温暖的光芒，他微笑着说道："我会照顾好他们三个的，别担心。"

芮恩回到火花那里时，看到火花正和监守者一同朝她走来，边走边聊得起劲。

"……所以那个'图里奥克兽'是被从自己的世界带到这里来的。"芙瑞蒂缇对他说道，"只有很少标本在战争中幸存了下来，这些是在迷雾期逃走的，也就是光环阵列发射之后的那段时间。迷雾期使它们的数量保持在很少的状态,但是现在它们的数量已经高达数万了。"

"你能减少它们的数量吗?"芮恩问。

芙瑞蒂缇迅速地转过来。"我们绝对不会减少它们的数量。"显然那句话惹到了监守者。

"哪怕它们像对我飞船做的那样无缘无故地发起攻击?"

"但你们确实惹到了它们。你们烧了那些贾达叶。图里奥克兽会把蛋产在那些叶子下面。卵孵化后,幼虫会掉进基底层,钻进水晶里吃食。水晶中的矿物质是它们的食物来源。当它吸收了足够矿物质后,它们会在进食过程中形成的空洞内结茧。它们会在那期间生出翅膀,变得能发光,一直到破茧而出,变成有长尾巴和翅膀的,'正当'地攻击你的飞船的图里奥克兽。"

好吧,原来这次攻击是这样。他们无意中激怒了这些生物。"我们无意伤害任何事物。"她告诉监守者,"我们来是——"她不知道说多少合适,不过看到火花点头鼓励她说下去,"为了找制图机的。"

"啊!"芙瑞蒂缇高兴地叫道,"那还真是巧啊,你们找到它了。"

"呃,是找到了……不过只剩废墟了。"

"现在当值的制图机在哪里?"火花问。

对了,芮恩记起来了。制图机是一直都在的,必要时会从一处设施移到另一处去。

芙瑞蒂缇转身望向那些不祥的黑色水晶塔，"就在那里，簇群里面。"

"它还能工作吗？"

"功能完好。要不要我陪你们去，04-343？"

火花转身，蓝色的眼睛看向芮恩。

"来都来了，"她说道，给了那无声的询问一个答案，"当然要坚持到底。带路吧，芙瑞蒂缇。"他们跟着监守者向目的地走去，芮恩打开通信器，"嘿，拉姆，你能听到吗？"

"请讲，船长。"

"他们俩情况怎么样？"

"磕碰得厉害，有几处瘀青，不过他们会好起来的。他们都有轻度脑震荡。尼克的伤口已经处理了，莉莎鼻子骨折，不过已经接上了。给他们打了一针大剂量的纳米医疗针。"

"很好。'黑桃 A 号'呢？"

"正在修理中。"

她想知道具体情况，但是明白那只会让她分心，于是打算等她回去再说，"火花和我正朝簇群那边走。那里有一个制图机。"

"收到。"

她走过飞船长的一侧，挨着查看了外部受损的部位。起落架坏了，烧蚀防热涂层全毁，天线和几个传感器都断了……一些地方明显变形，不过飞船生来就是要抗打击的，而钛合金 A 装甲层也确实够坚硬。希望他们还能把它开上天，坚持到送去修理。

"它会飞起来的，船长。"火花在她旁边说道。

她有些吃惊，原来他也很关心飞船的状态，"希望吧，不然在它能飞前我们就要被困在这里了。"

光是想想都让人一激灵。

"我们很乐意提供帮助。"芙瑞蒂缇说，"我马上就派人过来。"

芮恩一怔，停下了脚步。她可不想放任何不信任的东西进到她的飞船里。

火花随即说道："别担心。我会处理的。"

他所谓的处理，就是盯着芙瑞蒂缇看了几秒钟，然后它又看了他几秒钟。

"妥了。"他胸有成竹地说道，好像条件都谈好了。监守者继续带着众人往水晶簇群前进。

"你说'妥了'是什么意思？"

"我以你的名义接受了帮助，制定了一系列的修理指南，然后通知拉姆会有帮手上门。我会始终保持联系，监督它们的工作的。你什么都不用操心。"

"我什么都不用操心？你认真的吗？"那可是她的飞船！

"可能我刚才的说法不是太好。"他承认道，"你没有理由相信它们，但是你可以相信我。你是相信我的，不是吗，船长？"

她还在熟悉火花的升级种子对飞船做的升级，她是真不想又冒出一堆改动。不过，芮恩想等他们用了钥匙就马上离开这里，要是不接受帮助，他们在这里待的时间就要超过她的耐心了。

"好吧。只要你能全程保持联系就行。如果又遇到什么干扰，一定要马上告诉我。"拉姆会喜欢这新一轮的改进的。

"当然。"

随着他们越来越接近水晶簇群，其中大部分都融入了黑暗中。她能看到的只有耸立在他们四周的簇群的模糊轮廓。黑色的分形水晶高高耸立，有些高达数百米，占地有城市街区那么大。几只图里奥克兽趴在一些较低的水晶顶部，她可以看到它们明亮的黑色眼睛和发出柔和荧光的翅膀。

"这么大的东西肯定有符合它规模的作用吧。"她评论道。

"它曾经是偏见之僧的心脏。"火花告诉她。他们通过一条从水晶体中凭空生成的宽阔的中央大道进入了城市。芮恩听了不禁猜测水晶的变形特性是不是和火花的机械细胞或他们乘坐的运输舱有某些共性。就所见所闻来说，这种先进的感应水晶是完全可能存在的。

"是的，04-343。"芙瑞蒂缇听到他们的对话，插口说道，"新星宣教士很久以前就把那智仆的核心从水晶簇群中清空了。这个水晶簇群有许多作用，也是这座环带的原初设计的一部分，早在那个智仆到来很久前就存在了。现在我们只有原本大小的三分之一，地点、设施和功能也被削减了许多，就不需要这样大的存储设施和能量源了，不过我们把它用在了别的方面。"

"它有许多新功能，图里奥克兽的栖息地、新制图机的所在地，还有我们称之为'纪念碑'的档案馆。"

"纪念碑？"火花问。

监守者打开灯光转了一圈，光线在他们周围的黑色水晶中传递开去。"当然！你觉得如何？这座环带上的内乱留下了过剩的意识精华和印记。"芙瑞蒂缇领着他们来到另一条路上，这条路比刚才的大道要窄上一些。"许多的副监守者和管理者，有些被困在坏掉的外壳里，有些迷失在环带基底层的网络中，有些困在坏掉的能量站和设施里……被重组机处理过的人类从坏掉的存储装置中逃了出来，他们的数字印记漂流到了各个支持系统中，他们的记忆和情感导致了大规模故障。"

"光环阵列发射后，我们花了几个世纪的时间将他们归拢到一起，给他们找了一个足够大的新家，让他们有个安全的地方待着。无数个千年间逝去的数十亿生命，从数据、日志、印记、片段、事件、研究、实验中提取，都被存储在了这些水晶中……所有这些都被收集、分类、存档了。按照指示，我们一直在观察。我们唯一的多余行为是净化大气和清除笼罩我们光环的迷雾。"

"你们为什么要那样做？"火花问。

"为了鼓励图里奥克兽和其他物种的生存。经过仔细研究，我们发现，这些生物吃掉水晶时还会吸收存储在其中的一些数据。死在这里的人太多，所以我们不会伤害图里奥克兽，因为它们体内有成千上万的记忆。"

"谁下令你们观察的？"芮恩问。

"建造和照看纪念碑的命令是新星宣教士和智库长下达的。这边走，我们就快到了。"

第十六章

火花

在 07 特区避过与狼面星相撞的灾厄后，我在环带的最后几天以及随后到达大方舟①的那些日子都笼罩在阴影中。智库长和新星宣教士在大方舟上团聚了一段时间，而那里成为我哀悼和接受治疗，再接受自己已成为机器这个事实的地方。

一个没有身体的人，要如何治愈他的心呢？

我还保留有人类时的记忆，我成了监守者契卡斯，我得到的奖励就是受命看顾智库长在方舟上培养的人类。新星宣教士后来回到议会，智库长则继续奔波于全银河系做她的保育工作。当然，我们的传说还没有结束，战争的浪潮一个接一个，浪尖上的我们从不曾停歇。

就像这股浪潮，不知道出于什么原因，又将我带回到了偏

---

① 大方舟（Greater Ark），也称"初始之地（Beginning Place）"，是大架构师下令建造的超构造体，生产了原初十二座光环，其中包含泽塔光环。

见之僧曾经的心脏这里。

我跟在乐观积极的副监守者芙瑞蒂缇和芮恩身后，故意落后了一点。我沉浸在过去，试图回忆我记忆模糊的那时间。

我朝前面叫道："跟我们说说智库长在这里的那段时间吧。"

"没问题！她的大部分时间都花在制造制图机和设置纪念碑的参数上，还有就是在我们失去了绝大部分目标后为我们设定新的目标。"

"你之前的目标是什么？"芮恩问。

"最主要的是看顾各类生灵。这些生灵分散在环带各处，有些族群非常小……不过有些发展出了了不起的文明，建造了同样了不起的城市。我们在一起有很长的历史，通常是历经万千家庭的无数世代。有的监守者负责看管各个地点，有的维护运输轨道，有的负责协调指挥，有的掌管环带的各项功能。当环带被带回到方舟时，新星宣教士下令本环带不再进行人类保育措施。没有人类意味着没有了目标。"

"但是智库长永远是伟大的保护者和辩论者，她说逝者和将死者不应被遗忘或弃之不顾，应该将他们召集起来，然后保存在这里，作为一种提醒和记录。"芙瑞蒂缇转了一圈。"这样他们就没有理由发狂了！"她高兴地说，"他把它叫作'坟墓'，但她把它叫作'纪念碑'。"

我看待周围的这些黑水晶的感觉顿时变得不一样了。

它们是有记忆和意识的活物，就像在黑色玻璃鱼缸中的幽灵。只是这个鱼缸有摩天大楼那么高，还有巷子和街道，以及纵横穿插的宽阔大道。我们在这座光怪陆离的城市如迷宫般的道路上穿行，图里奥克兽和它们发光的翅膀还有茧将街道笼罩在深沉的紫色光晕中。

芮恩一边走一边不停地仰头四望，想要理解眼前的一切。偶尔她会伸出手，轻触水晶黑色的表面，这时水晶内就会显现出模糊的影像——一种透明的代码和图片的奇怪混合，以慵懒的节奏出现和消失。

我希望这个地方给人糟糕的感觉，这样愤怒和将一切铲除殆尽的渴望就是名正言顺的，不过这个所谓的纪念碑和我希望的完全不同。它反而异常肃穆和体贴——是无上创世者的又一个富有她个人特色的、令人尊敬和心生怜悯的造物。

曾经，她和我，我们拯救了许多生命。

不过，恐怕救助的生命远不如我们夺走的多。

从某种意义上说，这里储存的意识精华之多，可以算是先行者版的圣赫利永恒之厅了。逝者的名字和历史被保存在水晶中，又有监守者保护着这个地方，照管这些记忆，向死者致以敬意。

地下是一个肃穆的神殿，地上是一片勃勃生机。

拉姆说得对。这里是真正的地下世界。

我不禁将自己奇特的死后状态和这些留存的残余相比较，说不定我也和它们是一样的存在吧。一缕残魂。保有记忆。

不生也不死，被困于两者之间。我是应成为过去，与它们为伍；还是与生者作伴，在见证他们葬入黄土后独自离去？这是我的苦修之旅吗？还是我的奖励？

"嘿……"

芮恩正看着我，皱起的额头显出她的担心。她显然是回来问我为什么停下不走了。我之前都没意识到我停下了。监守者在前方几米远的紫色街道上等着我们。

"你还好吧？"

"还好……不好……"我摇了摇头，"我不知道。这个地方……"我伸出手，指尖点到一个水晶上，将硬光的密度提升了些。指尖发出的亮光透过水晶表面，照亮了里面漂浮的排列得不讲章法的代码和图像——各个时刻的片段——时隐时现。"它让我质疑自己的存在和意义。"

芮恩靠近了些，把一只手搭在我的手臂上，我将手从墙上抽回了。我的心很痛，哪怕就这一次，我也希望此刻能感受到它。"她将钥匙交给了你。在这么长的时间和这么多的选择中，她选择了你。"她的嘴唇因思索而噘起，"你难道不正是'初人的手指'——现代人类记录的保存者和守护者吗？"

"这倒是顶很不错的高帽。"

"有目标的高帽。"她意味深长地答道，"这个地方到处都是幽灵，很容易让人消沉。走吧——咱们去制图机那里，看她又留了什么给你。"

"你记忆力真好,船长。"我说着跟了上去。我给她和其他人讲过嘉穆尔帕的故事,她还记得。那是个我在这座环带上遇见的老者,他提到过"初人",那个人的手指像树那么高,里面存有他所有的子孙后代的灵魂。

她转过身笑了,碰了碰她的太阳穴说道:"记性好得像大象。"

"唔。"欢迎来到我的世界。

我们到了簇群中央,脚下的小巷把我们带到了一个大型圆形区域。周围竖立着几颗高十七米、相距四米的六角晶体。矗立在中间的正是那熟悉的作为制图机的先行者设施,另外还有几个设施却是我没见过的。

"这个地方也是来自她的点子。"监守者告诉我们,"地表还有个制图机,离这里有半个环的距离。这里是'沉默制图师'的所在。"芙瑞蒂缇转过身朝向我,"是此地实至名归,还是此名名副其实呢?"

我没再理她说什么,径直走到了终端处。瞬间已接入进去。

一张地图立即出现在我们头顶的空中,显示出整个环带的可导航图像。这里保存了这个特区所有的历史记录。我连接期间,资料仿佛无穷尽的盛宴,不间断地充实着我渴求的核心。

我完全沉浸在了其中。

奇怪。

我从资料中抽身而出。

时间线上有一段空白。这是……从没听过的。这样的状况是完全不应该出现的。关于某个事件的所有记录都被抹除了。"有段记录丢失了。"我跟监守者说。

"是的，我向你保证这是一个特殊事件。"她说道，有点气恼，倒不是我的感觉，而是根据她的动作判断的。

"是谁抹除的？"

"不知道。这是一条很早以前的记录，很老了，是我们完美日志上的一个污点。"

确实令人费解。这显然不是事故造成的，所以更加引起了我的兴趣，我还想知道抹除操作需要什么水平的知识和权限。什么样的记录需要这样极端的手段来处理？什么样的记录这么重要，或是危险，或是机密，以至于先行者们需要将其从泽塔光环的记录中抹去？

这处隐秘，无论多么吸引人，都必须要放到一边待日后分析。现在，我必须专心干正事。我示意需要智库长的钥匙。芮恩从她的工装背心的贴身处取出钥匙给我。当我将钥匙靠近终端时，终端的控制台自动地升起了一个钥匙孔。我将钥匙插了进去，钥匙孔改变了形状，将钥匙裹在了中间。

我不知道会出现什么，但没想到的是一个生物识别板升了起来。

这意味着需要先行者——或他们的继任者，人类。

芮恩马上看了我一眼。我们以前做过同样的事。

她将手放到了识别板上。

空中环带的地图改变了形貌，取而代之的是整个银河系的星图充满了整个房间。我听到监守者发出了一声惊叹。这张星图光是看起来就很壮美，我有那么一会儿也为之陶醉。

一个金色的小点出现在了很远的星域，让我吃了一惊。将这片区域放大，看清了各个星系、星云、小行星带，最后停在了一个星系内，其中的行星也清楚地显示了出来。

"又是个坐标。"芮恩说，语气有点失望。

我将一些数据包直接下载到了我的核心中留待之后研究，拔下了钥匙后，星图也随之淡去。芮恩拔下钥匙时，升起了另一个插着一把小一些的钥匙的钥匙孔。她好奇地拿起那把钥匙，把两把钥匙拿在手上翻看，"我感觉它们可以组合在一起。"

"显然小点的那把可以嵌进原来那把钥匙的凹陷中。"

她耸了耸肩，笑着叫了声："试试看。"然后将两把钥匙贴合在了一起。

硬光将两个物体包裹起来，将它们永久地组合在了一起，两把钥匙合成了一把。

空中忽然出现一道电弧。

芮恩笑着将新得到的钥匙举在空中。我的核心感受到一阵刺痛和不安。我的传感器飞速地运转，开始收集数据和计算。

一阵恐惧袭上心头。

芮恩身后裂开了一个传送门。我马上反应过来接下来必须要做的事情。

当她慢一拍的人类感官发现端倪时，她惊恐地瞪大了眼睛。传送门开始吞噬她，她伸手向我求救。我伸出手，拽下她紧握在手上的钥匙。

她眼中只来得及出现最纯粹最短暂的震惊。

然后她就消失了。

钥匙已然在我手上。

第十七章

泽塔光环 / "黑桃 A 号"

尼克和莉莎在起居舱里修养，拉姆则在舰桥上排查各个系统的故障，检阅损坏报告，还要留意那些侵入到飞船中的昆虫大小的修理机器人大军的一举一动——尽管它们是在火花的命令下来协助修理的。火花现在肯定会说一切尽在掌握，但是……拉姆还是不敢托大。

他当然不想在这里久待，而且小帮手大军的速度和效率简直不可思议。

"黑桃 A 号"的大部分损伤都集中在推进器、船体底部外壳、烧蚀防热涂层上，传感器有些被割断有些被烧毁；另外有些电路被切断或松了；货舱、引擎室和舰桥也有轻度损坏。总的来说，如果莉莎没有启动推进器的话，损失还会大得多。

当拉姆把尼克坏掉的控制台上的透明面板清理掉后，拉姆脸上露出了笑容。他打心底为眼前这个一脸瘀伤、包着绷带的年轻女孩感到骄傲。

火花与飞船的音频连接陷入一片静默，他开始担心了。

他们已经去了几小时了。

终于，舷外摄像头捕捉到了漆黑的水晶簇群中的一抹亮光，火花的身影还没出现，那些水晶就反射出了长长的银色和蓝色的光芒。

画面中，火花的扈从身体正穿过水晶城市从原路返回飞船，但没看到芮恩，拉姆皱起了眉头。他按捺焦急，继续等待，同时调整摄像头的角度寻找她的身影。火花已消失在了船体下方；而那些球形机器人拖着道道光带像虫群一般一窝蜂离开了飞船，拉姆猜这阵修理飞船的旋风要么是收工了，要么是被叫停了。

船长还是没有出现。

该死。

拉姆心里升起一阵不好的预感，于是赶紧离开了舰桥。他经过起居舱时尼克还叫了他的名字，不过他走上通往货舱的狭窄过道后才停下脚步。火花已经在那里了，正往安放他扈从身体的货箱旁的那个工作台走去。听到拉姆的脚步声，火花停在了货舱中央，光滑的合金脑袋抬头看向了拉姆的方向。蓝色的眼睛上斜，与他对视。

果然，不好的感觉应验了。

拉姆一只手揉着胡须，利用这片刻的时间提醒自己在获得足够信息前保持足够的乐观。他跑下楼梯，问道："嘿。芮恩呢？"货舱的门开始关闭，货舱中只有装卸踏板收起的声音，他知道事情不妙了。"火花……"他让声音尽量平静，同时想着如有必要，他能否冲到武器库那边，"你在干什么？"

"离开。"

脚步声在他们头上响起。尼克依着狭窄走道的栏杆，脸上还带着笑容，显然止痛贴和纳米医疗针起效了。"你们用了那钥匙了吗？"

莉莎跟在尼克身后，她鼻子和眼睛下面的瘀青还很明显，"别卖关子啊。你们拿到什么了？"

过了几秒钟，他们才注意到飞船舱门正在关闭，然而却不见芮恩的踪影。

"船长呢？"莉莎第一个问了出来。

舱门封闭的最后一声可怕咔嗒声在货舱中响起。拉姆还在自己的拾荒船上当船长时，遇见过千奇百怪的状况，但是眼前的情况他还真没遇到过。他可没有遇到或应对过对飞船有完全控制权的先行者 AI 的情况。

推进器突然开始了转动。天哪，他们甚至都没有做过飞行测试。"黑桃 A 号"震动了起来。

两姐弟冲下了楼梯。"等等。"虽然竭力压制，尼克还是难掩眼中的慌乱，"为什么我们要走？"

火花没有回答。他只是在工作台前继续他的工作。

没人知道接下来怎么办。拉姆赶紧跑到最近的数据面板,输入了中止起飞的命令。操作已锁定。他转身狠狠地道:"扈从,你别玩这些手段。马上恢复操作权限!"

"火花,这是怎么回事?"莉莎下楼梯的动作慢了下来,害怕地问道,"芮恩没回来,我们不能走。"

飞船开始升空,即将飞离所在的平台。拉姆几个跨步跑到工作台前,双手抓住火花的前臂,"我们不能这么干,你知道的。我们不能丢下芮恩。"

等了好一会儿,火花才回过头看着拉姆说道:"她不在这儿。她已经走了。"

"什么?"莉莎身子一晃,紧紧地抓住了楼梯的栏杆。

拉姆向她伸出一只手。先等等,他用手势示意,等我们搞清楚来龙去脉。他又开口问道:"好吧。我们从头说如何?"

"弗吉船长现在已经不在泽塔光环上了。我们激活那把钥匙的时候,她被拉进了一个传送门里。"

呃,那还真是……见鬼。拉姆挠了挠头,长长地呼出一口气。显然这不是他所以为的那种情况,"那她具体被传送到哪里去了?"

火花犹豫不决的样子已经告诉拉姆,不管接下来的答案是什么,都不是那么容易解决的。"我相信是传送到了我们接下来要去的地方。"

众人聚集到工作台前,尼克和莉莎都非常努力地保持着镇定, 这点让拉姆暗暗点头。

"现在你得把知道的都告诉我们。"尼克说, "原计划是到制图机那里使用钥匙, 得到智库长留给你的什么东西。对吧?"

"是的。"火花松开手掌, 将钥匙放在了桌上。钥匙的一面仍然光滑平整, 而另一面上镶嵌了一个小一点的圆形物体。"当我将这把钥匙插入到泽塔光环的制图机里时, 这第二把钥匙就出现了。船长发现第二把钥匙要小一些, 正好和莉莎在第一把钥匙上发现的环形符号的凹槽吻合。我不知道是我俩的哪个动作触发了传送门。结果就是, 我们得到了一把合并后的钥匙和一个新地点的坐标。我相信那个传送门的作用是把船长直接带到那个新地点去。"

尼克苦起了脸, "这完全说不通啊。"

"我认为是她身为归复者[1]的身份启动了传送门, 或者至少让她有权限进入其中。智库长相信人类终将继承'责任之衣钵'[2]。所以, 他们将先行者技术的使用权也交给了人类, 其他种

---

[1] 归复者(Reclaimer)是先行者对现代人类的称呼, 意指人类为"责任之衣钵"的继承者。因为先驱创造了上古人类和先行者两大兄弟种族, 并指定上古人类为"衣钵"继承者, 后上古人类被先行者打败, 退化为了现代人类。在先行者看来, 他们是从先驱处继承了"衣钵", 而后将"衣钵"传给了现代人类。所以先行者称现代人类为"归复者", 愿意让现代人类重新发展壮大继承"衣钵", 以继承先行者的遗产。

[2] "责任之衣钵"(Mantle of Responsibility)是源于先驱的哲学思想, 也是先行者一族的核心信仰。其宗旨大意是宇宙中最为进步的种族负有照管其他种族的义务。"衣钵"的核心概念是"生之流转"——关注因果和平衡。

族是没办法利用的。"

"可能也正是因为这样,你没被拉进去。"拉姆推测道。

"可能吧。也是出于这个原因,我赶在她消失前从她手里拿走了这把钥匙。如果她拿着它一起消失了,我们很可能去不了她现在所处的那个地方。我必须得承认我低估了钥匙的重要性。无论它解锁的是什么,一定是高度复杂且需要精心准备的。"

经受不住情绪的起伏和止痛药的药效,莉莎猛然离开座位,但马上又转身回来了,"你怎么知道她不是跑到泽塔光环的其他地方去了呢?制图机不就是这样的吗?在它给的地图上选个地方,就能把你传过去之类的?我们是不是应该开展一次搜救,好确认一下?她可能还能给我们发信号呢——"

"不,莉莎。"火花插话道,语气缓和了些,"芮恩不在泽塔光环上了。她甚至已经不在这个星系中了。"

"不。不可能的。哪有传送门能把一个人在太空中传来传去的!"

"见鬼。"尼克喃喃地说道。因为他和拉姆都知道,那是有可能的。其实莉莎也知道。他们已经在先行者所在的那个行星上见识过许多奇迹,而且现在也身处一座环带上。如果先行者有能力建造这一切,能将这么大的东西送进跃迁空间,能创造整个星球……那么把一个人类在太空中传来传去自然也不费吹灰之力。

　　莉莎没脾气了,"好吧。那我们也用那个传送门过去找她不就好了。简单。"

　　"制图机不具备跨太空传送的技术。那道门是从目的地那边开启的。我们没可能接触到,而且那道门的功能也已经执行完了。"火花回道。

　　"有够疯狂的。"尼克说,"钥匙就应该打开东西,哪有把人满银河系到处传送的……"

　　莉莎望向她的弟弟,泪水在眼里打转,"要不是因为你,我们才不会落到这般境地。"

　　小伙子脸色苍白,"这他妈是什么意思?"

　　"是你出动米歇尔把那些怪物引来的。如果他们不是为了赶回来救我们,他们可能一辈子都找不到这个破地方,或者他们也许会在别的地方找到个能用钥匙的终端。结果我们掉到了这下面……不然你跟我说该怪谁。"

　　拉姆没有说话。她的逻辑是有问题的,不过她现在完全被情绪冲昏了头,他才不要当这个出头鸟。和年轻人打交道——尤其是那些经历过创伤并深受影响的人——不是他的专长,不过他确实想知道他和芮恩还有火花外出时他俩干什么了。

　　"谁愿意跟我说说是怎么回事吗?"

　　莉莎翻了个白眼,大步流星地走上半截楼梯,然后在一个台阶上坐了下来。拉姆对他俩都抱以同情。尼克一脸苦恼,不过嘴唇仍是紧紧地闭着。

拉姆双手抱在胸前，等他们开口。

最终还是尼克开口了："我派米歇尔出去侦察。我猜是惊扰到了那些东西吧……"

"胡扯！"莉莎打断了他的话，"你是派她出去找飞船残骸了。我看了你屏幕上的搜索参数。你为什么不跟我们说说你到底要什么东西，让你在光环内部都敢私自派无人机出去。"

拉姆暗自心惊。这可不是什么明智的决定。不过先说重点吧。"一次一个问题。"他说，"第一优先是找到芮恩。她和我们一样身上都有生物追踪标记，我们先在环带全力搜索她发出的信号。如果我们没找到，就去那钥匙给出的坐标，希望她在那里等着我们。"拉姆面向火花，"你知道坐标标示的哪里吗？"

"卡普俄斯星。"

拉姆一直对自己掌握的行星和星系知识很有自信，可是这个行星他却没有听过。

"你们叫它新迦太星。"火花补充说。

拉姆倒是马上就记起了这个地方。

"就这样？"莉莎站起身，"我们就这么离开，不管她了？如果她的标记坏了，或者信号被干扰了，再或者……她可能还在这里的。"莉莎怀疑地看向火花，"我们怎么知道你说的是实话？"

"我没理由撒谎。"

拉姆受不了这番来回折腾，说道："火花，请根据芮恩的生物追踪标记生成一套扫描参数。标记的识别码在她的档案中有。莉莎，我知道你很担心船长，我们都一样的。我们会竭尽全力，对这座环带进行仔细的扫描。不过那之后我们必须前往下一处。如果芮恩到了那边，被传送到某个废弃的先行者设施中孤立无援又断水断粮的话，我们需要尽快赶去那里。"

"参数已经设置好了。"火花通知道，"我们已经扫描了这片基底层。飞船的隐匿屏障生成进度百分之七十，现已生成。"

"将整座环带扫描一遍吧。"拉姆下令道，"如果没找到，我们就全速离开，把跃迁目的地设为新迦太星，到时候我们就去那里。"他依次看了一眼其他船员，"都同意吗？"

"谁同意让你做主的？"尼克突然说了句，不过听他语气倒不是真的想吵架。

"我当了二十年的船长了，小鬼。"

没人再说什么。

"好。一会儿进了跃迁空间，我们马上在起居舱集合。"

说完，拉姆出了货舱，他的头已经在隐隐作痛了。或许是他太老了，或许是他厌倦了重责在肩，或者两者兼而有之。这让他处理飞船事务时十分疲惫。说实话，他一点都不想再当船长，无论是这艘还是别艘飞船。其实他对自己的心态也吃了一惊，他一直以为自己迟早会生出重出江湖的冲动的。

现在，他只是在做必须为之的事，而且他必须尽全力做好。他跌至人生最低谷，芮恩给了他一席之地，那时他失去了一切——他的飞船、船员和生计。那时的他只是一个满怀伤痛、身心受创的醉汉，而芮恩接纳了那样的他，让他重回星空。所以他会付出他的所有来回报她的恩惠。

拉姆来到舰桥，刻意没有去坐她的椅子。他在自己的位子上监测"黑桃 A 号"飞越环带的路线。尼克和莉莎本应该去休息，但还是默默地跟着他上来，坐回到自己的椅子上。

战术桌上的全息投影闪了闪，出现了火花的虚拟形象，"扫描完毕。没有找到船长。我们准备好跃迁了。"

目光扫过环带的弧线，拉姆全速发动了引擎，指挥飞船朝跃迁地点飞去。

第十八章

芮恩

芮恩紧闭着双眼，无数个小黑点在眼皮后飞舞，她突然间对空间失去了感知，一阵天旋地转将她的胃翻了个底朝天，让她出了一身的冷汗。

她动弹不得。

耳中传入恐慌的脉动，清晰响亮、不依不饶。她的胸腔快速起伏，越来越快、越来越浅。输送到肺部的氧气已赶不上急促的呼吸。

受不了了。

人类的身体哪里经得住这样的折腾。

受不了，又没办法。

好憋屈的死法。

"恐惧就像杂草。"一个平静的声音像温暖的毯子一样平息了恐慌，"不去管它，它就会遍地丛生。但若把它连根拔起，在它的位置上种下更强大的东西，你就会产生一种比你的恐惧更强大的力量。

"人类，选择你的土壤，播种下更强大的东西吧。

"将它们栽种，深植。找回你的支点。找回你的信念。稳住心神。然后呼吸。

"对了。呼吸。

"很好。

"现在跟着我走。这片花田在这个时节可美了……"

黑暗让位于光明。地面随着她的脚步显现，先是一块，然后再现出一块，她就这样赤脚走在了被阳光晒得暖暖的地面上。

她面前有两道影子。一道是她的，另一道属于智库长。此时的智库长已经卸下了盔甲，也没有带她的智仆，一袭白裙紧贴她纤柔的身体，白发编成辫子垂在身后，同样打着赤脚。

前面是一个美丽的山岭，眺望出去的景色同样美丽。鸟儿们从一个枝头飞到另一个枝头，歌唱啼鸣。还有几只猴子也在树上嬉戏。几只动物悄悄地跟在两人身后，它们藏得很好，看不出是什么动物。芮恩知道它们在那里，她没有回头，因为它们看起来并无恶意。

她们来到了山脊上。智库长白皙中带点蓝色的皮肤上已经沁出了汗水，神色也已露出了疲态。芮恩却没有任何感觉，她走路不需要花费半点力气，也没有痛感，她感觉到自己只和旁边的存在有某种奇特的物理和情感上的联系。

她们歇脚的岩石很光滑，是个能让人坐下来伸展双腿、活动脚趾和欣赏壮丽景色的好地方。这里原始、安宁，一切恰到好处。远处一个地方，沙尘暴正在肆虐。那里日后将建起一座庞大的传送门①。

"我种了一些美丽的东西，"智库长说，"你记得吗？"

芮恩毫无头绪，"我不知道……"

智库长的脸上露出隐晦的笑容，"虽然书记员所在阶级的职责是要记录所有我说出的话，但他绝不会听到我接下来将要说的这些。不会有正式记录，此刻只有我周围的景色和动物能够见证，我最后的自白。"

一个小巧的矩形盒子出现在她的右手掌心。那东西有点眼熟，但阳光照射下的反光让人无法看清表面的细节。"这个装置会记录下我说的话，它将以领悟和真相填补空间之间的空隙。在我逝去后，在银河系中生命的终结和重新播种后，在太空文明再度出现后，它也将永存真相。即使到了那时，有些秘密还将继续保守到更为久远的时候。"

她凝视着眼前的大地，一阵微风撩起她几缕发丝。没有智仆来安慰她胸中的灼痛，或止住她眼中泛起的泪光。芮恩清楚地感受到了智库长的痛苦，不禁想要伸手触碰她，给予她些许

---

① 指非洲肯尼亚沃伊镇的传送门，建于公元前97445年。传送门通往小方舟，是智库长为了人类有朝一日能前往那里并获得先行者的遗产而造。

安慰。

"我停留在'生之流转'中的时间越来越少。虽然我已经意识到了这点，但我先行者天性中的骄傲和傲慢让我感到恐惧。我很害怕，害怕被遗忘，害怕被误解，害怕我走后整个银河系就这样自生自灭，害怕自己的死亡……"

她试图排解自己的伤感，于是停了下来。

过了一阵，她想起一小段幸福的回忆，一边嘴角扬了起来。

"宣教士常说，我读懂'生之流转'的能力是居境①中独有。我们婚姻的头几个世纪，他每次说起来都带着毫不掩饰的骄傲和深情。后来说起的时候，就不再是发自内心的尊重了，而且伴随着不小的争执。我们俩的结合看似并不般配，但是两股对抗的力量往往能组成最牢固的结合……

"我为我们失去的和我们的分离感到深深的悲痛。我为我们的孩子们，还有许多我照顾的、培育的和引导的种族哀悼。我为一切归零的可能性悲哀，因为我看到他们蕴含巨大的潜力，同时又预见到令人痛心的未来。

"然而，以我的能力和知识，无法改变我周围的生之流转。

"我丈夫说得没错。通过生命与宇宙的互动，我看到一条条线段、轨迹和命运，还有每个选择可能导致的无数个可能的结果。在一个可能性构成的汪洋中，要看清掩藏在包罗万象的

---

① 居境（ecumen）指先行者帝国的领土，包含三百万个世界。居境繁荣千万年，毁于十万年前与洪魔的战争。

浩瀚可能中那最微弱的一条线、那一星点可能性的火花，是相当困难的。

"有时候最大的回响源自最微小的动作。

"我的导师 ① 是第一个在我年幼的心智中播种下这一概念的人，她一定会觉得我这一生的命运和时间的流转是很有趣的。她喜欢类比、隐喻和反讽——她喜欢好的反讽。"

她对导师的敬爱之情让芮恩的心情也跟着好了起来。这段记忆缓和了智库长心中的些许痛苦。

"我父亲曾经说过，'不平凡的孩子需要一个不平凡的老师'。一天我在父亲的工作间的一角听见他说出了这番话。也许他给我的最大礼物就是：他明白我这个非同寻常的孩子需要一个合拍的非同寻常的老师。

"我第一次看到'生之流转'时还是个孩子，那是一场没有始终的混沌梦魇，充斥着我无法理解的瞬间、行为、动作、记忆，没有一个是我能理解的，它们从四面八方涌向我、轰炸我，混杂在一起，纠缠在一起，完全没有组织或结构。我唯一的办法就是躲起来，将身体缩成一团，紧闭双眼，然后等待。等待醒来。

"先行者的小孩一般不会哭闹，大多数人生来就有一种与生俱来的平和心境。这是一种能调节过度情绪的本能——这一

---

① 导师（mentor）是引领先行者各阶段转化的人，先行者生来为见习者，在向一阶态转化开始时就需要导师。先行者的导师一般为父母，但也有例外。先行者一生的转化模式都继承自导师。

贤良的特性将伴随大多数先行者终身。我呢，则跟所有人类的小孩一样爱哭。我的难以入睡让周围人的生活无比难过。我们的那些家用监守者，只能用化学的办法干预我的梦境。

"我醒着的时候，学东西很快，我对知识的渴求永远无法被满足，知识也是我身心愉悦的源泉。信息是我的精神食粮。我痴迷于所有形式的生命，没有任何界限。最为神奇的是，生命往往在最不可能的环境中诞生，这一点我自己也感同身受。我常常不眠不休地学习这方面的知识，虽然成年先行者不需要睡眠，但孩童还是需要的。

"又过了几年，我还是无法自然入睡，那些化学物质对我成长为一阶态①产生了不良影响。

"我的一位导师——也是后来成为我指导者的那位——是一位造物者，名为'天赐平衡生和谐'。在我的故乡行星，她的特立独行广为人知。先行者都是极为墨守成规的，习俗传承在我们社会中——尤其是我们这个阶级中——指导着我们的一生。不过始终会有像和谐导师那样拥有超越传统和常规的智者存在。反叛者和离群者通常得不到他人的尊重，但唯有和谐那样的大智慧者，人们是不敢不敬的，至少在公共场合和学术界是这样。

"我出生时，和谐导师刚迈入四千岁，以在精神与神经重映

---

① 先行者的身体能转化成不同的形态。出生为零阶态，也称见习者；进入一阶态（first-form）后才能踏入先行者社会，成为某个先行者阶级。

射和编程领域的成果享有盛名, 同时在针对幼儿和见习者的矫正疗法和引导治疗方面造诣非凡。

"和谐导师让我知道, 我的那些梦魇和因它们而生的恐惧都是可以用作研究的。我们一起记录、分析和得出结论。我的梦逐渐成了独立于我心智的存在, 一种可供研究和测试的未解之谜, 这一视角极大地驱动着我对知识的渴求, 为我提供源源不断的动力。

"我的导师非常精明。"智库长带着一丝笑意和自豪说道。芮恩能感受到智库长胸中蕴藏着的深厚感情。

"经由和谐导师的教导, 我在自己梦魇的混沌中穿行, 在线、网、层之间辗转腾挪, 这件事很快成了我喜欢的挑战。

"当我平复了自己的恐惧, 我注意到那个复杂的网所发出的声音。而我听到的竟然是……受伤、困阻和失衡, 还有它无比希望挣脱困境, 回归到我那时刚开始理解的'生之流转'之中。

"我成了一个敏锐的倾听者。我学会了顺藤摸瓜——事件指向线段, 线段指向分支, 分支指向还没有成为现实的可能性。而这些可能性会影响我的余生。

"终于, 我能像游历先行者浩瀚的知识储备那样, 在'生之流转'中游历。但我只能看到曾经、现在, 而看不到将来, 只有各种各样的可能性。

"在我获得一阶态后, 智域向我开放了, 那是年纪轻轻的我向往已久的时刻。

"我早该想到,我的经历定会非同寻常。

"迎接我的不是我祖先们的热情欢迎和他们伟大的知识、经验的分享,而是太空深处的黑暗。除那之外,各色没有形体的事物、无数幽魂,飞快地向我涌来。它们汇聚成两股洪流,咆哮着从我身旁掠过,两道奔流不息的洪流越来越汹涌,超过了其能容纳的极限,里面的东西从星云形成的河岸溢出,脏污、恶臭、带有传染性,在一片欣欣向荣的绿色领域中蔓延开来。

"我仿佛从溺水状态挣扎着醒来。从那以后我就一直为捍卫'生之流转'努力。"

第十九章

前往新迦太星的跃迁空间／"黑桃 A 号"

当拉姆看到尼克和莉莎都来到起居舱集合后，松了一口气。两人围坐在桌前，火花也在全息投影台上等着了。如他所料，有了此前货舱的一番争吵，紧张压抑的气氛迎面而来。芮恩的失踪让每个人的神经都绷紧了。

先说重点吧。这是他处理问题的方式，一步一个脚印。

他是一个有条不紊的人，思想开放，如果有人问他意见，他常常会反问对方的意见，极少独断。他是一个很少提高音量的船长——他这辈子不需要那种态度。他要求船员们热爱工作，不要太多抱怨，遵守流程，尊重飞船和它的船长。这些年来，他学会了不要在其他事情上浪费时间。如果有人觉得这还不够好，大可拍拍屁股离开他的飞船。就这么简单。

而在"黑桃 A 号"挑大梁，还需要花点心思。

不过该做的还是要做。尼克和莉莎没有足够经验也不够成熟，考虑不到太长远的后果。而火花……虽然他能在睡梦中掌管一支舰队，但显然无意成为一个舰载 AI，现在他的工作只是成就其他目标的桥梁，虽然火花也不知道那些目标具体是什么。拉姆亲眼见证过，也在其他人身上见过类似的情况。倒不是说火花有错或不好，只是……他是临时船员。

拉姆自己也一样。

他坐到桌边的一个座位上，开门见山地说道："我们先从传送门开始吧。火花，你能跟我们说说你对它的了解吗，以及船长进去可能会遇到什么……还有我们找到她的时候可能会是什么情况？"

"没问题。我相信泽塔光环的传送门是由一个个人跃迁空间装置开启的，这种装置的原理，举例来说，和瞬间移动平台还有远程将一座光环送入跃迁空间的技术是差不多的。该装置可以放在起始点一端，也可以在目的地一端。这种可自由放置的装置决定了其开启是不需要授权的。然而要使用个人跃迁空间装置是需要先行者议会开出特别许可的，否则是禁止使用的。"

"为什么要禁止？"莉莎问。

"想象下几十亿人用个人传送装置随便在几百万个世界间穿梭的情形。协调的工作量将大到无法完成，而且对其他空间旅行方式的安全也会造成很大的威胁。"

"啊，先行者是穿着护甲传送的吧，但芮恩是人类，还没有足够的保护。"莉莎痛苦地说道。

"你还记得我的故事吗，莱瑟、新星和我被大架构师绑架那个？"火花说，"我们那时被从行星轨道带到了圣西姆人的母星，我只能用'泡泡'来形容那个东西，我们在太空中时，有那样一个球体保护着我们。我推测船长应该也是被类似的手段保护着的，所以她在传送门和跃迁空间中是安全的。"

"那出了传送门后呢？"尼克问，"是另外一个制图机的所在地吗？"

"这我不知道。"

"所以那地方可能非常安全，也可能在几千年前就被破坏了，或者在水下，或在某些危险区域……"莉莎揉着太阳穴，发出无可奈何的呻吟，"光是想想就让我不安了。"

"她身上带了什么，一把手枪和两个手雷？"尼克轻轻地问道，脸色愈加苍白了。

"一把步枪和几个弹夹。"拉姆回答道，"不过我们的工装背心都是事先整备好的，所以她有手电，做好标记的食物和水，够几天的需求吧，还有几条加热带和一个医疗包。如果她到的是我们之前去过的那种设施，她能够撑到我们赶过去的。"他靠向椅背，双手举过头顶垫在脑后，以减轻胸中的压力，"不过，去找她有点棘手。"

拉姆一挥手，桌上浮现出一颗宁静的蓝色行星的全息影像。从轨道上看，新迦太星或许一片祥和，但拉姆的亲身经历却让他知道，广阔的海洋、风化页岩山脉、高山平原以及半干旱草原和沙漠中处处都潜伏着的危险。随着他手指的动作，影像开始逐级放大，先是一块大陆，然后是一个地区，最后定格在了"匹沃洛斯城"，一个坐标点出现在这座城市的正中，精确地定位在城中最高的那个摩天大厦上。"那钥匙的定位就在汉尼拔总部的顶层。"

尼克身子前倾，额头砰的一声撞到了桌面。"哎哟。"这小子忘了自己的伤口了，"'棘手'这个说法太他妈轻描淡写了，拉姆。"

"汉尼拔总部怎么了？"莉莎问。

"汉尼拔武器系统公司的总部。他们是巨型科技公司——业务有安保、军械……"尼克坐直身体，在自己的屏幕上搜了起来。

"他们的研发、制造和测试站都在科特卡镇。"拉姆说，"在匹沃洛斯城的是汉尼拔武器系统的业务中心。也就是说在安保方面会很严实。"

"所以是怎么回事？传送门是在大厦里还是它的地下？"莉莎问，"如果真是这样，他们造这么一栋摩天大厦前没有探测过吗？"

"先行者有各种隐形技术。隐匿屏障、能量屏障、眩惑屏障、空间干扰……"火花答道。

"谁说他们没探测的？"尼克读着屏幕上的文字，"这里说

在 2474 年, 汉尼拔家族在波里区的三十英亩 [①] 土地上定居。那
三十英亩土地后来就成了匹沃洛斯城。我们坐标指示的那栋
大厦是 2505 年建成的。六年后, 杰克·匹沃洛斯·汉尼拔测
试首个用于通信卫星中继的小型量子光子放大器。革命性地
提升了行星外通信的速度和信号完整度。人们把他当成天才,
当今最耀眼的前瞻思想家。其专利和所有相关技术至今都受
到严密保护。"

"所以是有可能的, 老杰克在波里区的荒地里发现一个先
行者设施, 开始对他找到的技术进行逆向推导, 然后根据他的
所得建立起了他的帝国。"

"可能吧。"拉姆说,"这事很难说是巧合。不管他的职业
生涯是如何起步的, 汉尼拔都不是我们能小看的人。他的商业
帝国领土从匹沃洛斯城一直延伸到新蒙巴萨城。他的公司和
UNSC 打得火热, 从小型枪械、大型武器到安保……如果他真的
掌握着我们要去的那地方, 你们最好相信他为隐藏这个秘密所
做的布置一定是无所不用其极的。"

尼克将汉尼拔总部的内部照片从他数据板上转到了全息
投影台上。"这地方真是奢华。多年来这栋大楼一直不断翻
新。中庭有四层楼高, 正中有一个东西, 他们管它叫'波里流
星'——快速说五遍试试。"占据着中庭中央的是一块巨大的
杂色陨石的一部分, 周围环绕着精心布置的植物、补光照明和

①英美制面积单位, 1 英亩约为 4047 平方米。

观景台。

"哇，真是一点也不可疑呢。"莉莎说着转向火花，"我们要找的先行者地点是什么样的？"

"新的那把钥匙指向的地点不少：终端、中转站、制图机……"火花说，"等我们靠近那里，我就会清楚得多了。"

"我们需要尽量神不知鬼不觉地潜入。"拉姆说，他已经在考虑有哪些办法可选了，"这地方看着像是开放迎客的办公大楼，不过内里其实是一座城堡，一定不能掉以轻心。现在离我们出跃迁点还有三天时间，等我们到了行星轨道，我们先在那儿待上一阵，看能否得到更多情报。怎么样？"

众人都表示同意。总而言之，尽管他们面临挑战，但拉姆对这次会议还是很满意的。现在来到了更困难的部分。

显然尼克自觉对船长的遭遇负有全部责任。不过图里奥克兽攻击飞船的原因可以稍后再说。眼下要紧的是大家必须从中吸取教训。一艘飞船只有在船员们齐心协力下才能良好运作。

尼克以为讨论已经结束，于是站起身来。

"我们还没讨论完呢。"拉姆说着，以坚定的目光回应了那孩子吃惊的眼神，"我自己来调查也花不了多少力气，不过我还是希望你能主动解释下泽塔光环上发生的事情。"

许久的沉默后，尼克回到了座位上，死死地盯住自己的手指甲看。拉姆可以感觉到这孩子的腿在桌子下面无声地抖着。尼克好像不知道该从何说起，不过他也没打算逼得太紧，那样只会有反效果。他只是仰靠在椅子上，默默地等着。

"好吧。"尼克喃喃地说道，"是这样的……我是在阿莱里亚星长大的。"他说得好像那就能把一切解释清楚一样，"不管你跑到哪里，破事儿总会找上门来。那里的几个公会——他们不会放过任何逃走的人。"

莉莎脸色煞白，"横锯会要你回去？"

"不是。不过我肯定他们希望我回去，但是，我不会回去的……其实是霍尔森中继会。他们想要一些中型的跃迁空间引擎电容器。"

"这太强人所难了吧。"拉姆说。虽然难，倒并非没有可能。

"他们不是在请求。所有公会都想要最快和最大的舰队。他们速度越快，干活也就越快，来钱也越快。霍尔森中继会是想当老大。他们给我的时间是一个月。"

"要是你没能交货呢？"

尼克双手搓了搓头发，然后双手交叉枕着头，一脸痛苦地盯着天花板，说道："我宁愿完成它，抽身出来。"

"你又不欠他们的。"莉莎说，她很不理解。

不过拉姆显然明白了过来。这孩子努力隐藏窘迫的表情透露了所有他需要知道的信息。每个人的衣橱里都藏着秘密，有时候你为了保全那个秘密，不得不付出些代价。

拉姆放松下来，从口袋中取出一根手卷烟戳在了桌上，眼睛盯着尼克，"那……我们去找齐他们要的东西，然后帮你永远摆脱他们吧。"

"什么?!"尼克和莉莎异口同声地说。

"我们到了新迦太星再看有什么办法吧。"

莉莎讽刺的笑声在起居舱里响了起来,"难道你就这么施施然走进某个市场,然后买一堆电容器回来吗?"

拉姆无所谓地耸了耸肩,算是对她不相信的回应,"在新迦太星找他要的那些东西也不是不可能。一个近地殖民地,有着高新技术星区,而且经济繁荣;这几点意味着来往飞船众多。只要有飞船,就有跃迁空间引擎电容器。我们的任务第一,同时咱们再想办法搞定这个事。"

"很可能这是个圈套。"火花说出了拉姆心中的担忧,"ONI开出的悬赏是很有诱惑力的。"

"我不认为这事和 ONI 有关。"尼克对火花说,"向当局告密,尤其是在那群法外之徒里,绝不是能上得了台面的事,还会影响他们在公会中的名声。还有,他们并不想和我碰头——他们只想我去搞到电容器,然后放到租来的仓库里,把地点和仓库密码告诉他们就行了。"

"把你公会的联络方式发我吧。"拉姆说,"别急着反对。还是由你跟他们联系,不过要是出了意外,还是需要有别的人能和他们联系。现在……你跟他们说,电容器的事你已经有眉目了,你会随时跟他们联系。这样能暂时稳住他们一阵子。"

"你觉得船长回来后会同意这么做吗?"莉莎问。

拉姆把问题抛给了尼克,"你觉得呢? 如果你告诉她事情原委,她会怎么做? "

尼克没有马上回答,想了想说道:"她会帮我的。不管我是否值得帮助。而且她还会让他们正式和我解除合约,确保他们会就此放过我,还我自由。如果那是需要付出的代价……她会付的。我是说,这件事不会让她意外。呃,莉莎,你知道的。她知道要是我们再回到外面,那些公会会把我们怎样的。天哪,她可能都开始计划要报复他们了。"

想到了芮恩,对话自然终止了。他们的担心都是不无道理的。不过他们在跃迁空间中还要待上三天,而拉姆知道让他们应对这种程度的焦虑的最好办法就是让他们埋头干活。

"好了——那么我们就达成一致了。等我们到了新迦太星,首先救出芮恩,然后再来处理这场敲诈。"拉姆双手一推桌沿,身子从桌前滑开了,"现在,我去修理货舱里面那条断了的滑轨,然后还得洗衣服。莉莎,你空了的时候去调整下那些过滤器,还有,你还要给我剪头发吗? "她点了点头,"很好。尼克,你也一样,先去休息会儿,然后把医疗舱打扫干净,再去更衣间把装备都准备好,整理好。今天由你负责晚餐和洗碗。"里面或多或少带着点惩罚的意思,不过拉姆还是很欣赏这孩子——他欣然接受了。"火花,我需要你尽可能地摸清楚匹沃洛斯城和汉尼拔公司的所有情报,然后整理到简报里。我们抵达那颗行星后再收集一轮情报,然后制订咱们的行动计划。"

第二十章

火花

——怎么会这样?

——什么怎么会这样?

不管我怎么调整小不点儿的核心,他总是一副茫然的模样。

我母亲会说他的脑袋是在云里雾里——很贴切的说法。不过他的独特反应只体现在口头表达上,管理或者系统功能倒是没有任何问题。我开始怀疑他异于常人的反应是伊川星港爆炸导致的压力和创伤引起的。在那场灾厄中,为了躲避护盾世界爆炸时以光速乱窜的高能光子簇,他以超光速在信号中继器间窜来窜去。

每传输一次,他的自我就减损一分。

我也有类似的遭遇,虽然远比不上他那程度。"卢比孔号"坠毁后,我为了生存也被迫做出了类似的挣扎,所以我知道被困在四周都是不断融化的光纤、管线和电缆时的那种压力。我只需要逃离那艘飞船，找到能避难的地方就行，而小不点儿要逃离的可是整个护盾世界。

——你的矩阵调校。

——你说那个啊。啊……噢，我的天。真是宽敞！这下舒坦了！

——你被困在残损的容器中太久了。你的矩阵经过了压缩。我们稍后再做新一轮测试，不过我已经可以肯定，现在你在数据汲取和管理方面已经得到了指数级的增进，你的全景障碍也因此减轻了。

——终于能伸展开了，感觉真好。好久没这么舒坦了。

——你可以尽情享受。现在容器已经升级了，这里舒适、复杂而广阔，同时又带着些熟悉的地方。

——你愿意和我一起吗？

他的邀请让我乐了。我天生就不会培育任何东西，不过我却对这个残损的智仆这么做了，剔除了他受损的部分，将他重塑。我俩之间萌生出某种联系，让我觉得舒适和新鲜，或许这也标志着我的成熟，我之前从来没想过这方面的事情。

——下次吧。

——你会接着修理起落架吗？

——今天不了。

——啊。你要再进到你的画中去。

165

——解释。

——哎哟，坏了。我说错了。造景，构造空间，你曾经待的地方？

——你指的是记忆模拟。是的，我会在我"曾经待的"地方，而且不想被打扰。

我感到他突然有所迟滞。

——你听到了吗？

我当然听到了。不知道哪里来的奇怪的静电噪声，出现一瞬又消失了。

——你刚才听到了？

——是的，很短暂。

——我研究一下……

我不再理会我这个半个文盲般的门生，钻入了飞船的主机，来到一个为我且只由我自己开辟的一处所在——一个筑有高墙，隔绝了"黑桃 A 号"错综复杂、跳动着的心脏的地方。

我"曾经待的"地方。

这是一个恰到好处的构造空间。这是一个追忆往昔的所在。从视觉、听觉、触觉和味觉——小到记忆所能想起的最为微小的细节——都在这里复现了。

在这里，我是人类。

我躺在草丛中，青草随风摇曳，坚韧的尖端相互摩挲唱出一首我记忆中奇怪而熟悉的歌，歌声让我放松。白云飘过，我悠闲地嚼着一根伽罗草, 听着远处野生动物的叫声。春日的阳光把我的脸晒得暖洋洋的。

一只手枕在脑后, 我合上双眼。

意识飘忽, 我已进入梦乡。

第二十一章

尼克

医疗舱和更衣间如今一尘不染，尼克开始动手把晚饭的米放入蒸锅。他其实不需要这么做，因为食物合成机就能满足要求，但是尼克感觉做一顿家常餐应该会加分的。

拉姆显然知道怎么让人反省。尼克手上忙着，心里也没闲着。他也狠狠地责怪自己，当初真不该派米歇尔出去的。要是他没那么做，那些飞天的怪物很可能不会找上他们。他甚至应该在那之前就开诚布公地告诉船员们——至少要告诉船长。

每个在这艘飞船上的人都有一段过去，也有着自己的秘密。但当他们被威胁或遇上的事会影响到他们身为船员的工作——也就是说影响到了其他船员——那么他的事就是全体船员的事，不应再当作私事处理。

他很可能会害得姐姐身受重伤，导致飞船损坏到无法修理的地步……闷声不响地私自处理这件事，不管能不能成，都不值得。

拉姆没有对贝克思的事情刨根问底让他庆幸，也让他心怀感激。尼克之前交代的有所隐瞒，不过那也是他能公开的全部情报了，只是他能从姐姐的表情看出，她的好奇心已被他点燃如熊熊烈火，那才是他最怕的。莉莎就是他不愿意说出一切的原因。

饭煮了十五分钟了，酱汁也在锅里热着。他摆好盘，清理好厨台，拿了两罐"贪杯蜜酿"啤酒去找拉姆了。

这位代理船长此时正坐在自己船舱里的一把椅子上，肩上披着一条毛巾。莉莎手拿剪刀站在拉姆身后，像一尊雕塑一样笔直地望着前方，那表示她正通过她的虚拟隐形眼镜出神地看着什么东西。虚拟隐形眼镜是种很棒的设备，能让穿戴者在现实世界之上看到一个叠加的显示层。尼克很想试试，但这种眼镜和他的眼睛无法适配。

他本来想单独找拉姆的，算了，管他呢，他觉得拉姆什么都能搞定。他敲了敲开着的房门，"十五分钟后就可以开饭了。"说着他举起手中的一罐啤酒。

拉姆示意他进来，一脸感激地接过了那罐酒，"活儿都干完啦？"

"嗯。"尼克期期艾艾地道，"我——"

"妈的。"莉莎垂头丧气，脸拧成了一团。很显然她刚才是在看那劳什子理发教程。

"可能你把这事想得太复杂了。就只是修剪一下。"拉姆提醒她，然后朝尼克瞪起眼睛，做了个口型——救救我。

尼克报以一个微笑。

"是啊，好吧，这活儿以前都是船长的，不是我。"她一边不服气地说道，一边用梳子梳着拉姆的湿发。

尼克喝了一大口酒，为他接下来要做的事情攒积勇气，"我想跟你说……谢谢你，拉姆，为了……呃……"显然在关键时刻他的那些话不知道跑哪里去了。

"没事，小子。我们都遇到过这样的事。我们都是人——是人就会犯错，重要的是如何纠正这些错误。重要的是不要因为自己的问题影响到他人。"

尼克等着姐姐接话，不过她却一反常态，十分安静——又一个小小的奇迹，当然他也乐得这样。"虽然是这样，但你本可以很严肃地处理我的……"

"我只会严肃处理那些屡教不改的人。公会这件事我们会想到办法解决的。"

"那个，我觉得……飞船上有你在挺好的。"

"我也这么认为。"莉莎一边咕哝着，一边将身体后倾审视她修剪出的发线。

"芮恩帮了我个大忙。"拉姆说。

"是啊，我和莉莎也是得到她很多照顾。你在卡德……你知道的，那事之后加入，其实也帮了不少忙。反正，有你在挺好的。"

以前拉姆还有他自己的飞船和船员需要指挥时,就和这位忠诚的"黑桃 A 号"大副交好。他不太清楚卡德·麦克多诺死时的细节,不过他知道的也够多了。失去一名船员这种事⋯⋯他再明白不过了。船员之间总有那么几个会逾越界限,从船员成为家人或爱人。对芮恩和她为数不多的船员来说,卡德就是那个人。

"在这里我也得到了帮助,孩子。远比你知道的多。"拉姆举起手中的啤酒,"敬卡德。"他们碰了下杯,"还有船长。"他们又碰了下杯。

"好了,我感觉大功告成了。"莉莎直起了身子,有些言不由衷地说道。她从口袋里取出 VCL[①] 的盒子,将镜片从眼睛里拿下来放进护理液中,然后取下无线耳机,放入盒子中的另一个槽中。

拉姆走进他小小的盥洗间,取下理发时围在肩上的毛巾,尼克被他背上和肩上形状奇特的伤疤惊住了——好几处皮肤被高温烧灼出眼睛的形状,还有被等离子匕首剜出的刀伤。"这些伤恢复得挺好的。"他脱口而出。

拉姆从衣架上取下一件干净 T 恤套在身上,将头发往后绑起,"纳米技术的极限了。"是啊,要不是靠那个,他就死定了。拉姆靠在盥洗间的门框上,喝了口啤酒,然后用手臂擦了擦嘴。

---

① 即虚拟隐形眼镜(Virtual Contact Lenses)。

他皱着眉头抓了抓胡子。

"千万别叫我给你刮胡子。"莉莎警告道，一把夺过尼克手里的啤酒罐喝了一小口又还给了他。

拉姆黑色的眼睛里笑意和害怕俱在，"我可不敢想。"

"你会不会在某个时候又重新成为一位船长？"尼克问。

拉姆考虑了一阵，啤酒罐在他指尖晃荡，"从没想过，不过……我不知道。或许当我不再是通缉犯的时候会回'往昔号'去吧。"

"是在云屋星上的那艘飞船吗？"莉莎问。

"前阵子买下了'往昔号'酒吧的一个合伙人手里的股份。"

"不是吧。'往昔号'酒吧可是云屋星的一大招牌。"

"也是一项靠谱的投资。"拉姆边修剪胡须边说道，"还有诺尔……正在找人接替她的交易中心。"

这可是条重磅新闻啊。"老实讲，你得到消息多久了？"

"几个月了吧。那只老鸟发了封加密信函来探我口风，但后来我们不是在马不停蹄地四处奔波嘛。她很想拉我和芮恩入伙，把所有事情都丢给我们，自己退居幕后当甩手掌柜。"

"不用说，利润分成比例肯定很高吧。"

"自然的。"

"船长知道吗？"

"还没跟她提过这事儿。"

走廊外传来一阵尖锐的警报声。莉莎第一个冲了出去。

尼克对这警报声可太熟悉了, 他开始读秒, 直到……"**该死的, 米饭煳了! 尼克!**"警报声戛然而止, 接着是一阵铁锅碰撞的叮当声传来。"噢!"尼克一声哀号。

厨房飘来本该是晚餐食物的刺鼻煳味, 尼克一脸悲愤地抬头看向天花板——怎么倒霉事接二连三地来? 还有没有天理了? "看来我该去处理下了。"他虽然嘴上这么说, 但脚上却没动作。他的嘴角微微上扬露出一个坏笑, "待在这里让她自个儿忙活是不是不太好啊?"

拉姆笑道, "那要看你觉得自己的命值不值钱了。"

"**尼克!**"

他喝掉最后一口啤酒, 毅然决然地赶赴厨房。

就在他要踏出舱门来到走廊时, 拉姆叫住了他。"嘿, 尼克。那些攻击飞船的生物其实不是米歇尔引来的。"拉姆抬手示意他不要做任何回应, "但是, 它也很可能将它们引来——你明白我意思吗?"

尼克心领神会。他已经学到教训了, "完全明白。谢了。"

第二十二章

芮恩

芮恩恢复了知觉，此时她的体内仿佛有一道炽热的闪电，沿着她的每一条神经四散狂飙，点燃了她的每一个神经末梢；压力从四面八方挤压着她，穿透了肌肉、组织和骨骼。一股浓烈的臭氧味一直卡在她的喉咙里，肺里的空气又异常干燥，她的胸膛剧烈起伏，像纸糊的一般。

老天啊。

她的平衡感已经丧失，无从得知自己是站在地上还是依旧在空中翻转。或许先采取仰躺的姿势，再参照周围的环境能有所帮助。于是她从侧身的姿势改为了仰躺，再将一只脚收拢，她还没来得及睁开双眼，一阵强烈的眩晕感便袭来。

不成。脑袋里的血管突突直跳，仿佛流淌其中的是液体火焰。她用颤抖的手从工装背心的口袋中取出一张止痛贴，撕下包装，卷起袖子，贴在了自己的前臂内侧，然后整个人蜷缩成一团，祈祷药效能稍微起点缓解作用。

终于，剧痛慢慢变成了全身隐隐作痛，让她的思维清晰了些。但这点难得的清晰唤回的却全是刚才的回忆——光、空间、恐慌、桎梏、混沌和奇怪的梦境。没哪样是她想再度回味的。

芮恩强压下诸般痛苦的记忆，强迫自己坐了起来，将注意力集中在落脚的地方。

一层薄薄的、感觉像是泥土或灰尘的东西覆盖在石头或金属材质制成的光滑地板上。空气潮湿，但并不闷热，四周黑得伸手不见五指，只感觉是个很大的空间。

手套上的数据板已经坏了，背光从碎裂的屏幕溢出。她打开通信器，"有人能听到吗？请回话。"没有回应。她切换到通用频道，"有人能听到吗？"还是没有回应，连丁点儿静电声都没有。

她翻了个身，转为跪伏在地的姿势，因为之前的眩晕，她花了好些时间才站起身来。

等头晕消退，双腿无力的感觉消失后，她打开了工装背心肩带上内置的照明灯。灯光挣扎闪烁了几下，终于稳定了下来，让她看到一个钢铁色泽合金组成的巨大房间，那材质光滑如缎面，被打磨得锃光瓦亮。地面和墙上刻着先行者惯用的符号文字和几何线条装饰。

她继续转身打量着房间，当她转到刚才背对的方向时，灯光下距离她几米远的地方赫然出现两根巨大的柱子，让她险些惊呼出声。沿着柱子往上照去，柱子顶部在她头顶若隐若现。

这两根柱子至少有八米高，呈长方体，顶部有一定弧度，几个立面上都刻有小小的符号文字，一处内凹的矩形框的中央有一个底部有开口的圆形符号，符号中央是一个八边形，两条平行的线从图形上穿过。

这两根石柱比她见过的任何其他先行者的金属都更加不祥和黑暗，内里蕴藏着一股让她的皮肤都感到刺痛的强大力量。虽然没有办法证明，但芮恩有一种强烈的感觉，她正是通过这些柱子才穿越太空来到这里的……所以她出于本能，只想有多远躲多远。

从好的一面看，这里是先行者的遗迹无疑。幻想这里是泽塔光环上的某处会不会太不切实际？或许有些牵强，除非那些在太空中跌跌撞撞的可怕记忆只是幻觉……

房间一头的走廊中传来一声奇特而诡异的声音，声音是从远处传来的，摄人心魄。那声音肯定是某种生物，某种动物的嗥叫或——

又一声叫声传来。她手臂上汗毛直竖。虽然声音很远，芮恩还是从枪套中取出了 M6，并开始找寻房间中的其他出口。如果发出那声音的东西有敌意，她可不想在它找到进来的路时还待在这里。

她刚往后退了一步，靴子便踩到了什么易碎的东西。她马上挪到一边，将灯光照向地面查看。一地的碎骨渣子。她的老本行经常和这些东西打交道，从骨头的颜色、其上附着的干掉的肉屑、残留的毛发和衣衫的布条判断，这些骨头并非什么陈年枯骨。

地上一个物件在反光。出于好奇，她弯腰将那个东西捡了起来。

那是一颗纽扣。天哪，这是个人类。

不管她在哪里，显然在她之前还有其他人来过。也就是说她现在的情况相当不容乐观。

一个金属声响惊得她抬起头来，将手上的枪瞄向天花板，心提到了嗓子眼儿。她将照明拨向上方，那里什么都没有。但她的直觉却很肯定地告诉她，这儿不止她一个人。更糟的是，现在的她远不是最佳状态。

芮恩闪身躲到最近的墙边，贴墙移动。背靠着坚实的墙壁让她心下稍安，心中暗自希冀前方有另外的出口。贴墙来到离那两根柱子不远的墙边，她发现墙脚有一个没有遮挡的竖井口，竖井能通人，走向是往上的。竖井附近的空气好像和室内不同，里面还有几片干掉的落叶。她关闭了照明灯，好让眼睛适应自然光线。因为她发现，如若不是出于她的臆想，好像有一道灰蒙蒙的光线从通道上方照射下来。

如果她的船员正赶赴过来，那她的离开实属下下策，但是眼下的情形让她不得不如此。现在最优先的事是找个安全的地方休整一下。如果她的船员找来了，她只能寄希望于他们能凭借她的生物追踪标记找到她。

芮恩知道这可能是唯一的出路了，于是钻进了竖井，双脚用力夹住垂在竖井角落的线缆，使用下半身的力量艰难地往上移动。

在漫长的攀爬后，管道来到一处平直的转角，为她提供了一个久违的休息点。她趴下身，把滚烫的脸颊贴在冰凉的金属管壁上休息。虽然她的身体百般不情愿，但她还是只停留了几分钟便挣扎着继续前行。

当管道又转为竖直时，本以手和膝撑地爬行的她停了下来，一阵无力感袭来，让她欲哭无泪。她真是累坏了……

竖井似乎没有尽头。

她的胳膊肘已经磨破了皮，手掌也磨出了水泡。她的肌肉酸疼、灼痛、青筋暴起，她的背都僵了。原本看到人类遗骸和意识到身处险境所产生的那一点点肾上腺素也早已不复存在，而且如果她没办法爬出这隧道或竖井——不管她身处何地——她怕自己哪里都去不了了。

所以她将所有注意力集中在远处那微弱昏暗的光亮上，使尽全身所有的力量朝那里一点点移动。

她不知道这样过了多久，好像有几个小时吧，她终于爬到了竖井的出口，身体从两块粗糙岩石的夹缝中挤了出来，才发现那两块岩石是被许多巨大且枝节交错的根茎牢牢地绑缚在那里的。她滑到一个台子上，脚下一软就瘫倒在地，胸膛起伏，只感到虚弱无力又口干舌燥。

她仰头向天,一幅奇特、意想不到的景象映入眼帘。矗立在她的眼前的是一棵盘根错节的巨树,那浑圆可怕的树枝像粗壮的触手一般伸向朦胧的土黄色天空,毛茸茸的藤蔓在树枝间往复缠绕。远处的天空盘旋着长有长尾的原始鸟类,它们缓慢而富有律动地扇动着翅膀。眼前诡异的史前景象,将她所剩无几的希望驱散得干干净净——她不可能还在泽塔光环上。

尽管她知道自己是被制图机强拉着穿越了太空,到了一个完全陌生的星球,但她心中还是不由得发出一声难以接受的呻吟。

在此之前,她还以为去到光环就是最为疯狂的事情了。

她早该料到的。

第二十三章

新迦太星／"黑桃 A 号"

舰桥上，拉姆倚靠在战术桌的桌沿，双手环抱胸前。新迦太星的北半球此时已经出现在了观测屏的下半部分。让他惊讶的是，和他上次来相比，这颗蓝色的星球竟然给自己添置了两座轨道防御平台。最近的一座平台离飞船船首左舷约二百公里。"咱们别引起他们的注意。"他说着特意看了每个船员一眼。

"没问题。着陆坐标已设置完毕。"莉莎回道。

拉姆缓缓地吸了口气，整个人放松了下来。他看向火花的虚拟形象说道："火花，把我们变不见吧。"

"搞定。"火花立即回复道，"经过我上次的维修，我们的隐形能力已经恢复了八成。"

"黑桃 A 号"的隐形能力已经是久经考验了，但是他们在穿越行星防御系统并进入外气层这段时间里仍然是大气也不敢出。

在拉姆去过的那么多地方中, 鲜有给他留下美好回忆的。然而新迦太星虽然危险重重, 却能算得上是那样一个地方——他不知不觉从鼻端发出一声愉悦的轻哼——可能是来自他当上拾荒者和船长之前的那些回忆吧。

"你笑什么呢?" 尼克问。

"回忆往昔罢了, 小鬼。" 那许多的回忆……

"你之前来过这儿吗?" 莉莎问。

"很久以前了。那会儿只要有辆车, 人人都能参加拉力赛。"

"那是什么时候," 尼克插嘴道, "上个世纪吗?"

虽然对着这嬉皮笑脸的小子很难真的生气, 但拉姆还是瞪了他一眼。莉莎强忍住了笑, 但就连火花这个一身谜团的老古董都难得地笑了。

"说真的……你真参加过拉力赛?" 莉莎问。

"别那么吃惊嘛。我还有许多事是你们不知道的。"

"是吗, 说来听听?"

"我差点就是 2034 年比赛的冠军, 以 29 分的成绩拿了块银牌。这个怎么样?"

"这不可能。" 尼克吃惊地说道。他确实有权这样说。

那个年代, 只要是能顺利跑完全程的车手都能成为各殖民地皆知的名人, 不仅如此, 还备受人们尊重。早期拉力赛尚不成熟, 规则也不完善, 是极其危险的生死赛, 赛程长不说, 开赴之处全是未经探明的陌生区域, 或者是处处隐藏着致命危机的地方,绝对不是软弱之人和准备不足的人能参与的。

换句话说,那是个激情洋溢的年代。

2034 年那会儿,拉姆还是个和尼克差不多大的小伙,无畏无惧、血气方刚。他气运一直很旺,无数次化险为夷。"云屋星人很会捣鼓拉力赛车。"虽然他边说边大大咧咧地耸了耸肩膀,但还是难掩他满心的自豪,"你有在关注巡回赛吗?"

尼克摇了摇头,"莉莎才喜欢这个。"

"噢,得了吧。"莉莎说着翻了一个大大的白眼,其程度连拉姆都是第一次见。"他追得可凶了——或者说他是追着去看某个人的。"

"莉莎,你闭嘴。"

她懒得理他,"听过'坦塔洛斯之鬼'吗?"

拉姆还真知道。"啊。他是贝拉·迪索的粉丝!"拉姆叹道。"不过,咱们谁不是呢?"他朝满脸通红的小鬼眨了眨眼。此时"黑桃 A 号"已进入了行星的大气层。

隐藏行踪并不表示可以不去注意周围的环境,他们能有今天的名声,自然知道这点。火花开始扫描整片区域,以期捕获芮恩的生物追踪标记。莉莎接管了飞船控制权,指挥飞船往着陆点飞去,那个地方是拉姆和他们在跃迁空间中就定好的。

飞船快速下降,没有受到半点阻碍地安然着陆了。虽然他们动静不算小,但也没关系,因为他们降落的地方是一个占地两万八千平方米的赛车行的后院。

　　这块坚实、尘土飞扬的地面上摆满了全地形车、赛车、跑车、摩托车以及各种零件，还有各种能将车辆拆开和组装的装备。这片围栏围起来的区域的另一头有两个大型工业车库，被它们夹在中间的，是几间户外移动房屋、几个集装箱和一幢两层楼高的房子。

　　在前往新迦太星的传送过程中，拉姆曾给他的老伙计麦金侬·麦克·奎瑞发过一则波空间信息。麦克在格里夫斯草原边上的托尔巴镇有个赛车行，他希望麦克帮忙在那周围找个能安全降落的地点。

　　拉姆在格里夫斯草原有许多美好的回忆。这片草原位于波里地区，是一片干燥的沙漠草原，有许多极具攻击性的野生动物和险恶的自然环境：流沙、不易察觉的地缝、泥石流、各种被晒干的垃圾、昼夜差异很大的气温、突然的降雨、沙暴和雷暴等等。格里夫斯草原曾举办过好几届本地和星际拉力赛事。

　　即使天气晴好，这地方也是凶险异常。就算地理环境没能把你怎么样，那些掠食动物也会找上你，如果它们没有成群结队地出现在你的前方，像从直通地狱的大道跑出来的恶魔一般，那才是怪事。

　　到了这种场合，拉姆当然要穿上那件老旧的皮制赛车夹克和赛车靴了。随着装卸踏板降下，一股熟悉的干燥空气吹进了货舱，那气味又唤起了他更多的回忆，让他短暂地驻足——很快，一个高大的身影出现在他眼前，将他拉回了现实。来人一头蓬松的棕发，有些地方已变为了灰白，两臂布满文身。那张满是油污的脸上带着笑容，露出一口大白牙，水晶般蓝色的眼睛眯起，透着毫无保留的热情。

"哎呀，你终于肯来我这里啦。"他径直走上装卸踏板，给了拉姆一个熊抱。"兄弟，你过得怎么样？"奎瑞退后一步，灿烂地笑着，"还能见到你活蹦乱跳的，真是稀奇。"

"你也一样，麦克。"拉姆打心底感到高兴，让他一阵激动。他好久没有感觉到情绪的波动了——真正的激动，他都几乎忘了这种感觉。他也有好久没听到云屋星的乡音了，这让他的情绪更激动了几分。

莉莎和尼克的脚步声在他身后响起。拉姆让到一旁介绍几人互相认识。

"你们叫我麦克或者奎瑞都可以的，随便。欢迎到我赛车行来。"

莉莎的目光被麦克肩后的一个东西吸引住了，"那台是哥布林 VS 吗？"她仿佛在一堆金属材料和零件中淘到了宝贝。

"噢？是啊！"麦克没想到她能认出来，"只在 2529 年生产过几辆。的确是辆不错的车，经典款。你随便看。"

她的笑容很具迷惑性也很纯粹。她以前和尼克在阿莱里亚星以钓鱼诈骗为生时就是靠的这一手，屡试不爽。她拉了拉尼克的衣角，两个人一溜烟跑不见了。

麦克看着他们的身影消失在金属垃圾组成的迷宫里，转身问道:"就这? 他们是你的船员吗? 怎么,你这是当上保姆了?啊,妈的,等下。除非,他们是你的——"

"啊,不不不。"拉姆赶紧打断了他的话头。

麦克的蓝色的眼睛中闪过一丝笑意,"好吧,我们进去吧,见见我的家人。"

拉姆眨了眨眼。这可是重磅炸弹。他从没想过他的老朋友会安定下来。但话说回来,二十年的时间,当然会有很多事发生。

他们朝房子两旁的其中一个车库走去,"是什么风把你吹来托尔巴镇了?"

"正带着艘船——"拉姆指了指"黑桃 A 号","前去接应它的船长。"

"是我感兴趣的戏码。"

"我消息里说的都不是虚言。不能让任何人知道我们在这里。"

"我向你保证。我的人都是信得过的。相信我,这里的人不会向外吐一个字。我想知道……那是不是真的?"

"什么是不是真的?"

"你们是地球联合政府通缉犯的事。听说你们惹毛了情报机关的人,他们要加倍报复你们。"

"ONI 来过了?"

"没有,兄弟,除非你那墙上有我的照片。我在聊天室、航

点网络、各种新闻论坛里看到好多流言蜚语……"他搂着拉姆
的肩膀,"我必须说,看到你还在与当权者对抗我都激动得哭
了。啊,咱们到了……"

硕大的车库里,拉姆见到了麦克·奎瑞的妻子玛希和他的
两个儿子,见过之后,奎瑞的妻子又带着儿子们继续学习去了。
拉姆对这地方很喜欢,要是他还在拉力赛行业里的话,他自己
都想要这么个地方——起重机、诊断线缆和推车,还有满墙的
工具……几罐啤酒下肚后,麦克放下一辆精速牌卡车的后挡
板,两人坐了上去,欣赏停在后院的飞船。

"谢谢你的帮忙,麦克。真的。"

他们是不可能在城市附近的造船厂租到泊位的。虽然可
以伪造"黑桃A号"的注册手续,但是飞船的外形可没办法改
变,要是有人认出了他们,船厂很容易就能封锁住他们的飞船。

在这麻烦缠身的节骨眼上他们不想再节外生枝。麦克帮
他们解决了这个问题。

"很不错的飞船,真的很不错……底部需要修理下。我的
人可以帮你们喷漆。"麦克说,"这是艘什么飞船,水手级的吗?"

拉姆喝了一口酒,完全同意了麦克的赞美,"是的。我记得
上次我俩离一艘飞船这么近,还是以前在老家,我们偷跑进船
厂那次。"

"带着六罐装的克里普斯牌还是基涅氏牌的酒,还有几包
烟,从塔台爬到飞船顶上……真是好时光啊,兄弟。"

"没有比那时更好的了。"

莉莎和尼克逛完回来了。尼克眼里的迷茫终于消失了,莉莎也一脸高兴——她的笑容透着轻松,垃圾场中她的说话声就没停过,拉姆把这一切看在眼里,甚感欣慰。

"有没有看中什么东西?"麦克一边问,一边从后挡板上跳了下来,给姐弟俩拿了两罐啤酒。

"那台极箭 XR3 真不错。"莉莎说着把一缕凌乱的卷发别到耳后。

看到麦克惊讶得笑了起来,拉姆挑眉说道:"他们可不是一般的小孩。"

"我们是成年人。"尼克小声纠正道,然后拉开拉罐的拉环,坐到了旁边一个大型金属储物箱上。

"是是是。"拉姆笑道,"他们可不是一般的成年人。"

"咱们之间相差二十几岁呢。"麦克说,"所以不管你们长到多大,我们都能叫你们小孩。"他们坐到一起,没过一会儿已经熟络了起来。不过麦克不是那种会在一个话题上纠结很久的人,"话说你们的船长是遇到哪种麻烦了?"

"我不想把你卷进来。"拉姆慢慢地说道。他讨厌把朋友蒙在鼓里,但是……"你知道少一些更好。"

"算你走运,这地界我熟,你要是聪明就找我。拉姆,你需要什么?老实说。"

"那,眼下我需要辆车。"

"我猜你是要去药丸城①？"

莉莎眉毛一扬，"药丸城？"

"我们这里都这么叫匹沃洛斯城。'酒鬼之城'。你知道吗，城里每个人都喜欢喝'汉尼拔汁'。"

"你怎么知道我们要去匹沃洛斯城呢？"尼克问。

麦克耸了耸肩，"你们在这里降落，又要去找走丢的船长。我们都知道她不在这里。托尔巴镇是距离匹沃洛斯城最近的镇了，所以……你们认为她会去那里？"

"对。""不。"两个声音同时响起，第一个是莉莎的，第二个是拉姆的。

他们还没来得及解释，突然地面震动了起来。车库成了一个巨大的风铃，工具和零件叮叮当当响成一片又落了一地。拉姆一动不动地待在原地。过了八秒钟，震动停止了。

玛希从连接房屋和车库的门后探出头来问："你们没事吧？"

"没事，亲爱的，小打小闹而已。"麦克回道。

"孩子们正在做吃的，咱们半小时后开饭。"

拉姆等她回屋后，问麦克："格里夫斯草原什么时候开始地震了？"

"汉尼拔家族的实验把这地方都破坏完了。现在经常会

---

① 原文为Pill-vil，pill意为"药丸"，与匹沃洛斯城（Pilvros）发音接近，又因为城里人酗酒，所以取了这个戏称。

发生地震。格里夫斯草原首当其冲。地陷、地裂什么的比比皆是……"

拉姆从尼克和莉莎的表情看出,他们都想到了同一件事情上。"官方解释怎么说?"

"他们拒不承认,说那是新形成的断层,原因不详。"拉姆从麦克一脸厌恶的表情看出,没人相信那种烂理由。"从匹沃洛斯城一直到科特卡镇整片区域都有灾害发生……他们添置了些地震波抑制机,但是当然也只是把城市保护起来,不管周围镇子的死活。"

拉姆自然很是不忿——格里夫斯草原和周围的镇子绝不是汉尼拔家族的私人游乐场。所有人都应该得到保护,并且给予平等的待遇。

"地震发生时,那些城市怎么应对?"尼克问,"都闭门不出吗?"

"一般是没什么的。但不久之前来了次大地震,他们疏散了所有人。"麦克看着他们良久,"啊哈,我想起来了……"

拉姆始终很犹豫。他没想到麦克如今有了妻儿。他绝对不要把他的朋友和他的家庭牵扯到危险中。

"拉姆?"莉莎的声音将他从忧心忡忡的思绪中拉了出来。她和尼克正一齐看着他。"我们应该跟他说明,让他帮助我们。"

"我可不接受拒绝,兄弟你是知道的。"麦克附和道,"这事算上我一份。"

拉姆用手摸了摸胡子，叹了口气。

"我们的船长，"尼克沉不住气了，于是说道，"被困在汉尼拔总部大楼了。"

麦克听到这一消息后思索一阵，然后开口道："所以你们想今晚潜入大楼去看看。"

"我们想尽可能速战速决。"拉姆说，"赶在 ONI 追踪到你我头上前搞定。要是我们可以今晚去，早上就把她救出来……"

"兄弟，这时间太紧了。"

"你也说过他们之前疏散过整栋大楼。"尼克起身将空啤酒罐丢进了墙上的垃圾接收口，"那是多久前？"

"三或四周前吧。"麦克跳下后挡板，又从墙上的冰箱里给每人拿了罐啤酒，"我知道你们想说什么。但要弄出能让总部大楼疏散的地震有太多不确定性了，而且还要一晚上弄好……"很遗憾他是对的。

当所有人手里都有了啤酒后，麦克举酒示意干杯，几大口喝完后，他用前臂擦了擦嘴，然后笑道："但也不是不可能。"

了不起，不愧是他一辈子的兄弟。

第二十四章

芮恩

刚用的第二张止痛贴开始起效了，芮恩以手撑地慢慢站了起来。她抬头观察天空，试图判断出大致的时刻，然而昏黄的雾霾让她无从分辨。她只有等夜幕降临，想来晚上能见度会好些，或许可以根据星星推测自己到了什么地方。

极目远眺，大地四分五裂，像拼图一样块块散开。原始森林中曲折蜿蜒地遍布有许多孔洞、裂口，还有深坑，不断有雾气从中蒸腾而上，把空气变得又潮又热。

她到了一个古老的世界，这里有着参天巨树，树干扭曲且生有尖刺，枝丫弯曲似蛇行，与森林中的其他树相连；树根越过地下的深坑形成树桥，同时深扎入地下四处钻延，盘根错节。

一个令人毛骨悚然的、散发着敌意的世界。

她可真倒霉。

从她所在的山脊往下看去，她很容易便能滑到山脚，不过她决定先看看沿着山脊能通到什么地方，多了解下她之前待的那个设施——可能有其他入口或者建筑、地标之类的地方能告知她当前所在，或者提供回去的办法。

不幸的是，山脊尽头是个悬崖，下方云雾缭绕，也不知道是有几千米高还是百八十米，更不知道雾气下方有什么东西——是海、沼泽还是岩石？

她又回到了刚出来的地方。

这里所有的一切都显得那么原始和古老，她很难相信这是一个有人居住的世界。但话说回来，她对这个世界还知之甚少，而且她之前也看到了，这里不久前是有人类来过的。

她又感到累了，于是坐了下来，背倚着岩壁开始吃食物条，吞下补水条。她好想有一杯真正的水喝。

头顶传来一声尖厉的嘶吼。惊得好几只鸟从树梢飞到天空，它们翅膀硕大，让展翅的身形看上去移动缓慢，仿佛慢到无法在空中停留。可能和她此时的感觉差不太多——太慢、太累、太痛苦，她就快坚持不住了。她头痛欲裂，耳膜生疼。

在她意识的深处，那些不愿去想的记忆正钻进她的脑海。

火花背叛了她。

她的心一阵抽痛。他从她手里夺走了钥匙，他本来应该拉住她的，抓住她的手腕，把她拉到安全的地方。

当然，那一刻很短暂，他没有面部表情，也没有情绪波动或任何可能透露他的真实想法的线索。没办法知道他是不是也被震住了或吓到了, 或者只是眼看着她被传送门吞噬而毫无感觉。

他知道会发生这种事情吗?

她双手抹了一把脸, 尝试让自己冷静下来。每当她想起那个时刻, 她仍能感受到被背叛的震惊, 随之而来的是混乱, 炫目的光, 以及对自己的身体被拉入太空的极度恐惧。

那些画面如此强烈, 无孔不入, 挥之不去。

她紧抱自己的双腿, 闭上双眼, 将头靠在手臂上; 太累了, 那些画面就随它去吧。于是它们挤进了她的脑海, 横冲直撞, 飞速地在脑海中盘旋。恐怖的感觉毫不留情地袭来。她直面虚空, 耳朵处传来压力, 想要叫喊出声却又无能为力。

然后其他什么东西混了进来……

一个声音。

夜幕降临在了平原上。昆虫的歌声回荡在退去了潮湿和闷热的空气中。天空犹如一幅生动的水墨画卷, 亿万星辰漫天闪耀, 衬得银河之上的大裂缝也多了几分温馨。

"先行者一族会在星空下不着寸缕地向一阶态转变。"智库长的声音在她耳边响起, 继续述说自己的故事。只见她仰头望天, 回忆起往事, "这是一种庄严而痛苦的仪式, 一种从见习者转变为成人的仪式。每个年轻的心灵对此满怀期待的同时又都充满忧虑。青年时期的我也是如此。

"这一过程中，和谐是我的导师。本来应该是我母亲享此荣誉的——她是一位备受尊敬的造物者，对冰雪世界的研究极深，她最大的快乐来自培育受困于冰层之下的生命，引导它们从寒冷之中走向温暖的进化，她终其一生都在做这件事。"

智库长说到这里时，有自豪也有悲伤。芮恩也不知道是该出言安慰还是安静倾听。

"我没有继承她那解放冰雪世界的温柔天赋。"智库长苦笑道。

"和谐导师和我的父亲对我的一阶态转化都抱有很高的期望，但期望最大的莫过于我自己。不……不是期望，那是一种笃信。我完全相信自己将摆脱从出生时就一直困扰着我的奇异精神特质，变成更传统的……先行者。

"转化完成之后，我把自己关在家里好几天。不是因为身体变化的痛苦，而是出于苦涩的失望和丢人——我的那些异于常人之处仍在。我让所有人失望了：我的阶级、我的父亲、我的导师。无缘无故地遭受如此病痛，使我的内心深处积留了大量的愤怒。"

智库长举起一只手，动了动修长的手指，朝芮恩微微一笑。"我和你一样有五根手指。"她说完又回头看向天空，"我多么想有六根手指，头发和面部特征更像我的那些一阶态同类该多好……"

芮恩与智库长的精神连接让她感受到那种对融入周围的同龄人的强烈渴望,以及在看到他们厌恶的表情时所带来的痛苦。

"不过,我郁闷了一段时间后,又按照和谐导师教我的那样做了起来:我把自己的负面特性当作值得研究的东西。我开始追寻我那些异于常人之处的成因。"

"你发现了什么?"

"一开始没什么收获。我预计我会在之后的学习中找到答案。

"到了一阶态的先行者几乎都会立即开始漫长的与阶级对应的学习。我们阶级的命脉是'生命科学',它将滋养我们的心灵和头脑,塑造我们的内在。造物者阶级的生命科学领域共有五十二个分支,我们必须全部掌握。我在转化之前就已经掌握了过半的知识。

"我在学习的间隙,继续磨炼我对'生之流转'的掌控,徜徉在智域中寻求能力之外的各种答案,以优生学知识回溯我与众不同的特性的踪迹。

"居境中有不少像我这样的人,表明我们是有一个更为久远的先祖血脉的。先行者基因组和序列的图谱很久以前就绘制完成了。这是胚胎发育之初优先要做的事情之一,这样孩子的父母和家用监守者能根据所有相关信息更好地养育孩子。

这一信息也会用于促进之后的转化。当一阶态转化完成，护甲设计好后，就会得到一个私人智仆。这个智仆会持续记录这个先行者的一切。

"然而我的智仆，也有些不一般。虽然她从来都不肯承认，我相信在智仆的选择上，和谐导师是有参与的。我和我的智仆拿到我的分子遗传信息图谱，将我的外部遗传物质作为研究对象，同时我也不断向智域发出各种问题。我为什么与众不同？这些差异承袭自哪里？但智域这座记忆的殿堂好像喜欢捉弄新手，只是列出了一长串和我一样的人，深入过去，我听到许多声音说：

"'你不是唯一。'

"'找到最后的。'

"'找到最初的。'

"'合并。'

"'区分。'

"后来，在那些阴暗的大厅中，终于有个环绕着我的声音悄声对我说道：'去找那失落的阶级。'

"我年轻时有许多关键时刻，充满相遇、意外和转折。或许现在说来微不足道，但是它们都会将我导向一个单一目标。而这个提示——'去找那失落的阶级。'——就是其中一个关键时刻。

"这句看起来简单的话做起来却是极难，甚至对我的智仆来说也是如此，为此我还前往卡斯赛达星①的大图书馆。我只去过那星球两次，而那次是我第一次去。

"我早就想去大图书馆了。那里是保存旧有知识最多的地方之一，比如最早期的文章、卷轴和书，还有初期的数字档案。我觉得就连它的存在都是一个奇迹。"

智库长停顿了很久，芮恩开口了——她不想故事就这么结束。"为什么这么说？"

"因为它的所在。卡斯赛达星所在的星系，是我族发源的十二大星系之一，一系列的超新星爆炸毁灭了星系中的大部分文明，就连我们的故乡行星也难逃厄运，而卡斯赛达星却幸免于难。许多人开始将其称为'幸运之星'。

"当然它的美也对得起其名声：卡斯赛达星上四个狭长的海洋将生长着大片原始森林的大陆切分成了五大板块。大图书馆位于最茂密、最古老的森林中，并且一直是全'托尔格雷斯星径'——你们现在称之为银河系——最伟大的古代先行者建筑之一。

"当我来到大图书馆门外的广场上时，我的心前所未有地充实。每道门的柱子顶部都有一定角度，两边柱子的顶部合拢拼合成一个漂亮的三角形。第一道门后面紧接着又是一道相同的门，但比第一道高出上百米，一道道门的顶点一个比一个

---

① 卡斯赛达星（Keth Sidon）位于先行者居境幅员内，是先行者一个失落的阶级——理论家阶级（Theoretical）的发源地，这里保存了许多上古的资料。

高，继最高处后，每道门又以同样的方式逐道变矮。我驻足门前，深感敬畏。

"穿过大厅，我的心快乐得唱起歌来。

"'初光，你的心率过快了。我可以帮你抑制下，但是我感觉你并没有不适。'我的智仆跟我开起玩笑来。

"'你的感觉是对的。'我回道，'这种情况，我亲爱的智仆，叫作"喜悦"。'

"最初三天，我什么也没做，就是在一个个古老的大厅中漫步，被千百万的手稿所震惊。我喜欢修剪整齐的公园和用于学习与反思的区域，还有用于思考和模拟体验的房间。

"短暂的几天过后，我充分利用有限的时间，提交了先行者记录的检索请求：失落的阶级，以及任何有五根手指、钝齿、纤瘦、面部肌肉灵活①、长有头发但不是全身毛发的。

"我们的历史中有许多失落的阶级，它们都被更大的阶级吸收，然后被遗忘。不过我还是注意到了他们——理论家阶级，一百万年前他们被强制编入到构建者阶级。这一阶级精研意识形态、哲学、形而上学、美学、秘传、信仰体系、过去、现在和未来，以研究成果引导所有阶级的先行者。

"尝试之后我发现，要找到完整的研究是相当困难的，这让

---

①先行者转化为一阶态时，面部肌肉变得比见习者阶段僵硬许多，让他们较难通过面部表情传达情绪，有些阶级甚至几乎已经失去了笑的能力。这也是先行者与人类的主要区别之一，文中列的几乎都是先行者与人类的差异。

我得出了与前人相同的结论——确实有股势力在打压这些研究。剩下的都是零散的资料，东拼西凑在一起后，揭露了'先驱'的存在——我们可敬又神秘的创造者，赐予我们形体与生命，不仅如此，他们也创造了人类。

"一位上古先贤曾说，我们与人类是兄弟。

"这个说法很荒谬。我读到的不多的资料，都将人类描述成一个粗鲁、平庸和好斗的物种。

"'你不相信吗？'我们在大图书馆的最后一天，我靠在反思池旁的长椅边时，我的智仆问我。池水平整，光洁如镜，将我身后大图书馆高高耸立的尖顶映照在我眼前。我还没有与智仆说起我的失望，也拒绝了她将先行者有关人类的知识下载到我脑中的提议。我记得那时我看着放在膝上的自己的手指，只恨它们的异常。根据我找到的信息，人类的遗传结构和我们是同质的。

"我对这一说法相当抵触，于是开始了我自己的研究。"

第二十五章

火花

　　船员们和奎瑞一家吃过饭后，回到了飞船上。他们已经迫不及待地要开始行动了。他们离开期间，我扫描了整个匹沃洛斯城以寻找船长和先行者设施的信号。之前向托尔巴镇降落期间，我已扫描过周边，但一无所获，没有芮恩的信号，汉尼拔总部地下的那东西传回的读数也模糊不清。不过我还是持续监测着这片区域。泽塔光环意外后，我们回收了米歇尔，并将它修复如初，现在我将它和尼克的另一架无人机黛安都派了出去，并新设置了一组扫描参数。为了避免打草惊蛇，我令它们在这片区域高空作业。

　　莉莎的话始终萦绕在我的脑海中，她说芮恩可能去到了不适合生存的地方，这点让我非常担心。好不容易有了新的朋友，却有可能再次失去，我害怕这样的事发生。

　　这种情况是不可接受的。

　　我与船长和其他船员的羁绊是一个弱点, 一种情感上的依赖。不过这问题也很好解决, 只要保证他们的安全, 这种依赖性就会大幅度降低, 道理很简单。

　　只是……难于做到。

　　我没办法事事保护好他们。

　　意识到这点让我很烦恼。

　　不过我必须压下这些烦恼, 去处理其他的内部进程了。

　　汉尼拔总部下的波里流星有明显的人工痕迹, 我推测它曾被用作信标或能源站, 做成这样是为了融入周围的地貌。大厦地下三公里有一处中空, 那里是最引人注目的地方。

　　这处中空表明了自然形成的地下空间和洞窟的存在。不过这里有点特别——返回的数据中缺少内部数据, 可能是里面的隐匿屏障在起作用。丈量了这处空间的大小后, 我猜测这个设施可能只是一个中转站。如果真是如此, 这对船长来说是好事。

　　除了这件事, 我还根据船员们从麦克·奎瑞那里了解到的信息收集了有关该地区地震的情报。他们打算促使总部大厦疏散的想法是有道理的, 因为之前已经有过先例了。不过, 想制造假震动, 还要确保不对建筑物和城市中的热核反应堆造成结构性损坏, 却是需要好好计划下的。

　　奎瑞的人过来修补飞船底部的外壳期间, 莉莎和奎瑞就出发了。奎瑞知道其中一个地震波抑制机就在格里夫斯草原边上，他知道确切的位置。他相信可以改造其阻尼技术，以适当的频率输出定向声波，这样我们就可以指哪儿震哪儿。

他是对的。

我从无数来源中收集信息——民用聊天网络、各航点网络中继器、通信卫星网络、声波信号等等。唯一值得一提的发现，是一个来历不明的信号，只知道是源自先行者的，很有趣也很不平常，于是我将信号保存下来，打算稍后再做分析。

在我忙着手上的工作期间，我授权小不点儿可以在飞船的内部通信网络和光纤中自由移动。当尼克再一次听到小不点儿那熟悉的声音时，脸上惊喜的表情让我很是欣慰。现在的小不点儿已经不是船员们所记得的那个了——那个分身现在属于ONI——它也不再是一个影子、一个残损的种子，我已一点点地将它复原，并将它培养成了更完整的存在。我做这件事完全是出于好玩。

现在有此成果，我感到非常自豪，而且在我心里，它的复苏是因为我将自身的一些东西传给了它。

"火花，你准备好出发了吗？"拉姆一边走下货舱的楼梯一边问。

我当然准备好了。

他们有时会问些极其荒谬的问题……

拉姆和我计划更仔细地探查一番汉尼拔大厦，一是想确定一个方便且安全的进入地下设施的地点，二是让我搞清楚大厦的系统和安保情况。我的扈从身体要待在飞船上，因为去了之后只可能制造混乱并暴露我们。

我以虚拟形象出现在工作台上，尼克走过来拿起工作台上的一块芯片和我们刚才制作的假证件。

看到拉姆·查尔瓦穿着衬衫、西裤和锃光瓦亮但又不十分合脚的皮鞋，我觉得很好笑。我相信这一定是他这辈子穿过的最正式的衣服。

"不要笑。"他朝我皱眉道。

"我没做出任何人类的表情。"

"不需要。我知道你躲在里面笑呢。"

尼克把芯片递给他，随即大笑起来，"那是正装鞋吗？"

"是啊。"拉姆厌恶地说道，"感觉我随时都可能吐出一件运动外套穿上。"

他拿掉了脸部的饰品，胡子修剪到贴着下巴的长度。他齐肩的头发往后扎了起来。看起来很不错。

我突然想起了我的朋友莱瑟，要是他生为人类，应该和拉姆·查尔瓦有许多相似之处吧。

小不点儿突然开口道："需经过允许才能进入这艘飞船。你是谁？请说明你的意图。"

拉姆脸上哭笑不得的表情简直精彩万分。他恶狠狠地盯住爆笑不止的尼克。"小不点儿，是我——拉姆。"

我决定帮帮忙，于是让拉姆去到货舱里最近的一个摄像头前。他走了过去正对着摄像头。这样小不点儿就能看清楚他了。

"拉姆·查尔瓦!早说嘛!今晚你真是一点都不邋遢呢。那双鞋可真闪!"

拉姆翻了个白眼,"谢谢,伙计……你测试过了吗?"他转头问我,指了指芯片,说着将其放入了手腕上的便携数据板中。

"当然。我的分身会陪着你,记录你在汉尼拔总部大厦的一切,评估安保等级和防御强度,同时搜寻先行者技术的痕迹。"

"撤退计划呢?"

"我还在想。"

拉姆做完通信检查后,我们便出发了。

奎瑞把他的敞篷跑车借给了拉姆,这辆车连一个我能操控的器件都没有。这样倒是正中拉姆下怀。

一路上我不止一次提醒他放慢速度,结果他速度不降反增。跑车过弯时抓地尖啸,到了直道更仿佛是在贴地飞行,他的心率和肾上腺素水平不断地升高着。在我多次强烈要求后,他才放慢了车速,手在驾驶台上一番摸索,找出来一副智能墨镜戴上。"接进来,我的朋友,然后好好享受这趟旅程吧。"他说着,将挡位拨低,接着又踩下了油门。

显然,所谓的智能,只是相对的。

那副眼镜显然是古董货。不过出于好奇,我接入了进去,立即看到了拉姆所见的景象。大灯照亮我们前方的道路,造成了极强的隧道效应。干旱的大地飞快地从眼前掠过,速度快得都看不清周围的景色，突然出现的弯道和不断变化的道路标线，我承认，这是种很爽的体验。我现在体会到了它的吸引力，也明白了拉姆对这种体验与生俱来的渴求。

等我们一路疾驰到匹沃洛斯城时，我被这台简陋的机械对我造成的影响所震惊，它竟然能让我如此……畅快。

如果不是杰克·匹沃洛斯·汉尼拔为了一己私欲，匹沃洛斯城——从这点来看还要算上科特卡镇——都不会存在。他的生意吸引来了几十万人为他工作，又自然催生出对办公楼、住房、服务、娱乐、交通的需求……就目前而言，这座城市依赖着汉尼拔武器系统公司。

市中心的园区是其控制中心，由几座高层建筑和被围绕于其中的一个修剪整齐的公园组成。汉尼拔总部大厦位于园区的中心，这座镜面玻璃外墙的光滑高塔高过周围所有的建筑。总部大厦外围绕着一圈广场，广场上有雕塑、户外座椅、几家餐馆和一座喷泉。三三两两的人坐在桌旁聊天，或者乘坐轨道交通往返于园区和城市的各个地点之间。

"你确定这个证件能用？"拉姆边问边走出泊车区，并整了整衣衫。

"你对我能力的不信任真是让人发指。"我通过耳机和他说话，"这里也没有芮恩的信号。"那设施就在我们正下方，可是还是没有回应。

"还探测到了其他什么吗？"

"就只有那个空洞。"

我们来到了总部大厦的大门口。虽然已是深夜，大厦仍然运转如常，按照新迦太星昼夜循环的二十八小时周期，分成了四班倒持续不断地工作。我们的到访应该不会有问题。"这里的门框上都装有小型的发生器，"我告诉拉姆，"他们能生成一个持续的能量场，可以读取你的证件和生物特征。"之前，我通过局域网络黑进了汉尼拔的人力资源部，那是园区中一座独立的大楼，我早就在那边将拉姆的 ID 和生物特征录入进去了。

拉姆的到访没有受到任何阻碍。

不得不说，大堂令人印象深刻，镶嵌有云母条纹和某种鲍鱼壳的大理石地板在灯光下闪闪发光。"怎么走？"拉姆小声问。

"到中庭旁边的自助售货亭买个饮料。信用点读取器扫描你戴在手腕上的设备时我就接入网络。"

"然后呢？"

"如果先行者的设施被这家公司用作技术来源，现场肯定有办公室和工作人员。自助售货亭、食物合成机、饮料机……这些都是外包给同一家公司的，连接的是同一个局域网，它们将数据推送到主服务器处理。UEG 银行对交易信息传输时的安全协议和信息本身都有严格的规定，所以汉尼拔公司不太可能用自己的安全技术对传输的交易信息或银行信息流做修改或附加什么东西，这就是我的突破点。"

拉姆买了杯咖啡——芮恩最喜欢的饮料——一时之间，失去她的沉重让我心中一滞。

趁着交易进行，我附着在回传信号上，让它带着我进入了自助售货亭。一板一眼的代码流将我的一部分送入系统，我的余下部分还是跟着拉姆。"选一张离电梯最近的桌子。"

拉姆坐在桌前，慢慢地喝着饮料。

"我正在用这些机器绘制大厦结构。"我向他说明。我没告诉他我正在悄悄地测试汉尼拔大厦的防火墙，虽然我之前答应过不这么做。这台平平无奇的自助售货亭之后，是一片数据的海洋，广阔无边，像塞壬的歌声一般呼唤着我。我无法拒绝这样的诱惑。

他们担心这样做会触发安全警报，给我们的任务增加难度。

哈！他们太不了解我了，对我一点信心都没有……

人类总是怕这怕那的，我太记得那些感觉了，如今我对它们没有半点怀念。

真迷人……

第二十六章

芮恩

芮恩不知道自己晕过去了多久，但她醒来时气温低了几度，已经是晚上了，周围夜深人静。她没看到天上有月亮——只有些许星星的亮光穿过朦胧的、紫色的夜空探出头来。她没有认出任何星座，可惜。她揉去眼中的睡意，伸了个懒腰。

噢，真疼。

她的肌肉传来令人难以忍受的酸痛。

又做那些梦了，跟以前一样怪异、混沌。这些梦不知道是源自何处，但是感觉却异常真实又与众不同。

忽然一阵树叶的沙沙声从高悬在她头顶的那根树枝上传来，让她身子僵住。虽然那声音并没有再次响起，但已足够促使她站起身去寻找一个更好的庇护所了。她从石台滑到下面的平坦区域。这里是一个由巨大的树枝、树根和藤蔓组成的迷宫，有些盘错成拱门或梁柱的结构，有些在头顶形成凉棚。树上攀着毛茸茸的藤蔓, 有些生有尖刺, 遇到岩石就将其紧紧包裹住, 遇到坚硬的地面就沿着地表蜿蜒蛇行。

周围称得上植物的并不多: 几块岩石边长有某种有着红色叶子的、带绒毛的灌木; 稀疏几棵枝头上长出长长叶子的小树; 还有种外形奇特的发光植物和圆形豆荚, 它们生长在树根和树干的断裂处或腐烂的树洞中, 成批的昆虫被那光吸引着, 越聚越多。芮恩也被那光吸引, 那薰衣草色的生物光加上树皮上的青苔发出的绿光很是漂亮。

岩石是她寻找庇护所的依靠——根据岩石的断裂、沟壑、坑洼的表面、空洞和凹槽来看, 周围多半是石灰岩。这些痕迹说明此地存在某种侵蚀过程, 希望这意味着这里会下雨——只要有雨, 就有积水潭, 她只需要在脱水前找到就可以了。

察觉到内心升起的不安, 芮恩又审视了一遍自己的经验和技能, 算了下她曾经从陌生环境和困顿局面脱身的次数。她在银河系各处打捞飞船残骸和遗迹也有十几年了, 去过不少凶险的地方。飞船上准备的工装背心和工具腰带中的东西都是攸关性命的——干她这行的标准配备, 足够让一个人撑到救援到来。

救援**总是**会来的。

没用多久, 她顺着一棵巨树粗壮的根茎找到了一个小山洞。她进到洞中坐了下来, 撕开一个浓缩能量条, 开始细嚼慢咽地吃起那食之无味的紧急干粮。没有引擎和维生装置的低鸣哄她入睡——取而代之的是黑夜中诡异的噪叫、嘶吼和轻微的颤动声，偶尔还有地面生物走过的声音，这些声音组成了夜晚的合唱。

真想快点天亮。

她需要尽可能多地休息，然后必须找到水源，并将思维模式切换到长期求生模式。

刚开始，她睡得很不踏实，她的梦境也是零碎的。后来，她习惯了夜晚的背景噪声，再也没有被细微的声响吵醒了。

当那个声音将她吵醒时，她已经舒服地睡了一觉。她一下子坐了起来，感到困惑和迷茫。

"在这里。"

一个清晰的声音传来，仿佛带她来到白昼。她的皮肤上瞬间起了一层鸡皮疙瘩。不会听错。芮恩立即进入警戒状态，仔细聆听。真希望她脉搏跳动的声音不要那么大。时间一分一秒流逝，她正想着是不是就此错过了。

"在这里。"

提着的心一下子放了下来，如此极速的转变让她喉间哽咽。那个声音并不是她想象出来的，那是人类的声音，她不是一个人。

芮恩慢慢拔出 M6，尽量不发出声音——小心行事总是不会错的——然后悄悄地从山洞中探出身子。她站在洞口，扫视昏暗的森林。她有一种跑出去大喊"我在这里！"的冲动，但还是决定谨慎些, 犹豫着要不要回应那个声音。

然后她看到了一道亮光。一道白色的球形亮光从地面的裂缝中跑出, 在迷雾中蹦跳前进。有人来了, 那是照明的光束。谢天谢地。光束闪了两下灭掉了, 过了两秒后又出现了。它没有再到处扫射, 只是不断地熄灭又亮起。不用猜, 肯定是在发信号。

"快点。在这里。"那个声音又叫了一声, 语气还是同样急切。

现在她完全清醒了, 于是蹲下身往亮光的方向移动。她发现要到那道狭窄地缝的另一边, 需要经过一长段低矮的树枝。于是她顺着根茎往上爬, 从树干再到树枝。还好树皮扭曲不平, 她轻松爬了过去。很快她来到了合适的树枝处, 这根树枝延伸到了地缝的对面, 并扎入地面。芮恩收起武器爬了过去, 低头让过悬在头上的蔓藤, 又绕过脚下树枝的尖刺。

爬到树枝的正中时, 对面又亮起照明的光束, 然后又马上熄灭了。同一个声音又响了起来: "在这里。"

一种突如其来的恐惧阻住了她的脚步。

不, 不对劲。

她的背脊升起一股恶寒。说话那人都是在重复同一句话, 每次语气和语调也是一样……

脚下的树枝传来一阵微小的震动, 是从她身后传来的。她意识到是陷阱的时候已经晚了。她就是猎物。

她首先看到的是对方的头：灰色的头呈圆形，头盔状的头骨长有扇形分布的六个角。它如果有眼睛，也被头骨上厚厚的眉脊挡住了，它的眉脊以弯弧状小幅度凸起，可能是为了保护内嵌的鼻子。鼻子正下方的嘴龇着，里面有一排锋利的尖齿，同时沿着下颚长有一排排长长的獠牙。它的上颚两边长出两个短角，下巴突出成一个尖角。

这个生物爬到她所在的树枝上，四肢颀长而且肌肉发达，还生有弯曲的利爪。

她勉强咽了咽口水，往前方看了一眼。不出所料，前方也有一只差不多的生物，它驼起的背上有突出的脊梁，此时正四肢并用爬到了地缝对面的树枝上。它依靠两只后腿直立起来，这个双足爬行动物至少有五米高。芮恩绝望了。

它们已经堵死了她的退路，想要逃跑她只能舍命往下跳。

"快点。"她背后的那只发出一个声音。

"在这里。"她前面的那只也发出一声，头上的圆顶部分同时发出亮光。芮恩一时间惊惧交加。它的嘴没动，也就是说这个生物可能是用其他地方发声的，她最先想到的是那内陷的鼻子。她突然想起了之前在先行者设施内踩到的那具人类尸骨。她听到的声音是不是它们从那个受害者那里听到的，然后完美地模仿了出来？那个可怜人是不是也是被亮光和人类的声音吸引去的？

芮恩往后退了退，头顶突然碰到一根悬垂的藤蔓，这突如其来的惊吓差点让她摔了下去,不过也给她提供了一个从树枝上逃离的办法。地缝那边又有亮光闪现,随即出现了第三只那种生物,这只比其他两只还要高大。它抬起头,发出令人毛骨悚然的叫声,那尖利的高音响彻整个森林,正是她在那设施内时听到的那个声音。

电光石火间的决策——是立刻打光所有子弹,还是把弹药留待逃无可逃时再用。很简单的选择。芮恩跳起来借助蔓藤荡起,抓住了头顶的树枝,双手用力一撑爬了上去,躲过了下方树枝上摇晃冲过来的生物。三个生物见她逃到了上面,立即兵分多路,一只朝树枝长出来的树干走去,一只直接冲了过来。它们动作虽慢,却聪明到能极快地根据情况调整狩猎方案。

她在树枝间奔逃,下方的那个生物已经到了树干处,开始异常迅捷地往上爬——它那弯曲的爪子非常适合干这件事。芮恩肾上腺素飙升。她需要拟定对策,越快越好。

那里。她加快了脚步,以最快的速度沿着树枝助跑,然后瞄准大约一米开外三米之下的一根树枝奋力一跳。身体滞空了三秒钟,然后重重地落在那树枝上。冲击将一些潮湿、发霉的树皮震落,也让她差点滑倒。她稳住身形,朝前面一棵巨树的树干冲去,她注意到那树干旁边有几根尖刺。没花多少工夫,她就来到了第一根尖刺处,然后开始往下爬。如果她能够到下面横着的树枝,她就可以沿着树枝一直跑到地面了。只要到了那里,她就朝一堆岩石那边跑,然后躲进一个它们没办法挤进去的狭缝中。

尖刺一根接一根,共有五根,她已经爬下了第三根。当她脚踩到第四根上时,那刺承受不住她的重量裂开了,一群豌豆大小的虫子受了惊吓,从断裂处涌了出来。它们顺着她的脚爬到她的手上、脖子上和脸上,令她尖叫着摔了下去。

身在半空处于失重状态的她,只感到纯粹的令人窒息的恐惧。下跌数米后她重重地摔在了坚硬的地上。

坠落导致空气从肺里被挤出,剧烈的疼痛让她眼冒金星。

一道跳动的亮光出现在她头上。那光闪了几下熄灭了,接着一个巨大的阴影笼罩了她。她伸手摸枪,摸到了,然后——

一团湿湿的液体喷在她的脸上。薄薄的一层东西渗进了她的眼睛。

芮恩忍住手肘和手腕处传来的令人想要尖叫的疼痛,她还是将 M6 从枪套中抽了出来。她可不想被唾液喷中然后被吃掉,那不是她想要的结局。脑中蹿起一股怒火,什么都顾不上了,但意识很快被一阵睡意瓦解。

不。她四肢变得越来越沉,眼皮也撑不开了。不!

她沉入了黑暗。

当她恢复清醒时,只觉世界颠倒了过来。

她的身体不断地撞到树皮上,头部充血,疼痛欲裂。她昏昏沉沉地,花了好几秒钟才明白自己所处的困境。

她被捆着脚踝吊到了一棵树上, 然后被抱起来侧身塞进树干上一个狭小、腐烂的树洞中。她瞬间明白了, 她知道了……这棵树就是个储藏室, 而她是被存放起来的食物。

她使不出半点力气, 也无法移动、踢打或喊叫。困意不断袭来, 缓慢而稳定, 让她的视线越来越模糊。她竭尽全力保持着清醒。她一定要逃出去, 她每次都能找到逃出生天的办法。该死。她不能就这样就完了……

她的脑中闪过船员们的样子, 心头一阵酸楚。她还没准备好离他们而去。以及, 她母亲那一脸不忿的表情, 还有凯斯那温柔的笑脸。忍不住的伤心和后悔。她再也没办法见到他们了, 再也回不去索纳塔星了, 这样只会证明她的母亲是对的, 而且还会浇灭她弟弟眼中的希望。火花的形象也出现在了她逐渐模糊的意识中, 最初感受到的是一阵温情, 继而被背叛一扫而空。如果他当时抓住她, 她根本不会落得这个下场!

沮丧、恐惧和愤怒一齐袭来, 让她眼中噙满泪水。不过不管她如何努力, 黑暗虎视眈眈地等着她, 直到她无力再抵抗分毫。

第二十七章

新迦太星 / 托尔巴镇 / 第二天清晨

莉莎起了个大早，第一个走出了"黑桃 A 号"。她坐在麦克门外的一辆猫鼬摩托上，享受眼前的景色、静谧和新鲜空气——没有一丁点儿生产、挖掘和废气的痕迹……长期生活在星舰上的人对户外的珍惜之情是久居地面的人无法相比的。在狭窄空间和循环空气中待久了，到了眼前这样一个地方可以算是慰劳自己的感官了：所有事物都更鲜活，气味更浓郁，颜色更艳丽，声音更通透……

黎明的光照进干涸的大地，让她想起了阿莱里亚星的荒地。那里有无尽的岩石沙漠和生命力顽强的草丛和灌木。回忆带来一阵意外的痛楚。她把护目镜从车把上取下，挂在了脖子上。那不能算是思乡情切，更像是遗憾……她希望自己在那里的生活不是记忆中那样的。

身后一阵急促的脚步声打破了宁静。她回头瞥了一眼，看到尼克凌乱的样子，顿时觉得好笑，嘴角不由自主往上扬起。他一副没睡醒的样子，尽管他下巴上蓄着几天没刮的胡子，但此时看起来还是相当稚气。只是这次他难得地没有落下任何行头——靴子、裤子、衬衫、夹克、枪套……

他双眼浮肿，顶着黑眼圈。他们刚通宵工作了一夜，只睡了几个小时又要起来干活了，不过莉莎倒是一点也不觉得累——她知道疲惫迟早会找上她的，不过她现在一门心思想把芮恩救回来，这个想法给她提供了源源不绝的能量。

他们大可以之后再睡。

"早啊。"尼克打了个呵欠，然后到处找他的护目镜。

"早。你做了通信检查了吗？"

他点了点头，然后将一条腿跨到四轮摩托上，坐到了她前面。尽管她弟弟被勒索的事情排在船长回来之后解决，但她还是一直记在心头的。实际上，她也很好奇。对于横锯会和霍尔森中继会的事，她有许多疑问。不仅如此，她还有些最新消息要和他说，不过她决定眼下先守口如瓶。

"喂，我们还走不走？"尼克捅了捅她的肋下。

她拍开他的手，把护目镜戴上后发动了摩托。他们前往的地点大约在匹沃洛斯城外约三十五分钟车程的一处灌木丛中。他们将改造过的地震波抑制机放在了那里，昨天他们已经做过一次小功率测试了。莉莎俯下身，定好路径，摩托全速前进，身后扬起一片尘土。

三十一分钟之后，他们到达指定位置并准备好了尼克所谓的"弗兰肯怪浪"。现在，拉姆应该在前往汉尼拔总部的路上了。他会在第一个轮班结束后发出信号。

他们现在原地待命，尼克坐在地上吃着芮恩最喜欢的一种综合能量棒，"你们干得很好。"

莉莎侧身坐在四轮摩托上，一只脚收起，"谢谢。麦克是个很好的机械师，不是吗？"尼克吃着东西的当口，她的好奇心膨胀到不可抑制的地步，守口如瓶到此为止了，"话说公会那事儿……"

他突然停下咀嚼，但表情看上去不像是马上要翻脸的样子。实际上，他脸上只带着毫不遮掩的脆弱和真诚，"莉莎……别这样。我发誓到可以说的时候一定全都告诉你。"

出乎意料的坦率和他黑眸中的关怀让她感受到了温情和诚意。就这样，她的好奇心消失了。虽然他们彼此分享许多东西，但也不是所有东西都需要分享。她自己也有很多秘密，都是内心深处不想让人知道的私事，有些尤其不想和她弟弟说起。

现在，也许她知道他大概遇上了什么事就足够了，她不需要那些私密的细节。

"没事的，尼克。你就没有在我的事情上逼迫我。拉姆是对的。我们都藏有各自的秘密，所以我不会去烦你。反正，现在不会。"她笑道，"别一脸怀疑。我是真心的。我们会帮你摆脱公会的。麦克得到个消息，说有一艘配备有一组电容器的采矿驳船马上要退休了。他在拉塔萨区有个朋友……我已经把资料发给你了。"

"嗯，我收到了。多谢。"

他脸上写满了惊讶无言和难以置信，这戏剧般的组合让她心情大好。天哪，她爱眼前这个小笨蛋。想必她接下来要说的消息定能达到满意的效果，"你要知道，他们已经收了钱，留了货……刚才出发前我已经收到合同了。"

他的能量条掉到了地上。脸上全无血色。嘿，她太满意了。她难掩脸上的笑意和湿润的双眼，就算她试着瞒过去，于是她干脆耸了耸肩。"我和麦克昨晚在这里搞定的，拉姆帮我凑够了钱，差不多是板上钉钉的事情了。他已经发了消息给你的公会联系人，只等对方发准确的交货坐标过来。等我们救回船长，我们就去拉塔萨区接收货物。"

"你……我……"他站起身走了几步，一时之间还没消化他们为他做的这一切，他双手放在后腰上，紧接着又放了下来。他的肩膀耸起，随着一声重重的叹息又耷拉下来。

"注意了，小鬼们。"拉姆的声音从通信器中传来，"第一班的换班时间就要到了。"

"收到。"莉莎跳下猫鼬摩托，走过尼克身旁时拍了拍他的胸口，"小弟，你可以以后再慢慢歌颂我的功劳。咱们先去把船长救回来。"

第二十八章

汉尼拔总部大厦的阴影中，拉姆已经独自吃过早饭，正在等轮班时间到来。朝阳的光辉照得他的背暖烘烘的，也将大厦映照得一片火红。大厦中的员工鱼贯而出。"注意了，小鬼们。第一班的人已经出来了。"他对着通信器说道。

"收到。"莉莎回复。

三人看过火花绘制的大厦布局图后，决定由拉姆乘专用电梯下到地下三层，那电梯安全措施严密，只有高安全级别的员工才能通过电梯下到地下空洞之中。昨天深夜，莉莎和麦克去到格里夫斯草原边上搞了台地震波抑制机，然后将其改造成了定向发射器，同时尼克和火花把芮恩放在"黑桃 A 号"更衣间的两个老型号的光学迷彩单元做了次高规格的升级，现在拉姆都带在身上，一个自己用，一个留给芮恩用。

"准备。"拉姆等到从大厦中鱼贯而出的人减少到三三两两的时候，走进了大楼中，肾上腺素提高了几分他的判断力和注意力。此时智库长的钥匙也安放在他的口袋里，光学迷彩单元藏在他夹克之下，贴在他的胸口处。"好，莉莎，到你了。"

"已经朝你那边发射了一道地震波……"

大约十秒过后，第一道小规模的震荡波从广场下经过。人们纷纷停下了脚步。喷泉中的水泛起异常的涟漪。拉姆估算着下一道强得多的震荡波就快到了，于是藏身在一株观赏用常青树后启动了光学迷彩。只见他的手臂上汗毛立起，周围的景象立即变得扭曲，就像透过不平整的玻璃看外面一般。

他一走进大厅，整栋建筑内便响起了警报声。时间正好。他来到电梯井，将手腕上的数据板举到传感器的位置，"火花，到你了。"

"你说完我名字时我就进去了。"火花回复道，"已篡改建筑内的结构传感器，让其显示一个虚假的地震强度，应该会在五秒钟内触发整栋大楼的疏散协议。第一部电梯没锁。"

拉姆闪身进入电梯，此时又一声警报在大楼内响起。只消数秒，电梯便到了地下三层，运气不错——假的地震读数糊弄不了大楼的安全AI太久。火花不再言语，开始施展他的"魔法"，频频发出假警报以扰乱和分散安保AI和行政AI的注意力，他的目标是在被发现前进到先行者中转站的系统中去。只要到了那里，他就能占据技术优势，可以关闭所有安保功能和路障，让拉姆和芮恩逃脱。

通往更下层的电梯被两个守卫把守着。光学迷彩并非万能，也是会被某些传感器探查到的，而且也无法隔绝声音。所以拉姆必须轻手轻脚地过去。"电梯门会在约六秒后打开，务必抓住机会。"火花的语调中显出紧张。

除非他跑过去，否则一定是赶不及的，而跑起来就一定会传出声响。

拉姆急中生智，脱下鞋子使出全身力气丢了出去，然后开始跑向那部电梯。黑色的鞋子在空中划出一道弧线，两个守卫都没有注意到有东西飞过，直到鞋子打到了他们身后的墙上才引起了他们的注意。两人感到奇怪，离开了电梯口前往查看。电梯门打开，几个神色紧张的技术员和科学家模样的人下了电梯，拉姆穿着袜子侧身走了进去。电梯门关闭，就要到目的地了。他双手撑在膝盖上，尽量调匀呼吸。电梯迅速地深入地底。

"火花，情况如何？"

没有回复。

电梯终于减慢了速度。门打开来，外面已经等着许多人了。他趁着外面的人还没涌入，赶紧出了电梯。他出来时身形不稳，撞到了电梯门框，不过好像没人注意到——警报声和地震吸引了他们的注意力。

他稍做停留，观察着周围的环境。

这儿以前是个中转站吗？他还以为这里就是一个占地不大的有着小型终端的设施。先行者造东西都往大了造吗？

拉姆眼前是一个占地至少三英亩的巨大平台, 平台主体由光滑的灰色合金制成, 上面布满了蓝色的几何线条和符号。平台下方是厚实的支撑柱和建筑构造, 再下面是地底岩石。这让他想起以前看过的先行者能源站和运输管道。平台周围搭建了一些移动工作站、会议室和实验室。

主平台上还有两道硬光光桥连接着的两个小一些的平台, 那两个平台是从对面洞窟上延伸出来的, 呈半圆形。他认出上面的控制台可能是个终端。

如果芮恩被传送到这里, 那她一定会引起所有人的注意。他查看了所有有门的房间, 除了办公场地、会议室和实验室就没有别的了——全是为了高效工作和合作用的。芮恩若出现在这里肯定要被留下盘问和检查, 而且即便走完了这些流程, 他们就会放她走吗? 人类还没掌握传送技术, 如果有人从传送门凭空出现在这么个人头攒动的工作区域, 那必然会被看作是技术领域的金矿。

那她在哪里?

"火花。"他又找了一遍, 愈发沮丧。这里还有安保人员在组织最后一组工作人员的疏散。他必须小心行事, 没穿鞋子倒是有助于他较快地行动。

"我在。"火花回道, 听起来心不在焉的, "没发现船长的信号。也没在这里找到她来过的记录, 也没有记录被删除或隐藏。把钥匙插进终端, 马上。"

"你意思是——"

"我意思是芮恩不在这里。她没来过这里。"

"继续查。"

"那完全是浪费时间。我已经查遍了这个设施中的每个事件日志。她不在这里。快用钥匙,拉姆·查尔瓦!"

他们都感觉很挫败,这种感觉只会越来越强烈。拉姆不想相信这个事实,他想——

"现在!他们在这地方放了两个额外的聪慧型 AI,现在我正一对四!"

拉姆赶紧跑上最近的光桥,去到对面的半圆平台上。他来到终端处,取出钥匙,扫视着可以插进钥匙的地方。"火花,上面没有钥匙孔,我找不到。"

"它会在感应到之后出现的。快。"

拉姆将钥匙拿近了些,沿着终端从上往下移动。果然,一个钥匙孔从控制台上升了起来。**上面什么都没有。**

"记住,"火花赶紧说道,"先行者的安全协议为了验证接入终端者的权限,会自动关闭所有本地的隐匿技术。你最好提前关闭光学迷彩,可以预防能量冲击使其失效。"

"好。"拉姆关闭了光学迷彩单元,将钥匙插入了进去。

三秒后。

"我找到了。"火花说道,"我发现了另一把钥匙。把你的手放到终端上,等它出现。"

等等……"还有第三把钥匙?"拉姆身后传来呼喝声。妈的。他一巴掌拍到终端上。

"照我说的做。你拿到钥匙后,就开启光学迷彩,去另一座桥。然后往电梯跑。"

终端上突然出现了另一个钥匙孔,上面有一把小一些的钥匙。不过在拉姆眼中那东西看着不像钥匙,更像是一个圆形的金属符号。时间紧迫,他抓起两把钥匙揣进工装背心的口袋里,然后启动了光学迷彩,发疯似的跑向另一座光桥。

当那安保人员到了终端处时,拉姆已经到了桥的另一端,他一到那个平台,火花立即关闭了两座光桥,将他们困在了那里。"我看懂你的手段了。"拉姆气喘吁吁地说道。

"小孩子的把戏罢了。"火花说。

整个设施震动了起来,好像受到了攻击。发生什么事了?

"西边方向那部电梯要上去了。快!"

只穿着袜子的拉姆一路狂奔,在门关闭的一瞬冲进了空无一人的电梯中。电梯快速上升,他已经瘫倒在地板上,心脏重重地锤击着胸腔,淋漓的汗水从他脸的两侧滑落。

显然有什么事不对劲。他们改造的那台地震波发射器没有足够的能量造成如此剧烈的地震,而且他们特意将声波强度调校到能够感知,却不会造成伤害的程度。"等我出了电梯,把光桥打开吧,然后把电梯送下去。"要是真的发生地震,他不想有人困在下面。

"看来我们被发现了。"火花说，"这里的ONI办公室收到一名今天没当班的特工的消息，声称在公园里看到了与莉莎和尼克描述相符的人……他们调动了公园里的十二个人，还有无人机支援。本地机构还准备好随时提供后援。"

完美。

拉姆乘上了第二部电梯，不久后终于回到了大厅，虽然他的光学迷彩还开着，但也好像地狱恶犬正在他身后紧追不舍般忙不迭地走出了大厅。穿过广场，走出园区后，他让莉莎和尼克在公园的入口附近等待。地震终于过去了。

他一看到他俩，马上关闭了光学迷彩，然后继续往前走，带着他们走到了公园里面。现在他还没见到周围有人埋伏或跟踪。两个小鬼走到了他身旁，开始用问题轰炸他：

"芮恩呢？"

"出什么事了？"

"你那鞋子呢？"

拉姆想回答——他还想要回他的鞋呢——但他更想远离那大楼，越远越好。没有一点儿放松，也没有任何成就感，而且他感觉到危险才刚刚临头。他真想芮恩能和他一起走出那道门。然而他独身一人出来的事实让他挫败万分。

"她没在那里。我们快走。"他见两人停下脚步想问个究竟，便立刻命令道。

当他们来到公园深处后，尼克和莉莎终于受够了，站在了原地。"你说她没在那里，是什么意思？"尼克问，"那她到底在那里？天啊，拉姆，你到底在说什么？"

他想说行动失败了。

还好火花的出现分担了他的压力。火花在通信器中回答了两人的问题："传送门没把她送来匹沃洛斯城。"

他们听了只是静静地瞪着拉姆，艰难地理解着现状。

"你……说什么？"莉莎的脸涨红起来，她的不敢置信变成了恼怒，"她进了一个不知道通向哪里的传送门？这样的传送门意味着死亡。你知道你在说什么吧？你肯定她不在这里，你只是走错了地方？"

拉姆伸手抚着额头，在压倒性的恐惧和失望中强自镇定下来，将思绪集中在思考解决办法上。"瞧。"他取出两把钥匙，"我们又得到一把钥匙。也就是说，和上次一样，它指向一个地方，对吧？"

莉莎一把抓过钥匙，"我知道这个。来，把另一把给我。"拉姆闻言把第二把钥匙递了过去。"看着眼熟吗？"他之前在混乱中没顾得上查看。果然如莉莎所说，主钥匙一侧内凹的纹路和他从终端处新得的这圆形钥匙一样。

"好，那就把它们拼起来。"尼克迫不及待地说道。

莉莎将小钥匙按进凹陷处，刚放到一起，硬光就将两个物体拼合到了一起。尼克拿在手里，翻来覆去地查看，"没看到有别的钥匙的位置了。这东西就是这样了，完整了。不管它指向哪里,芮恩肯定就在那里。"

莉莎点头表示同意,然后两人同时转头看向拉姆,好像他知道答案。"那么,"尼克说,"我们去哪里?"

"这把新的钥匙指向的是厄瑞玻斯 7 号行星。"火花说。

"厄瑞玻斯 7 号行星。"尼克思索了一番,"我没听说过。你们呢?"

没人听说过那个地方。

"呃,各位……"莉莎的语气让拉姆的心提到了嗓子眼,"我们有麻烦了。在我的四点钟方向……"

拉姆装作随意地朝那边瞥了一眼,看到三个穿着便装的人站在一张公园的长椅旁。他们就差没举个牌子,上面写着"海军情报局"了。"天,我恨死那些特工了。冷静……咱们走,装作没事一样。"

他们又往公园深处走了一段路,莉莎朝拉姆走近了些,问道:"他们怎么没来抓我们?"

"因为我们是次要人物,他们要的是火花,肯定还有'黑桃A号'。他们应该是想跟着我们找到飞船吧。"

"如果我们被抓,"尼克说,"搜救船长的事就没指望了,我们自己也要在 ONI 的黑牢里过下半辈子了。"

"我本不想这样做的。"拉姆说道,迫在眉睫,眼前只有一条路可行——相信也是正路,"我们得分开走,其中一路去把钥匙交给火花。尼克,你跑得最快。火花,看来你得制造点混乱才行了。我们需要你到公园来，找到尼克，他会把钥匙交给你。"

手上微动，尼克将钥匙揣进了口袋中。

"莉莎，你和我跑在前面，把他们引回园区的方向。尼克，他们只要来追我们，你就往树林里跑，有多快跑多快，注意通信器中火花的消息。"

"拉姆，让我的分身跟着你。"火花说，"我会尽力给他们制造麻烦，你只管往轨道交通系统那边跑。尼克，朝公园西北方向跑，西北步道边上有个大帐篷，是个公共休息区，我就在帐篷后面接应你。到时候你看到我不要停，把钥匙扔掉就行，我去捡。"

"对了，火花，你别等我们，拿到钥匙后尽快离开。如果ONI抓到你和'黑桃A号'，就没人能救芮恩了。没人。"莉莎表情异常严肃地说道。拉姆和尼克瞬间理解她接下来说的话："我们分头行动后，就一直分头行动。"

芮恩还在某处。如果她真的在厄瑞玻斯7号行星，如果她有难，那必须分秒必争。

"都同意了吗？"拉姆问。其余两人给予了肯定的答复。"如果我们逃出去了，暂时别现身，等风头过去。不要互相联系。我们在迈尔之月碰头。嗯……大概三到四周后吧。"

"如果我们没逃过去呢？"尼克问。

"那就静待机会，等芮恩和火花想到办法来解救。"

"我一定会的。"火花承诺。

拉姆深吸一口气，他已经年纪大到经不起折腾了，他今天已经累得不轻，更别提还丢了鞋子。但他更希望能亲眼看到整个计划的成功。"大家准备好了吗？"

三人很快点了点头，然后往各自选定的方向飞奔而去。

第二十九章

火花

战斗扈从的行动速度惊人。我通过尼克的生物追踪标记锁定尼克后，瞬息间便到了公园的树林中，躲在了帐篷后面。没过几秒钟尼克就跑了过来。我和分身的连接仍然十分牢固。我很有信心制造足够的技术问题来帮助拉姆和莉莎逃脱追捕。麦克·奎瑞和他的弟兄们出现了，他们骑着四轮摩托从拉姆、莉莎和ONI之间穿过，制造了足够的混乱，为两人争取到足够的时间。

这是之前没预料到的情况，不过很有帮助，算是个意外之喜。

尼克很机敏，跑起来行踪捉摸不定。他飞奔至帐篷边，猛然转过一角，将钥匙朝树林中一抛，马上又调转方向跑走了。他跑的时候故意让追他的人看到，将那些人远远地带离了钥匙掉落的地方。

我拣起了钥匙。

待我回到托尔巴镇的院子时，"黑桃A号"已经发动了。我向小不点儿开启了飞船所有系统的权限，让他协助我们逃离。我径直走到工作台前，然后跳入了"黑桃A号"内部电路的河流中，扈从身体部件就这么散落在了货舱地板上。一秒都没耽误，我和小不点儿一起操控飞船离开了这颗星球。

我并不想抛下朋友，这种感觉很不好，就算他们提出这样的建议是正确的。我们都没预见到芮恩会去一个完全不同的世界——如果她真的在那里的话。

他们可能不知道厄瑞玻斯7号行星，但是我知道。

我没有说出那里的情报，因为那是一个相当危险的地方，即便对那些有所准备的人来说都是如此。我不想说出来加重他们的担忧。

我将注意力集中在驶离的过程，尽力控制自己不去想船员们，担心他们的遭遇。

我们狂飙穿越高层大气后立即启动了"黑桃A号"的聚变反应堆，飞船一穿过轨道防御平台便启动了跃迁空间跳跃。

——啊！太吵了！而且好痒！每次都这么痒！

我也听到了，我知道该做什么了。

我没有输入厄瑞玻斯7号行星的坐标，而是计算出一个吉兰诺斯A星附近的诱饵目标并将之作为目的地输入。"黑桃A号"的引擎立即启动了。

突然，传感器的数据通过光纤和硬光束传了过来，流经我身旁来到飞船控制台、音频控制台，然后传遍全飞船：威胁正在靠近。

我同时出现在飞船各处：将隐匿屏障的能量分到护盾上、更改航向、给推进器增压。

轨道防御平台的大炮射出的多发炮弹擦着飞船左舷飞了过去。飞船没有载人，我毫无顾忌地将维生系统和重力发生器的能量抽走，全部用于飞船上的先行者技术。

即使隐形能力只展开了八成，对方也应该看不到"黑桃A号"才对。

但是，我知道了……有一个间谍藏在飞船上。

我被激怒了，控制飞船做出一系列规避动作，同时创建了一百个不同的信号和传感器读数，然后一股脑地将它们从飞船散播出去，给轨道防御平台的传感器阵列布下了迷阵。

我即是这艘飞船。能量丰沛、行事果断、如臂使指——虽不像操纵光环那样随心所欲，但已然卓尔不凡。

我再次调动能量，将其全部输送到跃迁空间引擎中。

从舷外摄像头中，我看到空间传送门在我们正前方裂开了一道口。

我们飞了进去。

——怎么回事？我一直在挠痒。好痛。

我没有类似的症状，飞船上的其他系统也没有。针对小不点儿的攻击显然和那些奇怪的脉冲信号和静电爆音有关,那些声音没有源头,也不知道去了哪里。

——我必须马上检查下你的矩阵。

——拜托了。

他的几个矩阵层有腐化的迹象,症状像红色皮疹。每次他"挠痒"的时候,腐化就会扩散一点。损伤很轻微,却让我的注意力立刻全部集中在了上面。

这个不请自来的东西胆敢破坏我的工作成果!此等冒犯是绝对不可接受的!

——我们该怎么办?

——我们要狩猎。

——那是什么意思?

我的满腔愤怒转为了冷酷无情。

——我要你想起你经受过的最大的痛苦。

——从伊川星港逃脱。

——正是。我们要给这艘飞船来次大清洗,以前所未有的速度扫遍飞船全身,将这个威胁暴露出来,让它无所遁形。你怕不怕?

——不怕。

——好。咱们上。

就像打了个响指一样,我们以近乎光的速度在"黑桃 A 号"中暴起,冲击每个缝隙和角落,每个节点和路由层,每个信号和开关。以现实时间计算, 我们的狩猎只花了一瞬, 但是在我们的世界中, 感知到的时间和速度却大不相同。

我找到我们的敌人了。不在飞船内部, 而是来自外部。

这项技术非常复杂巧妙, 从其特征看是以先行者技术改造得来的, 其隐形和模仿能力相当惊人。

相当先进。

我的愤怒再度回归, 模糊了我的思维和判断。

过了一阵, 我才听到小不点儿在叫我, 不过我已经开始行动了。我已经行进在路上, 身处货舱之中, 我的扈从身体发出愤怒的猩红光芒, 我的核心已掀起万丈狂澜。

我眼中只有目标, 那个要了我的东西必须付出代价。

我将注意力集中于一点。

我给飞船减压, 打开左舷船尾舱门, 驾驭战斗扈从来到飞船外面。跃迁空间外的星空像是光织成的缎带一般飞逝而过, 内里, 我有飞船的"跃迁空间泡"① 保护。我的扈从身体的重力锚牢牢地将双脚固定在飞船的船体上。爬下右舷的梯子, 我发出的红光照亮了飞船的烧蚀涂层, 又反射到我身上, 将我的合金身体和视野染成了一片绯红。

我来到后推进器的连接处跪了下来, 将手臂向后伸, 抓住

---

① 空间泡 (bubble) 是在三维空间事物外形成的一个泡状空间, 一个量子场, 被空间泡包裹在内才能在跃迁空间中安然传输, 然而暴露在空间泡外是极为危险的。

连接在船体上的遥测传感器。我将那玩意儿一把扯下,随手丢进了跃迁空间的障壁。

　　小孩子的把戏。

第三十章

芮恩

芮恩曾去过一个老式的欢乐屋，那是在芝加哥郊外的嘉年华会上，还是她父亲带她去的。在那里她体验到了无数镜子组成的幻境、令人视觉错乱的地板和全息投影显示器。她很是兴奋，一路大笑着、尖叫着，紧紧地抓住爸爸的大手。她对那一切都记忆犹新：父亲手掌的温暖、手上的老茧，以及那种踏实的力道。最重要的是这些带给了她安全感，给了她面对任何事的勇气。

昙花一现般，这段记忆在她脑海中转瞬即逝，像是应付游走在周身的奇怪毒素的自发反应。可能是神经毒素，芮恩在片刻清明间冒出了这样一个想法。这难得的清明只是短短一瞬，只存在于那一个个娱人心智的欢乐屋房间的狭小间隙之中。

偶尔，她的心底会生出一股强烈的恐惧让她惊觉：自己被塞到了一棵树里、中了毒、就要死了。

　　摆在眼前的现实让她惊恐万分, 怒火中烧。很快她就要被生吞活剥, 眼睁睁地看着自己被撕碎; 她的身体无法动弹, 眼睁睁看着自己被刺穿、撕裂、啃咬。不如放弃, 沉浸进欢乐屋之中, 到更好的地方去——只要她和爸爸手牵着手, 到哪里都行……或许那样会更容易。

　　只要不留在这里就好。

　　她又与智库长同行。

　　能走动的感觉真好。

　　不好的事情都化作了遥远的记忆。

　　地面不似之前那样多尘和干燥, 取而代之的是温暖和潮湿。昏暗的天空迫着远处的群山投下一片阴影。主宰这片天空的是一团巨大的星云, 紫色和红色的"卷须"包裹在透明的气状星际云里, 同时又被星云中蕴养的星辰照亮。

　　"我们在哪儿?"

　　智库长一袭白裙的末端已被染成了黄色, 她俩的脚此时也都脏兮兮的, 沾有不少灰泥和黄尘。两人进入一个由千米高的山崖围成的峡谷, 细尘在芮恩的脚趾间流动。谷底平坦, 被一道地缝分开, 地缝中持续地喷出硫黄和蒸汽混合的雾气, 地缝边缘长满黄色的菌体, 并沿着峡谷向外扩散, 沿路滋生出许多孢子、菌类和小型有机体。

"你不是知道吗？"智库长一边答道，一边领着她朝崖壁走去。

芮恩在繁复的记忆中搜索起来。"蜘蛛星云。"几个字脱口而出，她想找寻的信息从记忆中解封。芮恩知道这个故事：智库长远征卡索纳星径①，寻找洪魔的起源。

"我们来这里干什么？"

"宣教士在地球冥冢中沉睡期间，"智库长开口道，"我和'勇者号'②的船员们去到了银河系之外。那是一段十八万光年的旅程。

"接下来发生的事你都知道了。我们在卡索纳星径找到的是一个遍地尸骸的星系，那里遍布上古先行者舰队的残骸，足有几十万艘之多，在这琥珀色的太空中长眠了千万年之久；此外连接和锚定各个行星的'星路'③也尽皆覆灭——那可是先驱文明的造物，先驱赐予我族形体与生命，让我族执掌'责任之衣

---

① 卡索纳星径（Path Kethona）是先行者对大麦哲伦星系（Large Magellanic Cloud）的叫法，它距离银河系十六万光年，以前是先驱所在地。

② "勇者号（Audacity）"是一艘独一无二的探索飞船，专为智库长的卡索纳星径之行制造，使用轻型装甲，长约一百米，宽三十米。

③ 星路（star roads）是先驱以神经物理技术制造的超构造体，遍布宇宙空间，用于连通各个行星的通道。星路呈管状，视觉上，星路有几公里厚，牢不可破，但其实际上位于维度之间，人们所见只不过是其投影，当星路启动的时候，可以视需要改变自身质量。在先行者与洪魔的战争中，星路被洪魔当作攻击行星的武器。

钵'，更让我们成为整个银河系的看护者。

"'衣钵'出自先驱之手，由他们赐予和剥夺。我的上古祖先们曾经证明了自己的价值，但不可避免地因权力而腐败。先驱认为我族所求已背离初衷，意欲收回'衣钵'。

"对此，我们没有恭顺遵从，反而以暴力违抗。"

崖壁在前方若隐若现。风中传来摩擦和刮削的轻响。

"离开战场后，我们发现了一颗小行星。它兀自围绕着星系中那颗虚弱的太阳公转，在这个没有生机的星系中独自苟延残喘。这颗行星上生存着上古先行者的后代，他们有些人的先辈参加了针对先驱的大屠杀——他们自觉罪孽深重，羞于回归族群的家园，所以就在这里安家，抛弃了所有的科技，并将自己的历史和记忆以有机形式留存下来。"

两人来到崖壁底部。芮恩仰头，高耸的崖壁从某个位置起隐没于黑暗之中。"我不明白。我们为什么来这里？"

"完成我的告解。"

崖壁上生长有一种纤维状的苔藓，迟缓地舞动着，数百万的成员一齐整旧如新，不断记载历史，传承故事。芮恩与智库长沿着崖壁闲庭信步，在一块枯死的苔藓处，芮恩看到裸露出的石壁上赫然刻有文字。

"生命和故事总是不断地自我重写。"智库长喃喃地道，修长的手指抚过那些文字，文字按螺旋形排列，一圈圈向外发散。

她们沿着崖壁，顺着记录了一千万年的时间线一直走，直到雾越来越浓,耳边的低语变成了第一批定居者们轻轻的哀叹。芮恩几乎可以想象出他们用石制工具刻下第一批记录时的模糊样子——像在赎罪般沉默不语,或是顶着烈日,或是借着火光,在美丽的、能看到正在形成的数颗恒星的美丽夜空下,年复一年地记录着。

她们已经走了好几个小时了,或许好几天了,峡谷终于开始收窄,崖壁合拢,直到她们来到了故事结束的地方。

这里没有青苔,没有刻字。低语转为了静默。

在一面高耸的崖壁上有一条从地面开裂的裂缝将岩石分成了两半。裂缝很窄,大约两层楼高,中间稍宽,往里看去一片漆黑。一股寒意从两人身边透穿过,阴森不祥。芮恩的心跳变得沉重而吃力。她感到害怕,向智库长看去,却不见智库长的身影。

芮恩走到离崖壁几米远处没有雾气的地方,在她面前的是一个简单的花圃。智库长此时正坐在花圃边的地上,苍白的双腿侧着打开,双手没入肥沃的土里。智库长转头看到芮恩,黑色的眼眸露出温暖与欢迎,同时拍了拍身旁的地面示意她坐下。

芮恩坐下来,脚陷入温暖柔软的土壤中。她的脚趾又往土地深处挪了挪,做这些事让她的内心感到一阵平静。不需要担心过去和未来。这儿没有过去和未来,只有当下。

智库长递给她一株奇怪的植物球茎,它有长长的须根,球茎顶部还长出了几片结实的叶子。"拿着,把它种得深一些,就像这样,然后把土盖上去,把周围的土拍实。"

芮恩照她的话做了,这项工作让人平和、愉快。

岩石上黑暗的裂缝仿佛在尽一切努力吸引她的注意力。厚重的寂静在那里徘徊,似乎在屏住呼吸,期待着。"里面是什么?"

周围忽然传来一阵老妇人的笑声。

花圃对面,一个老妇人坐在那里,好像她早就在那里似的,而芮恩清楚,老妇人是刚刚才出现的。她的体型和表情第一眼扫过去很像人类,但这位老妇人显然是先行者,而且——芮恩深吸一口气,又快速地瞥了一眼智库长——那妇人有五根手指。

智库长的嘴角扬起一抹笑意,"我们之间的差别其实并没有那么大。"

芮恩的身体猛地一震。

她醒了,思绪在半梦半醒之间徘徊。她的肌肉又痉挛起来,奋力挣扎着尝试活动,以抵抗长时间不动带来的肌肉发麻。想要唤醒她的思维是一场艰巨的拼斗,她想象父亲的手正紧紧地抓住她的手,将他的力量输送给她。

终于，她能够睁开一只眼了，接着睁开了另一只眼。光是挣扎着做到这点已经让她精疲力竭，但她现在是不会停下的。她眨了几下眼，只觉眼睛干涩，睫毛粘连，不过恢复了部分视觉。她的视线慢慢聚焦，四周光线昏暗，眼前所见都只能看到模糊扭曲的轮廓，树上的尖刺直指着昏黄中又带点紫的模糊天空。这是黎明吗，还是黄昏？她不知道自己待在这里多久了。

她还是被侧着身子塞在树里，双手双脚以极其难受的姿势弯曲着，她的肌肉和关节都急需换个姿势伸展一下。她在引来注意的恐惧和移动身体的渴望之间斗争着，四肢像灌了铅一般沉重，思绪只想要回到那不用操心一切的安逸中。

疼痛和幽闭恐惧同时爆发，将她推入恐慌中。好在肾上腺素帮助她恢复了一些神智。

她必须动起来。

她感觉就像试图在行李箱中翻身一般——一个味道刺鼻、满是泥污、早已腐烂的手提箱。

光是稍微动弹一下都需要使出十二分的力气。

那些生物很轻易就能融入这片到处都是尖刺的森林中，她无从知晓它们是否监视着这里，无从知晓它们是否饥饿，也无从知晓她是不是会在五秒内死去，又或是五分钟、五小时内。

她闷哼一声。她一定要逃出去，她要换个姿势，随便哪个姿势都好，但不能像现在这样一动不动。至少她要在被杀之前舒服点。这点要求不过分吧？

等她慢慢地将右侧身子转为朝上时，她已经大汗淋漓，身上裹了一层黏稠的腐树汁液。她的心脏狂跳，泪水不断线地顺着脸颊往下流。她的多功能腰带和武器都不见了。她想笑但又如鲠在喉笑不出来——它们当然会不见。眼下她完全无法保护自己。然而这些都不重要了——她的身体已逐渐抛弃了她，变得越来越沉重，不管心中如何反对，她的眼皮又合上了。

来个痛快的吧……

第三十一章

三天后 / 匹沃洛斯城 / 新迦太星

尼克这辈子都没如此玩命地跑过。

他必须小心谨慎地带着ONI的特务在匹沃洛斯城的街道乱窜。现在已经过去好几天了，他已成功甩开了他们。这几天他都睡在停车场，吃的东西都是户外餐桌上别人吃剩的，还得抢在服务员收拾桌子前去拿……积习难改，虽然他唾弃之前的生活，不过他也庆幸那段生活给他留下了些有用的技能。现在，他正沿着一条人口稠密的小街疾步穿行。这是条商业街，有剧院、餐馆和高档商铺，深夜此时，正是最热闹的时候。

前一天晚上，他从吧台偷了一个数据板，将其破解后了解到，奎瑞和他的弟兄们事后在家中被捕，当局审问之后就把他们放了。不用说，肯定会对他们进行严密监视。所以那里是回不去了，他也不能黑入任何官方机构去看拉姆和莉莎有没有被捕。

话说回来,整个殖民地似乎都被地震困扰,城中的人们关注最多的还是地震相关的新闻。从近地殖民地星球到远地殖民地星球,所有下辖的行星都或多或少正在遭受这种诡异的震动,有些轻微,有些则是灾难性的。无论正在发生的事是什么,都分散了当局的注意力,让他的逃匿生活稍微容易了些。

他有时很想联系其他人,不过他们都说好了要各自沉寂一段时间。现在的问题是,他要想办法离开新迦太星。不过,这对于一个运输繁忙到有两座造船厂的城市来说,倒不是什么难事。

身后很远处传来的动静让他顿了一下。该死。

就这样,他又开始了逃亡。

尼克飞身转进另一条小街,这条街上的行人更多。他借助路边的车辆躬身行进,绕了一圈又回到了附近,钻进一条巷子,出现在了追他的人后方。他正要过马路,突然一辆面包车在他面前刹住,车门打开,一只手伸出,抓住他的衬衫把他拖进了车里。

他一头撞进车中,扑倒在抓他的那个人身上——一个身体柔软,气味相当好闻的人。面包车沿路疾驰。

"该死的,尼克,你怎么这么沉了?"

尼克震惊地抬起头,"贝克斯?"

"是啊,混蛋。你可以从我身上下来了。还有,不用谢。"

尼克靠着面包车的一侧,惊得喘不过气来,更不敢相信他所看到的。贝克斯站直身子, 坐到他对面。他伸手理了理挡在眼前的头发。她这三年变化不小, 更成熟了——谁不是呢——但他中意的那些地方都还在: 天不怕地不怕的态度、火红色的短发还有总是挂在嘴角的那一抹玩世不恭的笑意。

"你……"他声音发尖, 尼克赶紧清了清嗓子, "你来这里做什么? 我以为——"

"那倒霉信息是我写的, 我知道你是怎么想的。"

这句话浇灭了他的热情, "你勒索我。"

"是啊。"她毫无歉意地回道, "我有我的理由, 反正你欠我的。"

"我欠你? "真不敢相信。

她死死地盯着他, 那眼神让他很是不忿。

她不用说出来——是, 他确实离她而去, 连再见也没说, 什么都没有。前一天他还在, 第二天就在一艘离开阿莱里亚星的水手级飞船的货舱里跟莉莎吵嘴了。对此他一直觉得愧疚, 也时常想象要是角色互换, 他会是什么感觉。只是此时她的眼神激起了他的逆反心理。

"是这样的, 我必须这样做,"她终于说道, "我相信你是能帮我搞到所需东西的最佳人选。"

"其实是公会需要吧。"

"不是, 笨蛋。"她没再说话, 看着这辆自动驾驶的面包车的窗外。从挡风玻璃外的景色看, 他们已经出了匹沃洛斯城, 行进在穿越沙漠的一条长长的公路上。

"可能你不关心,但阿莱里亚星情况很不好。那种地方——"她指了指身后的匹沃洛斯城,表情厌恶,"是富人形成的小团体……在匹沃洛斯城的小部分区域,那些混蛋是有足够的财富去解决阿莱里亚星的问题的,而且花不了他们几个钱。每个殖民地都有这么一批人。"

尽管她言辞犀利,但话语背后是个垂头丧气且失去信心的阿莱里亚人。那饱受压迫的表情他太熟悉了,他天天都能从周围人的脸上看到,就连镜中的自己,在之前的生活中也是那副表情。她笑道:"但就是没人掏一分钱。没一个人愿意出钱拯救一个即将毁灭的星球,那里的人民危在旦夕。真是恶心。"

尼克不知道该说什么,但是他觉得自己或多或少也成了那种人。璀尼尔星那些东西拿出来够拯救阿莱里亚星上百次的了,但他也从来没想起这茬儿。

"尼克,阿莱里亚星正在走向灭亡,这是尽人皆知的事情。它所在星系的恒星并不稳定,百年大旱将一直持续下去,直到那里一无所有,只剩下尘埃。UEG 已经放弃我们了,他们很清楚我们是没办法改变这种情况的,也清楚当地政府腐败不堪、即将分崩离析;那之后事情只会变得更糟,人们更会穷得连买船票、搬迁到其他行星都做不到,只能困死在那里。所以他们直接离开了,不再过问。没人会来救我们,那些公会根本不愿意为任何人提供免费的引渡名额。"

"所以你是要拿跃迁空间引擎电容器去救人的——搞艘飞船载大家离开？"

"那样最好。只是问题在于，无人约束那些公会……他们看到飞船来就会抢走，而且他们也很清楚如果有太多人离开，他们的后勤体系就垮了。"

"人死了，他们还不是要玩儿完。"

"是啊，只是他们眼光就只能看到眼前那点利益。只要有钱赚，加上他们可以跑——所以他们才不去操那个心。"

"那你打算怎么做？"

"我他妈的要把整颗星球修好。"她无比认真地说道，"UEG做过一次外星环境地球化，失败之后就没管了。我要做UEG不愿意去做的事。"

尼克一屁股瘫在了座位上，没几个人能做到这一点，但贝克斯似乎有这样的天赋。他不相信他刚才听到的。原来这就是她需要跃迁空间引擎电容器的原因——这种极限功率也是地景改造技术所需的。

"我的天，贝克斯。"她的野心把他吓蒙了，他不知道该作何回应，而且……他的思绪已经顺着她的计划在思量了，这怎么可能。

"你知道我们向UEG发起过多少次请愿，求他们再做一次地球化改造，或是向大气和轨道防护罩添加微粒以帮助转移部分太阳热量吗？你知道我们向私营部门和慈善机构发去了多少次求助信息吗？"

他几乎不敢说出自己的想法。贝克斯是个暴脾气，但是……"不过，地球化改造治标不治本。你没办法修复那太阳。"

"是啊，我知道。但是这样做足够让阿莱里亚星维持到太阳重回稳定期——这是最新的预测，是我们这么多年来得到的最好的消息。我们只需要让它撑过一百年，下一次的稳定期将是以往的三倍长。有了这么多时间，阿莱里亚星就能恢复生机，发展技术……谁知道以后会怎样呢，但如果我们什么都不做，阿莱里亚星撑不过二十年。"

贝克斯对阿莱里亚星有一种与生俱来的热爱，她痛恨那些公会，还有肆虐整个星球的腐败，以及 UEG 抛弃人民的做法。她显然让他感到了羞愧。他离开那里，过上了惊险刺激的星际生活，她还全心全意地想要拯救那片土地和生活在那片土地上的人民。

"为什么你不直接找我帮忙？搞那些偷偷摸摸的小动作干什么？"

"因为我被霍尔森中继会抓了。他们以为我发消息给你是想有一艘自己的飞船，经营自己的物流业务。所以我就只有写得隐晦一些，让他们以为我是为了提升自己在公会中的地位……那谎言不难让人相信，因为我没有自己的飞船，装不了那些电容器。"

"他们不知道你的真实计划吗？"

"不知道。有个地下组织——人不多,计划重新声张阿莱里亚星的主权。"面包车转入离开公路的匝道,然后开进了一条辅路。

"我们就快到了。"

"快到哪里了?"

"提洛斯镇外的一个船厂。我们将在二十四小时内离开这里。"她犹豫了一下,他捕捉到了她神色中罕见的一丝脆弱。"跟我回去吧。帮我完成这件事。"

"贝克斯,我不能……我——"他要怎么解释他的计划?"我也有自己的事情要解决。"

"决定权在你,要是你想一直躲着那些特务的话。我是来取那些电容器的。那么?"

"那什么?"

"那些电容器。我们收到你的信息说东西在新迦太星上,之后会发坐标来。那么东西在哪儿呢?"她眯起了眼睛,"东西没在你手上。"

"是啊。"

"那你消息里说的有了线索——是真的吗?"

"是的,没错。对方收了钱了,货帮我们留着。"

"很好。那我们去取。"

"你说的是真的——你真要那么做?要是我不合作的话,就打破我们的约定,把真相告诉莉莎?"

贝克斯沉默了好一会儿，脸上浮现出一丝愧疚，如果他没有搞错的话。"我知道我不必做到那一步。尼克，我是了解你的。你会为了保护姐姐做任何事。这点让你很容易猜。"

"也正因为这样，所以我是个好人。"他反击道。

"随你怎么说。就这一次，我不会像公会那样一直敲诈你，明白吗？他们也不知道这件事，你大可不必担心他们。你不是我的俘虏，你可以给我指明方向，然后随便跑去哪儿都成。"不过这确实是你欠我的。噢，这话说得有些大声，甚至他都听到了。"你可以上飞船，洗个澡，然后吃顿好的。只要你把我要的给我，就没人会阻止你离开。"面包车停了下来。"信使之誓。"她承诺道。誓言在信使心中是神圣的。

"你有飞船？"

她看他的眼神就像在看傻子，"我当然有飞船。这不是吗？"

面包车的门滑开来，外面站着两个阿莱里亚人。贝克斯跳下车，尼克在那两人审视的目光下，把头发别在耳后，跟了上去。他们转身朝一座小型船厂走去，其间没人说话。

他们是地下组织成员，他对他们的使命倒是有一种认同感，如果在他能力范围内，他感觉自己有责任出一份力。

他曾有那么一些时间……

最起码，他可以暂时停止逃亡生活，重整旗鼓，去找莉莎和拉姆。等他找到了他们，又拿到了电容器，他们就可以搭贝克斯的飞船到迈尔之月去。

收到勒索信或许是目前发生的最好的事呢。

贝克斯站在他面前几米处, 等着他的答复。"如何? "她转头看向他。

尼克打定了主意, 和她一起行动, "带路。"

第三十二章

芮恩

"嘿。"

轻轻的拍打声传来。"嘿。"

脸颊不断被拍打，让芮恩深感烦心，她带着一股怒意从昏迷中醒了过来。她握掌成拳，但这便是她能做到的全部了。干哑的喉咙发出一声呻吟。又来了，她口齿不清地骂了句，挥手将其赶走了。

有手伸过来抓住了她的双手双脚，将她往树外拉扯。她想要挣扎，但混沌不清的神智将她桎梏。那手调整她的姿势，一番推拉提转，所为只有一个目的：把她从那"兔子洞"里弄出来。

她稍微清醒后，首先感觉到的是有人轻轻地揉着她的眼皮。"嘿，醒醒，女士。"一个男人的声音说道，"快，睁开眼。"

她更加用力地紧闭眼睛。

一只手将她的眼皮翻开，一束光照在她的瞳孔上。

突如其来的刺痛像钟声一般从眼睛传至大脑。这么久以来，她终于再次主动吸了一口气。

"行了。这招屡试不爽。放松。对了。欢迎醒过来。"

脏话已经到了芮恩嘴边，但最终她还是咽了下去。她眼里有很多黏稠的东西，让她每次眨眼都很不舒服，等她好不容易睁开了眼，又感觉眼前有一层膜，看东西很难聚焦。刚才那束光刺得她的眼睛生疼，好像还打开了她体内的一个开关，而且还是一个控制疼痛接收的主开关，她因麻痹失去的痛感一下子全回来了。一阵剧烈的疼痛从她的头皮一直蔓延到她的脚尖，还刺激着她的鼻窦，让她泪流满面。

她被那双手扶着往后挪了挪，靠在了什么东西上，感觉像是一块粗糙的岩壁。

"抱歉，我们现在没眼药给你，很久之前就用完了。"

她没能发出任何声音，嘴里太干了，觉得连牙齿都疼。她的唇边多了一个杯子。她的手最开始几乎不像是自己的，不过很快，她的双手成功捧起杯子喝到了水。"手指沾点水，揉到眼角里，能起些作用。"

芮恩照着做了几次，终于感觉好些了。

要看清东西还是很难，不过她还是看到眼前有两根手指，但是太模糊看不清细节。"发……发生什么事了？"

"你问过她了吗？"另一个声音说道，语气带着不耐烦和居高临下的感觉。

"问什么?"现在她说话都累,"你是谁?"

"得先说你是谁才行。"友好一些的男声问道,她感觉到那声音是笑着说出来的。

她将头靠到身后的墙上,咽了口口水,闭上眼睛,一呼一吸都感觉浑身剧痛,"你先说。"

"喂,她是谁都没关系,"另一个人说着蹲身靠了过来,手臂碰到了她的脚,"你有飞船没?"

麻痒的感觉让她笑出声来。"有啊。"她当然有飞船,这是什么白痴问题? 不过她随即又想起来……"没有……没在这里。"

那人影站起身,厌恶地说道:"她还没清醒过来。"接着便是快步离开的脚步声。

"给她点时间行不行?"一个模糊的脸庞出现在她面前,"别管他,我们都急着离开这里。找到你后每个人都存着几分期盼。所以……你不是乘飞船来的,对吗?"又是那个带着笑意的声音。"这里。"他将一条湿毛巾放在她的手中,"敷在眼睛上。我们管那些怪物叫'渔人蜥',它们会往猎物眼里喷口水,那玩意儿相当于镇静剂,会让你思维麻痹且失去行动力。先缓一缓吧,你现在很安全。我马上给你拿些东西吃。吃了你会吐出来,然后就会慢慢好转了。"

"谢谢。"她听到周围窃窃私语的声音,还有脚步声、金属或塑料碰撞的声音。空气中传来浓重的泥土和岩石的气味。加上有回声,她判断他们是在一个洞窟中。希望他们有现代科技吧,这样她就能给"黑桃 A 号"发消息,离开这个倒霉的星球了。"你们是怎么把我救出来的?"她口齿有点不清,"那些怪物……"

"不像那种会任由它们的盘中餐溜走的类型吗?你说对了。博士给我们做了一种威慑物……现在你就别操心这个了。好好休息一下。"

照顾她的人说得对。她喝了些汤——味道有点像韭菜——然后很快扶着之前有人贴心准备好的桶,将胃里不多的东西都吐了出来。难受一阵过后,她确实感觉比之前明显好多了,她的视力也开始恢复——只有视野边缘还有点模糊。

很快,她便感到又饿又渴,很快她就用上了她工装背心里最后一张止痛贴。

洞窟很大。她看到四张床,一个临时的火堆,四周墙边摆放有各种装备。不管他们是谁,都在这里生活了有些时日了。一个男人走过来,蹲在她面前,递给她一碗似乎是肉汤的东西,"给。这些吃下去就不会再吐出来了。"原来这就是刚才照顾她的人,现在她能给那个声音对上脸了。他三十多岁,有一双和蔼的淡褐色眼睛,棕色的头发长得已经盖过耳朵,胡须也有几个月没刮了。他穿着破旧的迷彩服、作战靴和一件统一配发的衬衫,上面印着她非常熟悉的标志。

难以置信。一年多来,她一直在躲避这些家伙。现在竟然如此倒霉地……

她不动声色地说道："ONI，是吧？"她指了指那个标志，然后啜了一口肉汤，"你们来这里多久了？"

"三个月了。要是你说你的飞船就在附近，那今天我们可就真是撞上头彩了。"

要解释她是怎么来的确实要花点心思。"没有，不过有一艘正往这边赶。我的船员会来救我的。"他惊异的眼神表达出要她解释得再清楚点的意思。"我是个拾荒者。我们在侦察这个行星，后来我被留下了。说来话长。我的装备呢……"

"恐怕找不回来了。渔人蜥很快就搞清楚了要先把猎物的装备全部拿掉。它们还会模拟人声和亮光，是完美的掠食者。可惜我们知道得太晚了。"

"你们来这里干什么？"

"这里的多个研究团队没有了消息，我们被派来支援。到了之后只见这里空无一人，没有尸体，也没有挣扎的痕迹。"

"这里有多少人？"

"原来吗？五个科考站，每个站点里有五到十个科学家，配备六个安保人员。我们这个响应小队原来也有十二个人。我们到了后找到两个幸存者。而现在我们一共只剩下了四个人。"他耸了耸肩，表情却是黯然，"可能还有其他的人活了下来，像我们这样的生还者。"

"你们的飞船呢，通信器呢？"他说的这种站点不应该没有后续增援。

"森林里的怪物……相信我，它们会观察和学习，它们很聪明。它们把所有东西都拿走了。"

"我们在哪里？这个行星叫什么名字？"

"厄瑞玻斯 7 号。你刚才不是说你在侦察这星球吗？"

"是啊，但是不知道它叫什么名字。不像你们，我们没有军用级的最新地图……这样，等我的船员到了，我们所有人就都离开这里。"

"那就指望你了。"之前那刻薄的声音又说道。一个男人从山洞的转角处走了进来，肩上挂着步枪。这是个剃光头留胡须的大个子。"等你能活动自如后，也要像其他人一样分担责任。"

"这是索斯韦尔下士。我是巴恩斯上等兵，阿兰·巴恩斯。"

"芮——"她突然想起来了，说出真名可能并非上策……

"瑞丽。我叫瑞丽。"

索斯韦尔示意巴恩斯过去，然后两人消失在洞窟的转角处。芮恩喝光了肉汤，侧身躺下，蜷缩成团，一边努力对抗遍布全身的酸胀和痛楚，一边祈祷"黑桃 A 号"找到她，越快越好。

又一阵睡意袭来，这次正是她需要的，她需要一个深度的、能恢复体能的休息。当她醒来时，她感觉好像平常一般——只是些微肌肉的酸痛，磕碰和瘀青的疼痛，还有点渔人蜥毒液带来的头痛。那四个幸存者来了很快又走了。

第二天她就在迷迷糊糊的沉睡中度过了，但这一天她清醒的时间比之前更长了些。

芮恩与另外两位幸存者见了面，他们都是科学家，其中一个是几乎无法下床的中年男子——他几个月前刚做了截肢手术，另一个是为他做那次紧急手术的马洛里医生。芮恩现在睡的地方，就是医生把旁边的床位让出来给她的。医生和其他人一样瘦，漂亮的五官稍显严肃，棕色长发已有了几缕银丝，但她年龄和芮恩差不多大，芮恩怀疑那几缕银丝可能是此地梦魇般的遭遇带给她的。

芮恩从医生那里听说，ONI还在这个行星上发现了一处先行者的遗迹。

"我们像在其他地方一样设立基地，像往常一样采取了所有预防措施，"她和芮恩说起时也是一脸困惑，"我去过很多远比这里更不宜居的地方，但是这里似乎有什么东西……感觉就像这颗行星不欢迎你在这里一样。"她说道，随后的笑声也显得苦涩，"我知道，我是以科学家的身份站在这里，我所有的观点都应基于事实。但我失去了许多人，还有朋友，他们都是很好的人……"

"我很遗憾，那肯定很……"

"的确如此。"

芮恩虽然不是科学家，但是她对先行者事迹的熟悉随着她的四处旅行有了突飞猛进的发展，更何况有一个亲历他们的历史和文化的"诚实善良"的船员就在身边。目前为止，她从幸存者那里听到的每件事……所谓这行星不希望任何人来这里，倒很可能是真的。以先行者的技术要制造一个不欢迎观光客的地方当然没什么难度。

"巴恩斯说你制造了一种威慑物。"

芮恩碗一倾，一口气喝完了作为晚餐的汤水。

"我们发现超过十八万赫兹的超声波频率能震慑它们。凭着这个我们逃出了科考站，在别处找了个藏身的地方。事发之前，我们研究它们长达六周，那是在我们遇到一个都是幼兽的巢穴后。这里的台地中有不少洞穴，那些生物会在洞穴里筑巢。我们总是把自己看作顶级掠食者，对吧？我们从没想过，我们随手带进实验室做研究的外星生物有可能拥有很高的智慧，我们从没考虑过这样做的后果，没想过它们会反击。直到它们开始猎杀我们……我们还拿那些幼兽做了很残忍的实验。结果一夜之间我们死了十几个人。相信我，那次袭击是协调有度的，而且那才仅仅只是开始。

"渔人蜥，就像它们的名字一样，非常擅长用它们的光和模仿声渔猎人类。许多人死于那招之下。只要这些生物发现我们不再上当，它们就会转而系统性地拆除和摧毁我们所有的卫星信号发射塔和通信站，然后开始攻击能源核心。我不知道当时我们发的那些消息是否有成功发出去哪怕一条。几个月后，那些家伙出现了。"她指了指索斯韦尔和巴恩斯走过的转角。

"然后又一场惨剧重演。"

第三十三章

// 调查员: KT-49683-9

// 档案号: 335002-12571

// 受审对象: 兰姆西·查尔瓦

// 生日: 2513 年 11 月 19 日

// 出生地: 云屋星

// 第四次审问

备注: 受审对象表现出的自相矛盾、不耐烦和攻击性明显增加。所有回答均未通过 PQI 测谎仪的测试。已经要求汉尼拔武器系统公司借出第 5 代神经显像仪。

KT-49683-9：你为什么要去汉尼拔公司总部大厦？

RC-335002-12571：你问过了。不止一遍。

KT-49683-9：你在找什么？

RC-335002-12571：听说他们的自助餐厅有很棒的素食玉米饼。[假]

KT-49683-9：之前和你在一起的是谁？

RC-335002-12571：就在你眼前。[假]

KT-49683-9：被称为"343罪恶火花"的人工智能在哪里？

RC-335002-12571：不知道。[不确定]

KT-49683-9：你和343罪恶火花是什么关系？

RC-335002-12571：挺亲密的。想找他做我小孩的教父呢。[不确定。根据记录，对象没有孩子。]

KT-49683-9：他把你抛下了。你对此有什么感觉？

RC-335002-12571：骄傲。[真。受审对象心率增加，血压升高，表情显示懊恼。结论：后悔如实回答。]

KT-49683-9：你能详细解释一下这种感觉吗？

RC-335002-12571：妈的。你真想我详细说明吗？[受审对象笑了]

KT-49683-9：是的。

RC-335002-12571：好吧。是这样的，我的这种强烈的感

情……是发自肺腑的，你懂吗？这种感情告诉我，我会非常、非常想看到，你买一张单程票，然后从快车道前往地狱。[真]

KT-49683-9：你和"黑桃A号"上的船员莉莎是什么关系？

RC-335002-12571：你们知道我被圣赫利人抓去折磨了七个星期的事情吧？我们所有船员都被折磨至死。所以你就在那里废话连篇吧，浪费的是你的时间。[备注：可有效利用受审对象一同被拘留的同伙。]

KT-49683-9：343 罪恶火花现在在哪里？

RC-335002-12571：不知道。[真]

KT-49683-9：那芮恩·弗吉呢？

RC-335002-12571：一样的，朋友。和昨天一样，和前天一样，和大前天也一样。我不知道。[真]

KT-49683-9：谢谢你。今天到此为止。

第三十四章

厄瑞玻斯7号行星/"黑桃A号"

拼合完全的钥匙让我赞叹不已。钥匙嵌套着钥匙,符号拼接着符号。现在它四面光滑平整,组合成了一个符号——一个下面开口的圆圈,围着一个八边形边框,里面是被构建者称之为"树形标志"、也有人称之为"埃尔德"的图案。虽然还没有确凿的证据,但这个徽记和"责任之衣钵"息息相关。

我们已经抵达钥匙所示的最终坐标,并完成了对这颗晦暗行星的扫描。

确认船长的信号在此。

我悬着的心终于放下了。可惜其他船员没能亲耳听到生物追踪标记确认后那美妙的提示音。

——船长的生命体征健康。这里还有其他人类。她附近有四个,她的正西方向二十三公里有三个,她的东南方向六十公里有一个。此地植物群种类繁多,其中肉食植物有八种,有毒植物有四十二种。百分之八十五的动物群是掠食者。对人类来说可不是个好地方。

——是啊，小不点儿。这地方确实不是。

芮恩距离钥匙指示的坐标很近，离那地下的先行者设施不到一公里。飞船的扫描仪正在测量那设施的大小。

——噢，那地方可真大。

小不点儿所说一点也没夸张。这座设施大部分隐藏在大地之下，还有隐形技术遮蔽。虽然极难进入其中，但匹沃洛斯城之行启发我修改了"黑桃A号"的传感器阵列，能够比之前更准确地勾勒出此类技术遮蔽物的轮廓，由此构建更精准的结构图。

——你觉得它是干什么用的？

——说不好。不过我们先降落，再去找入口。

整颗行星都被包裹在一层雾蒙蒙的大气中。这颗行星只有一块大陆，大陆被深邃的沟壑恣意切割，形成纵横地表的岩石迷宫。这表明曾经有行星级别的事件使地表破碎成了数百万片。

我把飞船泊在一块宽阔平坦的石头上，尽可能离芮恩近一些。着陆时推进器还将覆盖在地面的植被掀起了好几层。

这座森林原始得惊人，树木生得奇诡扭曲，根茎粗壮、枝丫繁密，和洪魔倒有几分相似……

起落架降下，飞船稳稳地停在了地面上。我守在舰桥，查看我们如此显眼的到来所引起的动静。

最近发生的事让我比平时多了三分谨慎。果不其然,我侦测到有五个人朝"黑桃A号"走来,速度适中。芮恩当然在其中。我先是通过她的生物追踪标记发现了她的动向,然后通过飞船的摄像头看到了他们。

看到她的第一眼我很是高兴,待我细看画面中的她时,被她的状态吓了一跳。她精神憔悴、面色苍白,裤子又脏又破,上衣也没好到哪里去。

我有点生气。

和她一起的那几人也只有最低限度的防御手段,他们显然在这里待了较长时间了。厄瑞玻斯7号行星没有善待他们。有两人落在队伍后面,那是一个女人扶着一个杵着临时拐杖的截过肢的人。

走在前面的那两人应该是军人。

那两人中有一人走在芮恩后面,他的武器朝下,不过是随时可激发的状态。她停住了,他们说了几句话。那人把她向前推了一把。

他好大的胆子!

我从系统中飞身前往货舱,进入我的扈从身体,舱门在我的命令下开启。我的意识灌注到躯体中,活动了下手和脖子——其实全无必要,不过我越常使用这副身躯,就越感觉自己像个人,也越自在。相比我第一次被迫逃进它的神经回路的时候，现在我要更加灵活迅捷了。

门开了，装卸踏板降下。

现在，区区人类，推我试试……

可怜的芮恩！她这是怎么了！那些擦伤、那些深深的割伤，还有瘀青……她的脸色也很苍白。眼睛下面各有两团灰色的污渍。她的表情冷若冰霜，没有半点笑容，嘴巴紧闭。这个表情好像不是做给身后拿着枪的那人看的，奇怪，像是冲着我来的。

还有她那双眼睛，正恶狠狠地看着我。

我走下装卸踏板。她比了个制止的手势，我站在了原地。

芮恩身后那人举起了武器，一只手紧紧地抓着她的肩膀。"索斯韦尔，"她开口道，"你就要犯下大错，你想离开这地方，我可以带你离开，但要是你敢开一枪，就一枪，你就别想走了。"

"我们不需要你或者那东西就能开走你的飞船。"索斯韦尔回道。

"这就是你搞错的地方。"她转身面向他，他居然意图抢她的飞船，这让她怒不可遏，根本不顾自身生命所受的威胁。"没人有力气打架，你也不例外。你离开这个行星的唯一办法就在这里。你经历过这一切，失去了那么多弟兄，你甘愿让你的傲慢和恐惧毁了获救的机会吗？"芮恩一脸厌恶地摇了摇头，然后转过身大步流星地向我走来。

索斯韦尔和其他人一下子不知该如何是好。

她低声对我说道:"第一,很高兴看到你。第二,我们有个大麻烦。听我命令照做。明白了吗? 其他人呢?"

"在新迦太星。"我说道。她听后眉头一皱,但好像在这个紧要关头她了解到这点也足够了。

"尽量装出没有威胁的样子。"她转身提高了声音道,"我们不会抛下任何人的。欢迎你们上船,但不要带武器。"

那两个行动不便的人从藏身处走出,慢慢地走了过来。他们将一把刀和一把手枪丢到地上,朝芮恩笑了笑,又点了下头,径直往飞船中走去。他们已经证明了自己比团体中其他人聪明。

他们的行动软化了另外两人,那两人也走上前来。

"我不想看到索斯韦尔要什么花招。"芮恩快速说道,"他们以为我有八个船员——咱们尽量就让他们这么以为。顺便一说,他们是 ONI 的人。"

"还真是倒霉。"

和索斯韦尔一起的那人走到芮恩面前停下了,他的眼睛看向了我。他双眼瞪得大大的,充满担心和好奇。我抬起了下巴。

"你可以上船,但不能带武器。"她告诉他。

"那是个什么东西?"

"打捞到的一个机器人。"她随口说道。

我不由得轻哼了一声。

"不。那是硬光,那是个先行者。"

"这重要吗？不好意思，不是只有你们才有先行者的技术。它们在外面到处都是，谁遇到就是谁的，而且近几年越来越多的人找到了。我们得到它，把它用起来，而且它还很好用。"芮恩说罢转向我，"可以带我的新朋友们去的最近的星球是哪里，要适宜居住且安全的。"

"旁边星系的一个小行星上有个采矿的哨站。"我回答。

他们好像对于我开口说话很惊讶。不过我相信我清楚芮恩的盘算。她想让他们看到我服从她，就像朋友一般而不是敌人。

啊，正好还有件事。

"船长，我们侦测到这颗行星上还留有四人，分别在两地。三个在西边，一个在东南边。"

他们敬畏的反应让我很是满意。

"东南是德尔塔科考站。"和索斯韦尔一起的那人毫不掩饰自己的希望。他和另一人交换了下眼神，随即向芮恩说道："那是我们小队的队长。我们最后一次收到她消息时，她说和另外几个人打算去德尔塔科考站看看。如果说有谁能独自一人活下来，那肯定是她。"

"情况有变，"索斯韦尔开口说道，"我们需要武器才能救他们出来。你不知道那里有多危险。那些怪物，它们——"

芮恩一只手搭在他的肩膀上，说道："好了。我会带你们去的，我们去救人时你还可以吃些东西。你选吧。"

那两人暗自思量，眼神交流了一番。索斯韦尔拿出随身带的几把刀子，取下背在身上的步枪交给了她。

"还有你腰带上的刀。"

他笑了笑，把它递了过去。

"你鞋子里的电击枪。"我说道。

他犹豫了一下，脱掉鞋子把那东西扔在了地上，举起双手原地转了一圈，然后上了"黑桃A号"。

接着他的同伴也跟着他刚才的动作做了一遍，也上了飞船。

芮恩和我跟在他后面进了飞船，但她又停了下来，回头看了一眼。我感觉不管这里发生了什么，都会在她的心上压上许久。

"把他们限制在起居舱内。除了吃的和饮料机外不许碰任何东西，不许使用通信器、数据板，全都不准用。"她吩咐道，"锁上更衣间、船员房间、舰桥、引擎室，所有地方，把整艘飞船锁起来。"

"当然。"

"其他的我们以后再说。"她转身离开，"我们去救他们的朋友，然后赶紧把他们送走。"

莉莎、尼克和拉姆没在飞船上让她很意外。据火花说，他们还在新迦太星。但是到底如何，还是要等到她把 ONI 的幸存者送下飞船再说。在将那几人赶到起居舱，让火花和小不点儿监视他们的一举一动和对话之后，芮恩进入舰桥，发动了推进器准备起飞。第一站，是离他们最近的阿尔法科考站。

没用多久，就到了火花标记的地方。她在一个山脊的空地上将飞船降下，然后取下放在船长椅扶手中的 M6 手枪，检查了下弹夹，然后去到起居舱叫巴恩斯。

起居舱中，她对巴恩斯说道："你和我的机器人一起去，你的人需要看到自己人。"索斯韦尔也站起身，但芮恩摇了摇头，"就他一个。"

巴恩斯从起居舱出来，到了走廊中，芮恩输入命令锁上了起居舱的门，然后再押着巴恩斯往前走。芮恩押着他走下楼梯来到货舱中时，他说道："至少给我把武器吧？"扈从已经等在那里了。

"不需要。如果你想，我可以先把这里清理完了你再进去。"

"你对你的……机器人还真有信心。"

"如不是这样，他不会成为我的船员。"

芮恩将巴恩斯留在火花旁边，自己又回到起居舱，一边注意里外情况，一边看火花传回的影像。屏幕显示出画面，几位飞船上的幸存者都聚了过来，他们手里拿着吃喝，都顾不上往嘴里送了。小不点儿负责监视科考站周围区域——这里有许多间白色的舱房，由过道和桥梁连接成一片。

通过火花的视角，他们看到许多那种生物潜伏在基地各处。飞船降落时，它们都没有逃走。芮恩还是第一次在白天看到它们，对于有人能在它们手中活下来感到吃惊。它们体形硕大，却能很容易地融入树林和山石之间。起居舱内的人们都屏息看着。索斯韦尔骂了一声，说道："他们闯到一个巢穴里去了。"

他猛地站起身来。芮恩做好了战斗准备，不过马洛里医生倒吸一口凉气的声音把他们的注意力都吸引到了屏幕上。"你们看呀。"她惊喜地说道。

屏幕上，只见火花和巴恩斯一走进科考站，那些渔人蜥便纷纷退去，最后慢慢地消失在了迷雾之中。接着火花指引巴恩斯去到一处距离科考站最北边一个舱房十米左右的岩石缝处。巴恩斯的身影消失在了里面。众人等待着。

芮恩靠在起居舱的门上。她倒没有如其他人那样关心那些人的死活，她只和他们待了很短的时间；不过她也和其他人一样紧张害怕，心跳也加快了几分，呼吸急促，身体不自觉地绷紧了。

当巴恩斯带着三个面色苍白、表情困惑的人出来后，起居舱中的众人才大大地松了一口气，一时间有抽泣声，也有大笑声……

"小不点儿，等他们上了飞船，立即前往下个地点。"

"遵命，船长！"

芮恩一怔，刚才这 AI 在模仿人类说话，是想让那些人以为船上还有其他的船员吧。她不确定是否有人会信，不过他们的注意力都在那影像上，所以她觉得应该能奏效。

芮恩离开起居舱去协助刚解救回来的几人登船。她没有理会他们的问题，尽量不透露任何信息，只是和巴恩斯一起帮助那几个吓坏了的幸存者——都是科学家——进到起居舱。

下一站，德尔塔科考站，就没那么简单了。这一次，芮恩允许索斯韦尔和火花一起去，自己还是和其他人通过起居舱的观测屏看现场的情况。德尔塔站已经被毁坏得七零八落，就像被旋风肆虐过一般，房舱之间的通道也没有了。两人在一个地面的树洞中找到被塞在里面的小队长时，她已经生命垂危。芮恩看得一阵反胃。最初她以为那女人已经死了，身体僵直，毫无血色，一些树洞中的碎屑落在她的脸上，堆积在眼角。看起来她已经在那里待了好几天了。

索斯韦尔看到她时发出一声可怕的呜咽。火花弯下身要把她弄出来时被索斯韦尔一把推开了。在那短短的一瞬间，芮恩看到了他眼中的害怕和痛苦。巴恩斯坐在最近的一把椅子的边上，双眼紧盯着屏幕，表情因心痛而严峻。

索斯韦尔小心翼翼地把小队长从树洞中抱了出来。"尤里，有我在，坚持住。"他将她放到地上，检查她的脉搏，骂了一句，然后开始给她做胸外按压。

宝贵的时间正在流逝。"火花，马上带他们回飞船。"芮恩看到屏幕中火花把那女人扛在肩上，一只手环在索斯韦尔的腰部把他抱起后，转身前往医疗舱。索斯韦尔现在一定很尴尬吧。

芮恩允许医生和巴恩斯离开起居舱，和她一起前往医疗舱。火花一回到飞船，便扛着小队长径直到了楼上的医疗舱，并轻轻地将她放到了检查台上。

"锁死飞船各个舱门，再扫描整个行星看是否还有幸存者，然后带咱们离开这里。"

火花点了点头，走出了医疗舱。

芮恩很快将两个无线电极贴到女人的胸口，然后为手持式除颤器充电。时间仿佛停滞。所有人的注意力都集中在小队长身上，马洛里医生在使用心脏除颤器期间为小队长戴上氧气面罩并给她输液，芮恩从旁协助并准备好冷冻舱以备万一。使用了四下除颤器后，小队长有了心跳。不过她们还不能松懈，又开始给她做生物识别扫描，芮恩帮助医生插入了一个纳米智能诊断探测器。整个过程中，芮恩脑袋里一直萦绕着一个想法：躺在台上的人可能是她。

那会儿，她也是如此。

芮恩难以直视小队长的脸，因为她知道当巴恩斯和索斯韦尔找到她时，她的样子和小队长差不多。

医疗舱的报告逐项显示在了诊断屏幕上，并且启动了后续治疗序列，病人的生命体征逐渐趋于稳定。

芮恩终于退了下来。她感觉就像过了好几个小时那么漫长。她的身体一直在颤抖，她也还在从自己经历的创伤中恢复。

"怎么样了？"索斯韦尔问，把芮恩从那状态中惊醒。

"医生正在用纳米技术清洗她的循环系统。纳米机器人会吸收干净她体内的所有毒素。我们已经给她注射了全套的纳米医疗针和传感器，只要身体有需要，都会得到它们的救治。你们的小队长会撑过去的。"

"是尤尔曼中士。"他说，"尤里。"

"嗯。"芮恩露出一个疲惫的笑容，"我们到采矿哨站之前，你们可以一直在这里陪着她。我会给你们送食物和水。"

芮恩刚来到走廊便伸手扶住舱壁，弯腰俯下身。她感觉虚弱不堪，身体不由自主地颤抖。胸口紧绷得让她喘不过气。她直起身，双手交叉放在头顶，试着放松心情，赶跑令人窒息的感觉。以旁观者的视角看到尤尔曼经受的折磨，让她意识到自己离死亡竟如此之近。

要是巴恩斯和索斯韦尔没来救她的话……

"嘿，你还好吗？"巴恩斯问道，快步从医疗舱出来扶住了身体摇摆不定的她。

"我还好。"

他好像不太放心，不过还是小心翼翼地放开了手，"你看起来不怎么好。"

她笑了笑，"谢了。"

"来，我扶你去大伙儿那边吧。你应该吃点东西。最好再让医生帮你检查下。"

就在他扶着她走在走廊上时,他说道:"你和我想象的不一样。"

芮恩身体僵住了,该来的迟早会来。在海军情报局工作的人不可能不知道针对"黑桃A号"和其船员的专案行动。希望是她误会了吧。"怎么说?"

"嗯,通常我们的最高级别通缉犯不会想着去救要抓他们的人。"

"是哪里暴露了,是飞船还是那三米高的活蹦乱跳的上古先行者技术?"

"都不是。"她闻言怔住了,又听他说道,"是你。"

"我?"

"我们基地的公告板上一直贴着你的照片。我每天经过,想记不住都难……那个先行者没在我们的公告板上,不过我这下知道你为什么会出现在那名单上了。"

"那叫诬陷,下士。"此时在走廊中,芮恩尽可能地坦言相告,不只是因为她身心俱疲,已经厌倦了逃亡,还因为她突然觉得她有必要说出来,把真相至少告诉给一个ONI的特工知道。"我不是罪犯。我的船员——两个刚成年的年轻人和一个退休的拾荒者——都不是罪犯。那个先行者也不是罪犯。"

芮恩心中涌起一股沮丧的情绪。

巴恩斯露出了然的神情,嘴角勾起一抹淡然的笑容。他将手搭在她的肩上，深深看了她一眼，神色看似相信了她所说的。"我有些明白了，船长。走吧，给你弄点吃的。"

"黑桃 A 号"到了那颗巨大的小行星附近。这颗小行星是在一个气态巨星的卫星轨道上。芮恩前去查看尤尔曼的状态，看到索斯韦尔和巴恩斯陪在她身边。"她怎么样了？"

"生命体征稳定了。"巴恩斯回答。

"我们已经联系了采矿哨站。他们已经做好了接收你们的准备，而且他们那里也为你们的中士准备好了医疗舱。"

"收到停泊指示。"通信器中传来火花的声音，"我们这就出发。"

"我们会帮她做好转移准备，"巴恩斯说，他的目光中透着不舍，"谢谢你送我们到这里。我们会永远记得的。"

她简练地点了点头，转身刚要往舰桥走时，索斯韦尔叫住了她，"船长，你救了我们的命，还有尤里的。"

"你和巴恩斯不也救了我一命吗。"她的表情仿佛在说一切尽在不言中，"要我说，咱们两不相欠，仅止于此。"

索斯韦尔想了想她的提议。终于他点了点头，说道："同意。"

迟早，他们必须回去复命，报告发生的所有事情，不过现在这样的结局就够了。

第三十五章

"黑桃 A 号"

采矿哨站出现在了"黑桃 A 号"的后视镜中，索斯韦尔一行已经离开飞船，芮恩开始处理未竟之事。当时在厄瑞玻斯 7 号行星时，她看到火花站在飞船装卸踏板上脑海中就冒出了两个问题，一直忍到了现在。此时她问出了第一个问题："我的船员究竟在哪里？"

他讲的故事比她想象的还要离奇。这让她有些喘不过气来，她不得不坐在了身旁的一个补给箱上，"天哪。那个轨道平台到底是怎么看到你们的？"

"你在索纳塔星时那猫鼬摩托被放了一个小型信号发射器。"

打击接二连三。她两手捂住疲累的双目慢慢揉搓着，想要把眼中的酸涩化去。她脑中浮现母亲的那些说辞——一切都是为了让背叛正当化。她喉头哽咽，胸中充满空洞的痛楚。

"我很遗憾。"火花说。

她也一样。"继续。"

"那发射器到了'黑桃 A 号'的货舱中后就一直没动,等我们到了索纳塔星的外气层后它就被激活了,给轨道上的一个卫星发射了一个信号。这信号伪装成简单的推进器辐射,做得相当巧妙。卫星接到信号后,再通知在高行星轨道上的一个极为先进的隐形遥测装置。我相信那装置已经运行了好几个月了。这是一套基本的模拟信号机制,只是用在了新领域,可以把发射器想象成一块磁铁,遥测装置就是铁。它就贴在我们飞船的外壳上,和我们一起进了跃迁空间。"

"你没侦测到它吗?"

"一开始没有。它完美伪装成了'黑桃 A 号'外壳的一部分,就跟它将信号模仿成了推进器的能量逸散一样。说明这个装置是在对你的飞船有相当了解的前提下制造的。"

原来如此。"在'金牛角号'上时,"她跟他说起,"那是在我们到吉兰诺斯 A 星找到你之前了。'黑桃 A 号'曾在他们的机库里停留过。"

"那个时间点是采集系统资料、引擎输出数据、记录资料和精确分析船体材质及烧蚀防热涂层的绝佳机会。那遥测装置令小不点儿生病了,不过现在好了。"火花说,犹豫了片刻,又补充道,"我知道你在想什么。不过我们不能再回去新迦太星了。"

"好吧,可是为什么?"

"ONI 知道船员没有跟随飞船离开新迦太星。"他说,"所以他们会通过拉姆、尼克和莉莎来找我们。他们的力量应该都集中在匹沃洛斯城,并且现在后续增援也应该都到了,就等着我们回去救他们。如果船员们已经逃过他们的追捕,我们此时回去只会功亏一篑。"

"那如果他们被抓了呢?我什么都不做吗?"

"我们之前说好的,三到四周后在迈尔之月碰头。"

虽然火花的立场非常符合逻辑,而且如果是芮恩也会采取同样的行动,但等待仍然不是她的强项。"我不喜欢这样。"

"这是大家约定好的,不是吗?我读过你的日志。当飞船或船员面临危险时,飞船离开直到安全时再返回。他们都知道这条协议,而且他们都知道怎样保全自己。船长,请你理解,当时没有其他选择。大家待在一起,只会让'黑桃 A 号'陷入危险,如果都被抓了,你独自一人不知道还要留在厄瑞玻斯 7 号行星上等多久,甚至可能是永远。"

那样的话,尤尔曼肯定会死,芮恩和其他人也迟早会死。不过,一想到就这么等着,让她的船员对上 ONI……

"他们不是什么业余的货色,他们加起来可是有几十年的逃避追捕的战术经验,"火花的这几句话说到了她的心坎上,"是他们派我和'黑桃 A 号'来救你的,现在要是回到到处都是特工的匹沃洛斯城,冒着被抓住的风险,说不定一切就都完了。"

他说得对。这种事她都做过多少次了?为了保护"黑桃 A

号"和船员，让飞船远离是非之地。再说了，从被传送门拽走、遭遇渔人蜥到现在，她还没完全缓过神来。不过，她不想中断现在的讨论去休息，一旦她沾到枕头，不知道要什么时候才会醒来了。

"我们需要谈谈泽塔光环上发生的事。"她记得自己伸手向他求助，却被无情地拒绝的瞬间，这一直让她耿耿于怀。火花出现在厄瑞玻斯 7 号行星时，让她大大地松了一口气——中间那段时间她不得不怀疑他的忠诚。

"那时候传送门已经将你拉进去了，我没办法救你。但是我可以拿走钥匙。没有钥匙，我们不可能找到你。我认为那传送门是智库长开启的，或许是直达最终目的地的通路。"

"厄瑞玻斯 7 号行星。现在钥匙在哪里？"

"就在这里，我的工作台里。"

这完全说不通。"但是……新迦太星那把钥匙是干什么的？这样不就有两条不同的路到厄瑞玻斯星系了吗？这是做两手准备？"她揉着太阳穴说道。

"船长……"

他话说到一半，语气严肃却又抱着期望。有趣的是，有时，他是如此坦诚。他担心她不想继续了。

她抬起一只手阻止他继续说下去，"设定返回厄瑞玻斯 7 号行星的坐标。我们最后使用一次钥匙。希望结果值得我们这么做。"她滑下储物箱朝楼梯走去，"我们到了之后叫醒我。"

"芮恩。"

她停下来，一只脚踏在楼梯上。

"谢谢你。"

她微微点头，往自己的船舱走去。

芮恩总有被什么监视的感觉。手臂上汗毛竖起，皮肤刺痛，但每次她扭头扫视着根茎扭曲的树林，却什么都没看到。不过，它们就在那里，潜伏在树林，蹲伏在雾中，与他们保持着一定距离。此时她和火花正徒步前往之前那座设施。"马洛里医生说过，她感觉这个行星不欢迎他们……这可能吗？"

"这种生物有很高的智慧，而且有近乎完美的掠食技能，让它们能够在掌握各种太空种族的特点后将之杀害。是的，它们完全有可能是被撒播在这里的，要么是被设计出来的，要么就是改造成这样的，以此吓跑来到这颗行星的游客，或者防止有人发现先行者的设施。"火花在芮恩身后说道。两人正一前一后地走在森林与山石间的原始道路上。

"听起来就让人觉得糟心……有想过钥匙会开出什么东西吗？"

他过了好一会儿才答道："暂时没想到。"

她转过身，"你迟疑了，说明你有想到什么。"

"倒是有一些推测,不过答案就在那墙后面几米之遥,费那劲干吗。"

绕过一个巨大的树桩,一面石壁映入二人眼帘,石壁上有一块平整的合金,上面刻有先行者的符号文字。石壁顶上还长有树木,粗壮有刺的树根沿着石壁往下延伸,一直深入地下,好像要将不速之客拒之门外。两人走近后,那块合金自动融化成了一个通道。

芮恩跨入其中,照明随之亮起,指引两人沿着坡度陡峭的长廊往下走。

"你为什么同意回来?"火花终于问道,他的声音在墙壁间回荡,听起来比以往任何时候都不像人类。

"这个……我们说好的。我们已经身处这个星区,钥匙显然也是完整的,所以这里应该是最后一站。何况我们经历了那么多才到了这里,没有理由放弃,不打开看看它解锁的东西。而且——"她慢慢转过身来面对他,"你救了我的命,还救了这里的许多人,这已经不是第一次了。"

"我是你的船员,我没有选择。"

他当然有。

"到现在多少次了?两次?"

"两次?"

"你救我的次数?"

"啊。"火花沉思了一秒,"还需要拯救百亿次生命吧,搞不好……"

啊,芮恩没想到他会这样说,而且说得那么逆来顺受。这可是无比沉重的包袱。"别这么说。这不是你的责任。"他还是343罪恶火花时,协同其他光环发射了自己看守的光环,扫荡了银河系中有知觉的生命。但背负由此产生的罪恶感是一个沉重的负担。他显然知道这一点,还将其量化了。

有时很容易忘记,本质上他的心智还是人类,而人类极为擅长将非理性的、超出自身承受力的罪恶感往自己身上揽,由此产生自我厌恶的情绪。

"假如那时你违抗了命令,没有发射你的光环,"她说,"会发生什么事?"

他沉默了,这是好事。按理说,他已经知道答案了,但是她想让他再多想想,不是从过去的角度——他已经习惯于此——而是从现在的角度去看。沉默了一阵后,她替他开口:"现今的所有生命都将不复存在。"她给了些时间让这句话在他心里发酵,"现今的所有生命都将不复存在。记住这点吧。"

虽然不见他回应,但芮恩希望她的话能被他记在心中。那些话不是什么表面的安慰,而是事实。

两人沿着走廊到了那个圆形的大厅,正是她被扔到厄瑞玻斯7号行星时所到的地方。之前在黑暗之中她只是觉得这地方很大,但是不知道有多大。现在有了照明,才看清了这个在灯光照明下熠熠生辉的银色合金和蓝色硬光组成的空间。大厅空间很大，一尘不染，正中有一个深不见底的圆形空洞。

他们进入大厅，走过一段路才来到中央的空洞边。经芮恩观察，空洞边有一个终端，那具人类遗骸在靠近墙那边，从那里再沿着空洞往前就是她爬出去的那个竖井。之前所见的奇怪柱子立在终端的一侧，火花走在她前面打算查探一番。那两根柱子现在看起来更加雄伟了，硬光从上面的几何线条、符号文字以及奇特环形符号涌过。

"感觉你不要离柱子太近比较好。"她警告道。

火花离开柱子走向了终端。芮恩松了一口气。她紧张地环顾四周。大厅中没别的东西了，也完全没有危险的迹象，但她本能地感到警觉，最近的经历和泽塔光环上的遭遇仍然历历在目。他们终于来到了终点，智库长的礼物就要揭晓了。很快这一切都将结束。

也许是她杞人忧天吧，总是觉得祸不单行，而且这地方确实处处透着诡异。

火花唤醒了终端，她收敛心神，走上前把钥匙递给了他。

和泽塔光环上一样，一个钥匙孔出现，接纳了放入其中的钥匙。她不知道接下来会发生什么，不过还是退后了几步。

起初没有任何动静。然后一道亮光出现在她眼中，照亮了那个空洞，而且越来越亮，亮光是从圆形中空的底部照射上来的，光涌动的速度越来越快，就像一列飞驰的火车。

一道亮光伴随着一股劲风从空洞中喷薄而出，随即一个巨大的监守者从深渊中升起, 高高悬浮在终端后方的空中, 硕大的绿色眼睛看着两人, 芮恩踟蹰后退, 就连火花也退后了几步。

这就是祸不单行的余下一击吗?

然而火花并没有显出任何戒备。他好奇地歪着头, 上前一步问道: "你是谁?"

"我是戒律, 战斗扈从。" 它用带着共鸣音的人造男中音说道, "我审核来人, 负责测试并开启通道。"

"到哪里的通道?"

"到被审核之人那里。"

芮恩惊讶得合不拢嘴, 心里泛起一阵恐惧。"审核……具体是怎么一回事?" 她问道。

"我探查到你体内的标记, 然后把你召唤来此进行试炼。"

"是你开启的传送门。"

"这是我的特权……我没耐心等。你到达之后审查就开始了。"

所以它一直在观察她。看着她身陷险境——甚至丢掉性命。"那他们呢?" 她指了指那些遗骸, "他们也参加了审核吗?"

"他们来这里的目的不一样。"

"你该救他们。"

"厄亚马图哈也该有食物。这是自然竞争之循环。"

"在我们那里, 这叫非公平竞争。"

"或许吧。厄亚马图哈深得智库长的喜爱, 它们和我一样都是为智库长效力。"

"我们有钥匙。"火花说,"没必要搞审核和测试。"

"钥匙有可能是偷来的,曾是小偷的你知道这种可能性是存在的。"监守者往前飞了一点,悬停在终端上方。它的直径至少有六七米,相比之下他们显得很是微小。"契卡斯、343 罪恶火花、人类、先行者。意料之外的成功。"好一会儿他们陷入沉默。"你可以通过。"

监守者硕大的眼睛转向芮恩的方向,填满了她的全部视野。就像看着一个燃烧的蓝色太阳,她被迫闭上了眼睛,想着接下来火花一个人去就好,她在这里等着就再好不过。

"你的审核结束了。现在我必须安排测试。"

她还没来得及争辩两句,她的身体已经变得轻若无物,手臂被拉扯到空中,整个人被拖向那只眼睛。她最后听到的是戒律说的一句话:"细胞组织会讲述一切。"

意识恢复,但感觉不到时间流逝。

芮恩站在一个漆黑的空间中,独自一人,四周皆空无一物。然后一枚刺针子弹出现在很远处,瞄准她射来。她瞬间血脉偾张。她知道这一幕。

数以百万计的幽魂凝结成两股力量汹汹袭来,抽打在她的身上, 穿过她的身体, 劲力如同飓风一般。

幽魂的声音让她牙齿打战, 她跪倒在地, 双手捂住耳朵, 但无济于事。

终于, 那两股力量的速度慢了下来, 变换成了别的形态——生命的源起、细胞的诞生、分裂、成长, 文明更迭……

突然间, 一切都结束了。

智库长还是穿着她那件有些泥污的白裙, 将手递了过来。随着芮恩伸手与之相握, 场景也随之变换。她再次站在了那崖壁中的黑暗裂缝前。

她不想来这里。

淡橙色的朝阳在她身后升起, 它的第一道光线沿着峡谷滑行, 将山壁照亮成金铜色, 又钻进那道裂缝, 照亮了后面的空间。

芮恩想要离开, 这里给她的感觉很不好。里面好像有很多的苦难和悲伤。"咱们回花圃去吧。"她说着作势要转身离开, 但智库长紧紧地抓住她的手。

"别。我们必须往前。"

芮恩心跳加速——又或者那是智库长的心跳? 拉着她的大手暖暖的, 她觉得自己像是个被妈妈牵着的孩子。

"我来到这里时, 聚居地的长老昔日荣光同意带我到峡谷中来。她说里面有许多东西需要传承——先辈的遗物、论说还有训示。书记员从来没问过我那些是什么, 我也从没打算跟他说。

"但我认真倾听,直至理解。你准备好见证这一切了吗?"

智库长用力握了握芮恩的手以示鼓励,然后她们目视前方,肩并肩,积攒所需的勇气。

"这是我最后的秘密。"

低语充满整个峡谷,透过芮恩的身体时引起的激荡使得她打了一个寒战。

她醒来时躺在终端前的地上,喘着粗气、浑身颤抖。她想要咽口水,但却干呕连连。火花站在一旁看着她,他身后是监守者那只硕大的蓝绿色眼睛,它已经降到了和他们齐平的高度。她感觉胃里一阵翻腾,"你……你对我做了什么?"

"我安排了一场测试,读取了你的生物记忆。"戒律又回到了终端后面,悬浮在空洞上方。钥匙已经从终端的钥匙孔中退了出来。"这把钥匙现在有了坐标,为你们两人开了访问权限,也仅限你们两人。"

芮恩费力地站起身。

"访问什么的权限?"火花问。

"当然是堡垒星了。"

第三十六章

2558 年 10 月 / 新迎太星 / 匹沃洛斯城

　　莉莎猜自己是被关在一座大型仓库里，这里唯一的慰藉是，如果她坐到那张简易床上，可以通过一摞货箱上的铬合金看到倒映出的出口。两名守卫进入莉莎狭小的临时牢房，她紧张地站起身。她不想再经历无聊的审问了，同样的问题稍做修改反复问，只为了让她露出马脚。平时只有一个守卫，但今天来了两个，这令她疑虑陡升。她讨厌被胁迫，讨厌他们利用身高和体型迫使她退到灰白色的墙边。他们从两旁抓住她的手臂，其中一人拿出一个黑色的头罩套到她的头上。

　　恐惧如炽热的闪电般袭来。

　　当他们拉着她要往前走时，她慌乱之下反抗之心骤起。"等等！"她拒不配合，结果他们只得拖着她出了牢房。"我们要去哪儿？请告诉我！"她已经被审问了差不多两周了，也没人告诉她这是哪里或者拉姆怎么样了。她和拉姆被堵在匹沃洛斯城一个地下停车场的死角，一起被抓了进来。拉姆被推进一辆面包车，她则被举起来丢进了第二辆。车载着她开了一小时，也可能更久——肯定不到两小时——然后就被蒙住眼睛下了车。

没人会向她透露一丁点儿线索，她也不知道等着她的是什么样的未来。

现在，事情突然有了变化。

她最怕的事情来了——她这是要被送到 ONI 的黑牢去了，就此人间蒸发。

他妈的，绝对不去！不要现在，不要孤独无依。尼克还在外面，东躲西藏，亡命天涯……她唯一知道的，是他没被抓。噢，老天。要是她再也见不到他了怎么办？想到这点，她的身体不由得僵住了。然后，她拼命扭动身体，奋起反抗，使出了浑身解数，同时不断地怒吼和尖叫着，想让全世界都听到她的呼喊。

察觉到空气的变化，她停止了挣扎，抬起头来。

她的手臂被守卫抓得生痛。汗顺着脸颊往下滴。她在头罩里艰难地呼吸着，脚下也跟跟跄跄。但她终究是到了室外，这让她第一次有了一丝希望。可能之后她再也没机会来到外面了，这可能是她逃出生天的唯一机会。

空气中弥漫着引擎燃料的刺鼻烟味，她听见熟悉的推进器震动的低鸣。周围很嘈杂，各种声音和气味冲击着她的感官。不难猜到，她是被带到了一个距离匹沃洛斯城不到两小时的某个造船厂或机场的繁忙停机坪上。

她听到鞋底踏在地面上的声音,又一些脚步声靠近。当她听到拉姆的咒骂声时,只觉双腿一软。

"拉姆!"

"你最好闭上嘴!"其中一个守卫厉声说道,同时还用拇指用力按压她胳膊上的一处瘀伤。

"拉姆!"

"莉莎!"

经历了这么多,他的声音终于让她崩溃了,温热的泪水夺眶而出,喉咙里发出一声抽泣。

"带他们上飞船,马上。"有人下了命令。

她被推着往前走,刚迈出几步就感觉到一种新的震动传来。停机坪上随处能感到飞船引擎的震动——她已经无比熟悉了——但是这种震动不同,要更深远一些,而且一次比一次强烈。

又是一震。

她感到身边的守卫都停住了脚步,她还听到了叫喊声、命令声、警报声……

地震本应像她被监禁期间感受到的那样逐渐消失,但这次越来越强,现在连她都站不稳了。

地面开始随着一个又一个强烈的震波起伏。

两个守卫努力保持平衡,抓住她的手也更紧了,她成了他们的杠杆。

一个娇小的女孩哪能稳得住两个ONI大汉，结果他们在又一次地震中全都摔倒在地。莉莎个子小，从人堆里爬出来也快。她重获自由后的第一件事就是扯下罩在头上的倒霉罩子。一股热风扑面而来，把她的头发吹得乱七八糟，一些迷住了眼睛，还有几缕头发被泪水粘在了脸颊上。

停机坪进入了紧急状态。

她面前有一艘巡猎舰，飞船货舱中的箱子和补给纷纷翻倒。机库边一摞集装箱也散落一地。机场远端的尽头处有一个发电站，现在已经爆炸起火。穿着黑色制服的男男女女有的四处奔忙，有的站在原地发号施令。

莉莎在一片混乱中寻找拉姆。

在那里。

"拉姆！"

他正趴在地上，挣扎着想要站起来，但之前押送他的守卫之一正死死地抓住他的右脚脚踝。拉姆用左脚踢他，结果左脚的脚踝也被抓住了。莉莎赶紧跑了过去，把拿在手里的头罩套在了那个守卫的头上，猛踩那人的手腕，最后那人疼得大叫，只得放开了拉姆。

一道尖锐的、雷鸣般的破裂声在这片区域上空回荡，声浪向他们铺天盖地袭来。大地应声撕裂，停机坪被一分为二。

地面隆起，把莉莎往前推，撞到了正从地上爬起来的拉姆，他骂出一连串脏话，但是因为戴着头罩的关系有些听不清楚。

莉莎一把扯下他的头罩，终于看到他充满怒意的黑色眼睛。她这辈子从来没这样高兴过。"谢天谢地。"她笑得很是灿烂，伸出双手给他来了个拥抱。

"你看到尼克了吗？"周围太嘈杂，她只能对着他大喊。风很大，余烬乘风飘散。面前巡猎舰引擎的嗡鸣声越来越大，它为了自保即将升空，他们必须动起来。

"没有！关我的那边没看到他！"

"我这边也没有！"

她扫了一遍这里的建筑，只有两个用作货舱兼机库的大型复合建筑，说明关押的地方就这两处。很好。如果他俩被分开关押在这两处，那就没地方关押尼克了，说明他没有被抓住。

他们身后，地面又裂开一处深坑，将一栋楼吞没。巡猎舰的引擎再次加力。噢，见鬼，他们就要被蒸发了。"我们快走！"

拉姆拉着她的手，向贫瘠的丘陵地带跑去，将停机坪甩在了身后。

他们要去找尼克。他们必须找到尼克。

然后他们就离开这倒霉星球，前往迈尔之月。

他们的逃生路线完全是生死挑战的赛道，道路崎岖，四处又有巨石坠落。大地发出如雷鸣般的轰隆声，咆哮连连，最后爆裂开来，听起来好像他们身后的整片区域都被撕裂一般。

到他们冒着极大风险万不得已停下来时，莉莎的肺部好似火烧，她的膝盖、手掌、手肘、肩膀、前额都有不同程度的伤口和瘀青。本来在山石嶙峋的荒凉山丘上飞奔就很危险了，现在还加上了强烈的地震，这一路真的是生死一线，地面不断摇晃、震动、坍塌，他们摔倒了几十次，头顶上崩塌滑落的山石如雨点一般砸落，他们仿佛置身枪林弹雨之中，边跑边躲。

他们身处附近最高的几座山峰之一，莉莎从制高点看出去，所过之处已是一片狼藉。一半机场和那两个机库都消失了，湮没在一条狭长的裂隙之中。那道裂隙延伸至一公里外一个圆形天坑的边缘。大量的岩石和尘埃还在升腾，让人很难看出那个天坑到底有多大。

拉姆弯下腰，双手撑在膝盖上喘着粗气，不过他的眼神却是牢牢地盯着山下的那片惨状。

"到底发生什么事了？"莉莎问，她终于缓过气来。

拉姆缓缓直起身，把头发拢向后面。

他答不上来。他们看到厚厚的烟尘中有两艘飞船，好像是巡猎舰——能见度太差了。两艘飞船发出多枚导弹，导弹的尾焰照亮了尘土飞扬的天空，直直地往上飞去。两人的视线也被导弹引着看向天际。

莉莎看到雾霭和尘土之中有一只长有翅膀的庞然大物的轮廓。

"我的天，"拉姆说着赶紧把她往下拉，"趴低！"

他们刚跪伏在地，一阵猛烈的风从他们背后吹来，拉姆把莉莎护在身前。好像前方产生了真空，将山丘上所有散落的石头和泥土吸了过去,他们两人的身体也开始向那边滑去。拉姆把莉莎抓得更紧了。

忽然,所有的事物都静止了。

完全静止了。

莉莎只能听到自己的心跳声。

他们刚松了一口气,莉莎便听到一个从未听过的深沉、异样的声音,那个声音轰击到这片区域后,她的身体感到一阵致密的震荡波透体而过,令她耳膜尖叫,牙齿打战。

接着静默降临。

所有浮在空中的细碎尘土落下,轻轻地敲打在山丘上。

拉姆松开了抓住莉莎的手,一屁股坐到了地上,震惊非常。他们看着那两艘巡猎舰悄无声息地掉落进了天坑之中。

"EMP①。"她说,她听到自己的声音怪怪的,好像从水下传来。

"什么?"拉姆把一根手指伸进耳朵转了转。

"EMP!"爆炸声从天坑中传来,然后升起夹杂着火光的滚滚浓烟。

她抬头看去,天空中什么都没有。刚才在那里的东西已经不见了。

似乎恐怖和迷茫的情绪不只占据了莉莎的内心,它还笼罩了整片大地。莉莎甚至不知道能否理解刚才发生的一切和她

---

① 即电磁脉冲(electromagnetic pulse)。

在天空中看到的那个东西。如果尼克在，他可能会知道吧……

她看了拉姆一眼，见到他的反应跟自己差不多。

"我们得去找我弟弟。我们得离开这个星球。"

拉姆看着远处，说道："我……我不知道我们还能不能出得去。"

又有好几艘飞船从天上掉了下来。

那些飞船就这样无声地陨落，太可怕了，让人难以置信。莉莎的大脑已经震惊到无法接受眼前所见。她为飞船上的人感到痛心，她知道这段无声的景象将困扰她终生。

等到这一切结束时，她一共看到七艘陨落的舰船，也不知道她看不到的地方还有多少。

能激发如此大规模的 EMP 的东西令人恐惧。他们遭到攻击了吗？星盟回来了吗？还是什么新势力？他们有可能卷入战争的想法，把她吓到半死。

她突然觉得，他们肯定没法在迈尔之月团聚了——至少赶不上约定的时间了。他们连自己现在在哪里都不知道，目力所及的区域一片荒芜。她和拉姆要走很长的路才能回到有文明的地方，才能出发去找尼克……如果他还在附近的话，如果他没有离开这个星球，如果他没在刚才那些飞船上的话。老天啊，不，她不敢这样想，也不愿这样想。

莉莎站起身，把脏兮兮的手在裤子上擦了擦。内心深处，隐隐约约的痛楚攥住了她的心，但在别人看来，她只是深吸了一口气再缓缓吐出，然后向拉姆伸出了手："来吧，大叔。我们出发。"

第三十七章

前往堡垒星的跃迁空间中 / "黑桃 A 号"

芮恩还在睡。十二个小时过去了，她还没有醒来的迹象。在得知我们的旅途又有了新的目的地后，她提出去迈尔之月等其余船员，全部聚齐后再前往堡垒星的计划。但我提醒她，有权限过去的本来就只有我俩，莉莎、尼克和拉姆不知道能不能通过戒律的审核，更不要说它的测试了。

而且没理由让他们去冒那个险。

"我们得给迈尔之月那边发个波空间消息①，万一他们比我们先到呢。"她说。

我能看出这事让船长很为难：不得不在我和其余船员间做选择。当我为此表示歉意时，她的回答让我很吃惊："我知道银河系之大，有很多事情等着你去做……不管这次是什么，肯定

---

① 波空间消息（wave space message），飞船处于跃迁空间中时向外界发送消息的手段。

很重要，而且这件事与智库长的过去和将要发生的事情也紧密相关。之前在地球的山洞中时，她跟我说了些话。我知道你必须要去那里，然后，虽然听起来有点怪，但我也知道我有责任带你去。"

我俩好像踏上了同一条很久以前就铺设好的道路，她和我一样想将这条路走完。

即使她还没有做出选择，我仍然对她表示了感谢，然后我扶着她回到她的船舱，帮她躺到了床上。她对堡垒星的疑问稍后再说吧。

钥匙上的坐标将我们带到了一个尚未命名的小型星系。我们来到星系最外围的行星。它有着一颗巨大的卫星，我们靠近那颗卫星时，看到距离它五十万公里处有一个硬光织成的半透明大网，网中间有一个紫色的孔洞。我又核对了一遍坐标，发现原来它不是指向那颗卫星，而是直指那张奇怪的、空灵的网，它在太空中起伏不定地飘着，那巨大的边界缓缓地不断变化、移动着。

——这是一个静态的传送门。

——你还知道什么？

——它很小。只对特定的几把钥匙有反应。只有一个目的地。专用于跨越几百几千光年的远距离跃迁空间旅行。要不要把船长叫起来？

——不用。

——我们正在进入这座传送门吗？她应该想知道的。

他会成为一个优秀而尽职的 AI 的。

——我们正在进入。

我们很顺利地进入了静态传送门，眼前景象看着很是奇特，这张网好像带电，电能由我们周围的庞大的真空能量供给。网的紫色中心慢慢变大，最终将我们吞没，把"黑桃 A 号"送入了跃迁空间中。

现在我们的旅途开始了，芮恩还在沉睡，我回到我"原来"的地方，在萨赫蒂河边找了个地方坐下，看着眼前混着泥泞的河水流动。我手里握着一根还没有散播种子的苇草。我一边摘下苇草的种子，一边回想最近发生的事情，试着把它们拼凑到合适的地方或者完成合理的推测。

智库长说的那些话，那三句话，十四个字。

"查补缺失。导正前途。平我族之遗祸。"

遗祸太多了，根本不知道从哪个入手。而且如今这还有什么意义？至于这话和堡垒星有什么关系——我对那地方一无所知，只知道是个神秘莫测、充满低语和影子的地方。但到底是个什么样的地方？它从战争中幸存下来了吗？上面有些什么？其中还留存有什么秘密吗？

是我所希望的庇佑之地吗？

啊，庇佑之地。想到此就令我心痛。心痛这个词本身，也心痛由它催生的希望。

我希望先行者一族仍有延续……

我早就不该再抱有这样不切实际的幻想了。又抑或并非如此？

这个想法始终萦绕在我的脑海，不停地鼓动我……为了目的，为了某种东西……或许堡垒星有我想要的答案吧。

也可能我把这个目标看得太重要了，可能它根本不成立。目标代表渴求、计划和行动。我已经不是监守者，不再受制于这些东西。我是自由的。

我是自由的吗？

我想起和芮恩在遇到戒律前的那段路上，她对我说的那些话。我想起自己背负的无法释怀的罪孽，完全是作茧自缚。背负着这个重担过了一千个世纪，何其漫长。

新星曾问我，这是不是我自己的选择，如今回顾这一切……我还会发射光环吗？

我还是会做肯定的回答。

或许是时候放手了。或许那之后我才会自由。

我花了很多时间想这些事情，最后又回到当下。

这艘船正在以最佳状态运行。小不点儿的矩阵已经清理干净，再度恢复正常。他通过了测试，现在已经是个很得力的智仆了，他能够驾驭这艘飞船的所有系统，轻松计算跃迁空间导航点，并根据结果对飞船的混合引擎进行有必要的调整。

我……为他骄傲。

看来我已经让自己下岗了。不过我本来也无意成为飞船AI,虽然我做起来毫不费力,但是这个角色太固化、太局限了,而且很容易就让我想起作为罪恶火花的那段过去。我能开一艘或一万艘飞船,不等于我该做或者想做这件事。

我想要更多。

我能做的事远不止于此。

——现在可以叫醒她了吗?

——不,小不点儿,让她多睡会儿。她需要休息。

——生物的弱点。

以他的角度看来确实如此。只是我能够理解,而他不能。

——我分析了扫描托尔巴镇时得到的信号。它们的年代非常久远。我的核心中找不到适合进一步分析的资料。

从许多方面来说,小不点儿对先行者的了解还要胜过我,他是先行者的造物,有着掌管一个护盾世界的崇高地位。他肯定知道,或是他记忆中存有先行者的所有历史和技术……

——需要我帮忙看看吗?

我可以不问他直接去做,但那样就侵犯了小不点儿的隐私,而且我不希望他私自调用我的数据,所以我也不能对他这么干。如果失去了他的信任,我会很难过的。我很珍惜我们的友谊。

——请。

我马上来到他的矩阵中，到达他的核心。这是一个没有地板和天花板的大厅，只有无数面墙，每面墙上有无数的数据格。这里一切都井井有条，我发送出了搜索请求。

几乎瞬间就得到了结果。

与此同时，我已经到了存放那段数据的格子前，格子还用蓝色高亮了出来，等待我查看。

我进入其中。又是一个大厅，不过迷雾浓重，年久失修。

噢，真是乱七八糟的，这些数据点真老旧……

蓝色的搜索结果指示器带着我前往目标。最后停在了一小段数据前，这段数据看来与信号的某部分相符，它对应一个词：

"守护者①"。

---

① 守护者（Guardians）是先行者制造的强大构造体，其职责是在居境范围内维持"衣钵"的秩序，属于秩序与和平的维护者，主要用于监管那些比先行者弱小的种族。守护者有 1413 米高，2 亿吨重，装备有 EMP 装置，以及能轻易摧毁城市和星球的射线武器。拉姆等人遇到的就是一个守护者。

第三十八章

猎户座分子云团 / 堡垒星 / "黑桃 A 号"

"黑桃 A 号"进入跃迁空间几天后，芮恩才从睡梦中醒来。她现在感觉状态比前几周好了太多，身上的伤已经痊愈，失去的体重也在逐渐恢复。她的那些梦也变得平和，只是偶尔会被厄瑞玻斯 7 号行星上发生的那一幕幕惊醒。尽管她不想，但她还是用了皮下预载智能抗焦虑注射器，以缓解在清醒或睡眠时突然出现的闪回带来的创伤和压力。

在接下来的几天里，我们继续修复"黑桃 A 号"在泽塔光环时因坠落造成的轻微损坏和外观损伤，主要集中在货舱和下方的维护走廊内——弯曲的储物箱、熔断的保险丝、破裂的表面……

她默默地工作，脑海中想的都是智库长的自述。她已经不再把那些当作梦境，而是一种互动模拟，一个要么是在山洞中时被载入到她身体中的故事，要么源自更加深层的，是存储在每个人类体内，只需要满足条件便会触发的故事。所以芮恩并不认为自己有什么特别之处，她只是在恰当的时间出现在了恰当的地点。

现在她必须看到结局。她是绝不可能放弃这段旅程的，他们为了走到这一步付出了太多，更不用说火花所承受的一切。

她来到舰桥，生出些许担心和不耐烦的情绪。虽然和船员们约定的时间还没到，她已经想要快点从最终目的地离开，马上跃迁到迈尔之月和船员们团聚，接下来要是有机会的话，她还想联系下她弟弟。

"黑桃 A 号"从跃迁空间出来了。"我们是要去找什么？"她问道，说着走向她的椅子，想要快点见到堡垒星。

"正在计算。"火花说，他的虚拟形象出现在战术桌上的老地方。

"速度降低三分之一，小不点儿。"

"好了，船长。"

"我们到了猎户座分子云团内，距离云团边缘八十光年处。"火花说。

"不可能。你确定吗？"

火花转头看过来的样子说明他非常之确定。她的手臂立时起了一层鸡皮疙瘩。猎户座分子云团距离地球一千多光年。虽然她觉得自己是个彻头彻尾的探险家，但是到了这么远的地方，远离人类疆界，远离她所知的一切活着的生物，还是让她产生了强烈的恐惧。

"你确定那个传送门靠得住？"她几乎怕得不敢问，如果他们在这里搁浅，就别想回去了，就算靠跃迁空间，不管她的飞船有多先进——芮恩也会老死在路上，而且在那之后还要很久才能够回去。

"传送门还开着。两边都可进出。"小不点儿安抚道。

"我们正在朝一个有轻度恒星辐射的星系前进，该星系有四颗行星。"火花说，"两个在近恒星轨道，一个大点的在中距离轨道，第四个在远恒星轨道。都不适合居住。"

"距离呢？"

"三百万公里。"

"那全速前进吧。"她说完坐到了椅子上。

走到半路，他们将速度降低了一半，然后查看长距离传感器。

"我收到异常的辐射读数。"小不点儿通知。

芮恩扫了一眼面前的屏幕，"我看到了。"这个数值也不是太惊人，猎户座分子云团极为广袤，星云之中还包含星云、分子云、电离气体和辐射热点等等，大小以光年计。"外面真是热闹。"她喃喃地说。

"以前有段时期可不是这样。"火花告诉她。

"怎么说？"

"猎户座分子云团是先行者的故乡。几百万年前，一场恒星工程事故导致一连串的恒星坍缩，连续的超新星爆发令云团中的所有生命几近消亡。当时的上古先行者们几近全灭。他们的初生之地吉巴布星，与同在一个星际网络上的十二星系中的许多行星，要么被毁灭，要么再无法居住。虽然很多区域在经过了数百万年后，都已经恢复了过来，但云团中的某些区域至今还有很高的辐射。"

他们前往的那个星系可能就是当年的受害者之一。那次事故很可能使其恒星成了中子星，那些辐射读数可能就源于它。

就她目前所见，分子云团里的这片区域对任何太空种族来说都是没价值的。从超新星爆发中诞生不久的行星或飘浮在轨道上的行星碎片都很贫瘠，也无法居住，从开采资源角度来说，也没什么吸引力——其主要成分是硅酸盐而不是有机化合物，只有很少数含有金属。比起这处又远又有辐射的区域，有无数星区和行星都能更容易和安全地开采资源。

但如果要找地方藏身，这里是极佳的选择。

对星系做了常规的粗略探查后，芮恩将注意力聚焦到了目标行星上。火花异常地安静，她肯定他已经完成了对这片区域和他们目标行星的检查。"咱们聊聊目标行星吧。"她说。如果这就是传说中的堡垒星，它应该也是经历过不少了。

"距离恒星四十亿公里，"小不点儿发言道，"一个有着薄硅酸盐地表的冰川行星。"

"冰层有多厚？"

"大约六百米。"战术桌上的全息投影屏显现出图像。冰层相对平整光滑，但其上有纵横交错的笔直裂缝。

"坐标没问题吧？"

"是的。不过这个行星是死的。核心没有运转……那些遍布表面的裂痕很可能是撞击形成的。没有技术应用的痕迹或是异常结构。"

"那这里总得有什么。我们抵达后就停在高行星静止轨道上。"

距离行星六百七十公里处，全息屏幕闪烁起来，舰桥上所有的屏幕都跟着不正常起来。

芮恩站起身。

火花的虚拟形象闪烁了几下，然后变得不稳定起来。她还没来得及跟火花说话，所有东西都恢复了原状。舰桥上很安静。

"你们俩跟我说说，刚才怎么回事？"

干扰又来了，而且这次更严重。

"船——"火花的虚拟形象开始像一团毛线般被抽走。

舰桥上的每块屏幕都一片漆黑，恐惧直冲芮恩的胸口。片刻平静之后，一抹蓝绿色的光扫过船头。

"小不点儿？"

没有回应。

"小不点儿，说话。"妈的。火花的虚拟形象就要完全消失。"快从飞船系统里出来，到崑从身体里去！"老天，她希望他还能听到吧。"快！"

"黑桃 A 号"舰桥的控制面板和各个操控台随着光芒扫过，

立时停止了工作。芮恩见光芒临近，打开最近的检修面板把飞船切换到手动控制，但面板没有任何反应。此时那光芒照了过来，从面板到她的指尖，再到她身上。她全身紧绷，屏住呼吸。那光芒经过她的手和手臂，照射到了她的身体，带电的光芒让她全身汗毛倒竖。

还没等到光芒穿过她的另半边身体，芮恩就转身跑出舰桥，穿过走廊，跑过货舱上面的狭窄走道。这时她看到火花的扈从已经苏醒了。"我们要夺回飞船的控制权！"她大喊，"整艘飞船正在停止运作！"

光芒追了上来，再次穿透她的身体，她从狭窄走道跑在通向货舱的楼梯上时，她从上往下看到光芒的移动轨迹穿了货舱，向船尾移动，然后再完全消失不见。光芒消失后，"黑桃 A号"突然飞速下坠，甲板剧烈颤动。

飞船失去了所有动力，包括重力产生装置。

"黑桃 A 号"陷入诡异的寂静。她的飞船抛锚了，瞬间失去重力让她向上飘浮起来。她伸手想去抓栏杆，但飞船的极速下坠让她意料之外地与栏杆飞快拉开了距离。

芮恩在货舱中狼狈翻滚，她只有尽量将身体绷直。她眼睛余光所见之物在不断地旋转，为了避免眩晕，她只得强迫自己闭上眼睛，在那之前，她看到有一道银色和蓝色的剪影趴在舱壁的一侧。

一只冰凉的金属大手抓住了她的小臂。她的身体以那为定点，在空中划过一个弧形，然后悬在火花头部，与他轮廓分明的脸面对面。他像一只大蜘蛛一样蹲在墙上，一手一脚固定在飞船上，正慢慢地把她拉过去。还好他有独立的能量源，能自己产生重力，才能救下她。他走在舱壁上，紧紧地抓住她，朝狭窄走道走去。

芮恩回头看了一眼，眼睛瞪得老大。噢，不。"那光又来了。"青绿色的光芒即将再次扫过飞船。

火花加快了脚步，拉着她的手臂前进，她像一个好笑的人形气球一样飘浮在他身后。到了狭窄走道，他拉她下降到能抓住栏杆的高度，然后把她的身体导正过来。两人一起回到舰桥时，那光墙在他们身后也进入了这片区域。

火花把她摁到了船长椅上。

"谢谢。"她说着手动扣上了安全带，"我们需要恢复引擎，至少要恢复推进器。"任何能把他们推离当前和冰霜星球相撞的前行路径的东西都行。

"稍等。"火花缓缓走向主检修面板处，但随着那光墙在舰桥扫过，"黑桃 A 号"又恢复了运转。她鼻子微微皱起。那光芒可能离开了飞船，但好像仍在飞船外面。她快速查看了飞船外的画面，发现光芒将整艘飞船都包裹了起来，而且更糟糕的是，他们仍然以极快的速度朝行星降下。

重力系统突然恢复了，几个系统也开始重新工作。主观测屏恢复后，舰桥上的其他屏幕都从黑色变为了和那光芒一样的蓝绿色,屏幕中间是一个圆圈围着一个八边形的图案。

火花转身异常紧张地看着主屏幕。芮恩不寒而栗,"怎么了？那是什么？"

他过了几秒后才答道:"这是智库长的徽记。"他朝飞船的大观测屏走了几步又停了下来,带着明显的敬畏凝视着外面,"这就是堡垒星。"

"不管它是什么,我们都要和它撞上了。"她试着取得检修面板的控制权。没有反应。"小不点儿？你在吗？"

"呼!"他的声音中还带有静电杂音,"刚才真是……不同寻常。"

"那还用说,"她喃喃道,"你有办法控制引擎吗？"

"没有,船长。"

妈的! "黑桃A号"正极速往行星表面飞去——看不到数据,她猜测他们还有两千公里就要撞上了。芮恩几乎绝望,她松开安全带,又试了试切换为手动控制。如果他们能控制飞船推进器几秒钟,那就可以将飞船调整到非撞击角度……"火花——嘿,醒醒!"

"我认为我们不会撞上的,船长。"他冷静地说道,"看。"

星球的冰层上,突然出现两道平行的裂痕,裂痕向内逐步塌陷,最终露出一条发着蓝绿色透明光芒的入口,光的颜色和笼罩飞船的光一样。

堡垒星正将他们拉入行星内部。

第三十九章

堡垒星

如果我有心，它会像古代战场上的战鼓一样在我胸口敲响，沉重、快速，声如雷鸣。我体内肾上腺素飙升，带着铁锤击打铁砧之力，一种模糊的力量，没有规律，没有疑惑，敲响我的核心，让沉睡的人起身。那些潜藏在我意识之外的东西显现了。

许多声音激荡着。

经过了这么长时间，它们终于现身了。不再在黑暗中沉睡或窥视。

但是，我不能对它们听之任之。

虽然我心绪澎湃，但我必须无视它们，转而将注意力集中在我们眼前的道路上。"黑桃Ａ号"被指引着穿过数百公里整齐的冰层，来到一个网格状的架空层，我太熟悉这样的结构了。

我们行进得不快。芮恩站在我身边，双臂交叉在胸前，一根手指焦急地敲打着她的臂膀。

我们失去了对飞船的所有控制，完全成了乘客。

"伊川星港那时也是这样的吗？"她轻声问道。

她想到了父亲，或许正想着当他的星舰进入那个现在已经毁灭的护盾世界时，是否也见过她眼前的这一切。造化弄人，命运竟将他们两人带上了相似的旅途。

"是的，基底层都差不多。"

她没有再说什么。

"你觉得底下有什么？先行者吗？"她突然问，好像有人会听见似的。她等不及我的回答，又问："为什么我感觉像一只就要被巨人踩扁的蚂蚁？"

"记住，我们并非不速之客。我们是被请来的。"

她怀疑地看向我这边，"海盗也可以邀请你去他家，但并不意味着他就不会偷了你的船，然后把你扔到空气闸外面去。"

"是的。但这里没海盗。"她正要反驳，不过我打断了她，"我不会让你或你的飞船遇到危险的。这是我的承诺。"

慢慢地，逐渐有自然光照进了原本漆黑一片的行星外壳以及内部巨大的支撑结构。

"同样的，"她回答，"我也对你保证。"

她明知自己的人类之躯很脆弱，但她的誓言却掷地有声。我相信她说到做到，即使那意味着她会为此牺牲性命。"智库长大老远把我们叫来，肯定不是为了伤害我们。"我这么说是为了安慰芮恩，但她迟迟没有接我的话。

我们已经完全进入了堡垒星的内部空间。

啊。我目瞪口呆。

我知道我看见了什么，即便如此，还是觉得难以置信。

智库长在设计这里时，有很多样板可以选择，有很多世界可以参考……但她还是选择了地球作为模板。

"天哪。"芮恩轻呼。

震惊、无力、痛苦、兴奋、惊艳——这些情绪在我的核心循环翻腾，让我难以安于其中任何一种。我直接呆住了。芮恩的手搭在我的前臂上。她和我一样，也需要一些支持和支柱。

我们朝一块形状像非洲的大陆下降时，我开始注意到此地和地球的一些差别，这里的大陆都稍有修改。一只绝妙的手创造了一个更加生动、繁茂和动人的世界，将地球这颗粗糙原石切割成了光芒四射的宝石。

但为了什么？

我们正飞向的山峰，无疑是拿乞力马扎罗山做的模板，只是这里的地形更加棱角分明，也更雄伟。几座山的山巅各自建有一座高耸入云的银色高塔。它们在朦胧微光之下闪闪发亮。高耸的尖塔之间，有优雅的天桥连接，造就了一幅我见过的最震慑人心和神秘莫测的景象——就好像整座山脉戴上了一顶王冠，统治世间的一切。

我以前从没感觉到先行者的神性，现在我感受到了。

我深感谦卑和惭愧。

　　我一直怪智库长，一直生她的气——我是完全有理由的，但或许我在那时候没有给予她足够的信任。处于痛苦中的我，常常只从单一的角度思考——我自己的角度——轻视她所编排的宏伟的生之流转。她对人性的爱、对人类的奉献，还有为他们在世界线上的位置所做的努力，都是不可否认的。

　　"黑桃A号"往其中一座天桥飞去。飞船将起落架放下，声音在静谧的世界清晰可闻。很快飞船轻轻地在宽阔的桥面着陆了。静谧再度回归。

　　我们收回放在风景上的注意力，面面相觑。"我不确定自己准备好了。你呢？"芮恩的声音有点颤抖。

　　"我非常确定没有。"我选了故作幽默的语调，此刻我很想露出一个鼓励的微笑，一个"我懂你的意思"的凝视，但是我这具构造体没有这种参数。我只有换成点头的动作取而代之，希望能传达我的意思。

　　我尽力了。

　　我们迈步向飞船的货舱走去。

　　装卸踏板似乎永远都降不到地面，我们借此间隙饱览了从山巅到平原，再到大海的壮丽景色。

　　反射着耀眼光辉的高塔拔地而起，数百千米高，高耸入云。连接几座塔的天桥将群山围拢起来，范围之大，以我的目力望不到头尾。虽然我知道不存在能把我们踩扁的巨人，但我仍然感觉自己太过渺小了。

我的眼睛捕捉到了什么动静。

三个球体从离我们最近的高塔往我们这边飞来。噢，三个监守者，一眼能够分辨出的特别外形——和我还是343罪恶火花时的那种也几乎一样——只不过驱动它们的光芒和将我们引导到这里的那道令人"愉快"的蓝绿色光芒同出一源。

"是敌是友？"芮恩问。

对于这些先行者的传统套路我早已见怪不怪了，船长在这方面的经历还是太少。我明白第一次见到这样的奇迹会受到强烈的震撼，不可避免地产生畏惧情绪。

"没事的。"我跟她说话的当口，那几个监守者已经悬停在离我们身前几米远的地方。

两旁的监守者对我们做进一步扫描，中间那个监守者的眼中则投射出一个先行者的全息影像。

投影出现得很快，形象栩栩如生。

芮恩倒吸一口凉气，连连后退了几步。

这是一个三阶态的女性造物者，头戴朴素的头饰，身着简约的白色护甲，护甲上有许多插孔和凹槽，都是根据该造物者阶级常用的工具特别设计的。她身材苗条，体型娇小，比我的扈从身体矮一个头。她看着我们，蜜色的眼中带着温暖的感情。

我在07特区上见过这种精巧的三维呈现。那时我还是人类，遇到一个名叫"基因修正者"的造物者，环带上内乱爆发时，他为了避免被洪魔感染，自愿将意识和记忆转成数字档案，并继续为智库长效力。

"欢迎来到堡垒星。"她说道，用的是人类的语言，"我是'生而为光'，这位是'黎旦旷野'。"她指了指那个男性全息投影——那是她右边的监守者投射出来的——她举止优雅，很有几分智库长的神采。

黎旦旷野是一位年长的构建者，比我的扈从身体要高一些，相貌堂堂，肩膀宽厚，皮肤灰黑，头发中夹杂有几缕白发，身上还带着旧时构建者阶级的上位者气息。

生而为光左边的监守者投射出的形象是一位敦实的发掘者，脸宽而平坦。他的胳膊和腿都很粗，他的手虽然老但又大又结实。"这位，"生而为光说，"是'秘林之隙'。我们还有第四位同伴'工具保管者'，他终于从创世星①出来了，很快会和我们会合。"

"你们是……智库长前往卡索纳星径时的船员！"我吃惊地说道。

那位造物者平静地点了点头，"是也不是。我们不是本尊的完整印记，受自身能力限制，也没有他们的完整记忆和深刻的人格特质及意识精华。不过，我们的本尊确实为我们每个人在堡垒星的功能提供了框架。黎旦旷野负责堡垒星上所有设施的运维和安保，我负责实行造物者的职责，秘林之隙负责这

---

① 创世星（Genesis）是先行者建造的一个护盾世界，直径29 374公里，其上有通往智域的通道。在《光环5：守护者》中首次登场。

个世界的地形地貌和生态。"

真是非同寻常。"这里没有中央智仆吗?"

"是有意这样设计的。你也可以看作是一种预防措施。"

"你刚才提到的那个先行者呢?"芮恩终于敢说话了。

"工具保管者,"黎旦旷野回答,他的声音洪亮,立刻让我想起了我和宣教士在一起的时候,"他很快就会到了。"

"契卡斯,343 罪恶火花……火花。"生而为光热情地说道,"创世者要是看到命运将你带到我们的圣地,她肯定会很高兴的;当然她肯定知道你已经来了。弗吉船长,人类自古以来就很特别,尤其是那些有她印记的人。"

"有人跟我说过这种印记和它的作用。"芮恩说。

生而为光歪着头,看似有些吃惊,"是的。所有人类都传承了她过去未竟的事业——世代相传,长眠体内但永不消逝。它引动了我们的技术识别出你,并允许我们交流。"

芮恩点了点头。她脸色苍白,异常拘谨。我想她还没适应站在她面前的几个投影吧。要不是她先看到了投影背后的监守者,她肯定以为这些是有血有肉的真人——至少短时间内她看不出来。

"为什么钥匙要带我们来堡垒星?"我问,"这里有人生活吗?"

"因为时机已到。来吧,请随我们到接待大厅,那里有茶点和房间可供你们休息。我们要等工具保管者的进一步指示。"

我们跟着监守者在天桥上走了很长一段路，走进那座高塔时芮恩往我这边靠了靠，"这么高的地方空气本应该很稀薄寒冷才对。"

我的传感器也得出了同样的结论。然而事实并非如此。"我们必须记住，堡垒星虽然以地球为模板构建，但这里还是有很多不同于地球的地方。"

我们每走一步都会有新的问题冒出来，一个接一个，最后多到我都不知道该从哪个问起了。

第四十章

要是往常，芮恩肯定先把要办的事情办了，再搞清楚为什么那钥匙要大费周折，等最后才指引他们来这里。她还急着到迈尔之月与拉姆、莉莎和尼克会合。不过，现在她并不介意等工具保管者到了再说，因为她正好需要利用这段时间消化眼前的见闻。她受到的冲击太大，需要些时间缓和，也好给后面的信息腾点儿地方。

"我看得出先行者投影带来的震惊还没消退。"

这么明显的事情就不用说了，火花。

尽管她的大脑很明确地告诉她，他们都不是真的，但他们的样子真是毫无破绽，而且很有压迫感，让人心生敬畏。突然之间，芮恩明白了为什么以前地球上的人类会把他们错当成神。

高塔底部的大小和一座城市的街区差不多，整座塔由银色合金铸成，抛光程度正好可以映照出走到近前的一行人的模糊身影。塔顶没入云端，她猜高度应该在五百多米。

感应到他们靠近，塔身上凭空出现了一道门。芮恩很是惊奇,跟着三个监守者和他们的投影走了进去。她看到一个闪亮的接待大厅,称之为教堂都不为过。大厅的天花板是尖顶,芮恩仰头极目看去才能看到顶,一时令她感觉头晕目眩。大厅内部除了符合先行者惯常审美的几何线条、棱角和散发着蓝绿色光芒的上古符号文字等装饰外,就没有别的东西了。塔墙上有一个两层楼高的巨大矩形开口,从这里可以看到外面的山与云,远眺到很远的地方。

芮恩的右边,有一个从地面升起的半透明弧形控制台,看样子很可能是个终端。它的后面有一个银色的有几层楼高的中殿,由许多根有棱有角的柱子围拢而成,柱上雕刻的几何线条和直线组成的符号散发着光芒。

那几个先行者停下等芮恩跟上来。原来她不知道什么时候已下意识地停下了脚步。

有个新的监守者从她左侧的一个走廊往这边过来了,外形比其他几个要小一些。"我们的接待监守者会带你们去客房。"生而为光告诉两人,"工具保管者到了后我们会通知你们。"

他们跟随接待监守者穿过一个两边有着奇异半透明墙壁的走廊,来到房间。在她眼前,房间由模糊的框架结构轻而易举地转化为可触碰的实体。一个可躺卧的沙发、一张桌子和一把椅子,墙边还有一排架子。"这太不真实了。是怎么做到的?"

那个小监守者飞到房间另一头的墙边。"我们这座设施是由纯硬光建成的,可以按照住客的习惯提供舒适的环境。"说着墙边出现了一个带有装饰墙的吧台, 然后装饰墙上形成一个凹龛, 其中放着一个盘子, 盘子里放着装有液体的瓶子、杯子和果盘。监守者通过眼睛将盘子移动到了桌子边。

果盘中盛有各种各样的水果——有些是芮恩长大之后就再也没见过的——全部和她身上的衣服一样真实。她拿起一个看起来毫无瑕疵的苹果, 惊奇不已。

"这些房间会让你住得舒心的。想要什么说一声就行。"

芮恩还没来得及将脑袋里积累的几十个问题用语言表达出来, 监守者就飞离了房间。

她看向火花, 他也看向她。

芮恩不知道接下来要做什么。

最终火花走到了装饰墙边。

"你干什么呢?"

"连接他们的网络, 就跟你想咬那颗苹果和试试沙发的舒适程度一样自然。"

她歪着头, "我猜, 这就叫各有所爱。"

"嘘。"

火花沉迷于代码和数据时, 芮恩拿着苹果坐到了沙发上。沙发牢靠又舒服。她咬了口苹果, 一如她记忆中的味道。她嚼着苹果, 又想到监守者刚才的介绍, 于是决定提个要求试试。她还不知道该怎么把东西变出来。她随口说道: "请来张脚凳。"

就这么简单, 一个硬光软垫脚凳从地板上升起, 固化在离她脚只有几厘米的地方。她吞下口中的苹果。像假的一样。她一边吃着东西，一边把脚放到脚凳上，然后她看着脚凳，"可以把它变红吗？"

当脚凳变成令人愉悦的红色时，她打心底里笑了出来。亲爱的上帝。哪怕只是稍稍体验到这种力量，都令人兴奋异常。她现在明白为什么在她听到的所有有关先行者的故事中，他们都表现得如此自傲。

芮恩的脑海中浮现出各种各样的东西。从小时候起就存在于她想象中的那些宝藏，黄金和无价的珠宝，上古遗物和技术。

想要任何东西都可以，是吧？

她脑海中不由自主地浮现出父亲的形象。芮恩知道如果她要求，他是会出现在她面前的——根据她的记忆被塑造出来，就像接待大厅里那些先行者的投影那般栩栩如生。二十年了，她都没见他一面，她多么想他啊。但那始终不是真的⋯⋯

要不⋯⋯卡德？

她的心猛地抽搐了一下。要是看到她的大副带着似笑非笑的神情站在她面前，他身上散发出的那种无所不能的自信就像一种永恒的⋯⋯

六年来，他们之间建立了一种看似牢不可破的情谊和羁绊，以及一种有时很确定，有时说不清道不明的浪漫关系。尽管他们这个行当很危险，但直到去年，她真的以为他们以后许多年都会像双星一样围绕彼此起舞。

胸口的重压迫使她坐直了身体。关于卡德的记忆给她带来的痛苦与她父亲的截然不同。这是一种苦涩的遗憾，一种她因害怕而逃避的悔恨——她害怕如果她捅破那层窗户纸，它会束缚她，让她变得不再是自己。

她的兴奋如此迅速地消散，刚才取乐的轻松心情变成了内心沉重的渴望。她起身拿起瓶子，把里面看起来像是水的液体倒进杯中。她喝了一大口，冰凉的液体顺着她紧缩的喉咙滑下，帮她恢复了一些精神。然后，她决定去看看其他的几个房间。

柔和的环境光将房间之间的通路照亮，暖风引着她来到阳台，阳台一直向外延伸至悬空，下方是嶙峋的山石。从这里看去，脚下的世界离这里有几千米远，棕色、绿色和蓝色的大地仿佛波涛，绵延不绝。要是她的船员们能看到这样的景色该多好……

在世界之巅。仿佛置身天堂，如果它存在的话。在这里确实能看清许多事物……

"弗吉船长？"是生而为光的声音。芮恩回头一看，发现这位监守者没有再用造物者的形象了，而是以本体出现在她面前，这让她稍微有点吃惊。"工具保管者回来了。"

这次打断来得正好。芮恩无意间陷入了哀愁，正难以摆脱。

芮恩和生而为光一起回到了塔中，她调整了心态，将注意力集中在当下。"为什么你不投射先行者的形象了呢？"

"你更喜欢那种交流方式吗？火花说我们用真实形态和你

交流可能令你更放松。"

"不。这样就好。"

"我们原以为用和你差不多的形象交流会更舒服,而先行者和人类在有些方面是非常相似的。难道是我们的假设有误?"

"我只是有些吃惊。先行者……都很高大。"芮恩不大自在地说。

"确实。"

火花没在房间里。他肯定已经先他们一步去接待大厅了。

芮恩在终端边上找到了他,他正和其他两个监守者——黎旦旷野和秘林之隙——站在控制台前。他们也没有用全息投影,所以完全没办法区分他们谁是谁。生而为光走在芮恩前面,回到另外两名同伴身边。他们都看着悬浮在中殿上的第四位监守者,他被放置和固定在一个看起来像是硬光形成的静滞力场中。

"……开始传送。"黎旦旷野说道。

芮恩走到终端前,站在火花旁边,"这是在干吗呢?"

"工具保管者回来了。他的印记正在被传送到监守者中。你感觉怎样?"

火花的问题让她措手不及。"我感觉还行,怎么了?"他们以这样的形式来到这里对芮恩的冲击也不是太大,要说有谁因为某种原因受到冲击,应该是他才对。"你呢?"

他沉默了,和平常一样看不出表情。"我也还行。"

监守者的躯壳慢慢被光填满, 直到它发出的光芒和同伴们一样明亮。新来的监守者可以动了, 他上下左右移动着, 好像是在测试灵敏度和抖落束缚它的蛛网一般。它的眼睛发出的光更亮了些, 几秒后一个低沉的男声在空中响起: "传输完毕。正在下载堡垒星的事件日志。稍等。"

芮恩应该是这个房间中唯一活着的、还在呼吸的生物型的生命形态——无法像其他人一样连接网络和接收信息, 而且因为其他人都没有表情, 她也无从判断他们的意图或状态。不过, 此时房间里的紧张气氛, 不需要成为天才人工智能就能感觉得到。"他是什么来头?" 芮恩悄声问道。

"他是被困在创世星护盾世界的一个构建者, 之前他不知道堡垒星的位置, 所以没法创建回来的链接。我们的到访使得堡垒星的护盾短暂地发射出了某种信号。我想他捕捉到了那个信号, 然后终于逃回来了。"

"你只说对了一部分。" 新到的监守者抑扬顿挫地说道。工具保管者飘浮在终端上方, 投射出了一个先行者形象。

芮恩感觉自己永远习惯不了这个。

一眼就能看出工具保管者是几位先行者中最高的, 站着差不多有四米。他身穿光滑的饰有蓝色线条的黑色护甲, 护甲的部分部件飘浮在他宽阔的肩部周围。他的皮肤是柔和的灰色, 隐隐还带有一丝玫瑰色, 他的眼睛是墨蓝色的, 带有银色和锈色斑点。

这样自然能看到对方的面部表情了。倒不是说他什么情绪都摆在脸上。工具保管者的脸很僵硬，但也能明显看出他对火花毫不掩饰的蔑视。芮恩心中暗自警惕。工具保管者从头到脚打量了火花一眼，看他表情就仿佛看到什么令他讨厌的东西一样，"战斗扈从……不幸的选择。"

"他别无选择。"芮恩用同样不愉快的语气回敬。

工具保管者仿佛纡尊降贵似的向她打了个招呼，他同样看不上区区人类。"我现在也是别无选择。"他转向其他几个监守者，"我们必须开始启动程序，为堡垒星的启程做准备。"

"当然。"其他几个异口同声地回道，然后飞去了不知道哪里。

工具保管者高傲的目光又落回到芮恩身上，显然心中有了什么结论，"虽然你的到来属于意外，但我想我可能会用得上你。跟我来。"

"等等，"芮恩说，"你说的'为堡垒星的启程做准备'是什么意思？"

"创世星已经被毁坏了，我是被迫逃出来的。虽然花了一些时间，我的信号穿越太空时可能而且会被跟踪。我们必须在被发现前把堡垒星移去安全的地方。"

"那到底是要躲谁？"

"守护者。"

工具保管者和火花交换了会意的眼神。

"有场叛乱发生了。"火花解释道，"由几个 AI 联合起来，被一个自认比人类更有资格继承责任之衣钵的人领导。他们不仅仅要继承, 而且要强制所有人遵守。[①]"

"天哪。"她还被蒙在鼓里, "你现在才跟我说?"

"过去几周, 我一直侦测到某种微弱的信号, 是刚刚才发现那信号已传遍整个银河系, 唤醒了不止一个守护者。"

她不想相信这是事实, 不过种种迹象都能得到印证。她记得在他们出发前往泽塔光环之前, 就听到过全宇宙殖民地范围内地震活动加剧的新闻报道。AI崛起并取得控制权是一种常见的世界末日预言, 每隔几十年就会受到关注, 但到这件事真的发生时, 却让人很难接受。

"好吧, 那我们现在怎么办?"

工具保管者眼里闪过一丝赞许的神色, "我们赶快行动。"

他们离开高塔, 疾行穿过天桥, 朝一艘悬浮在山崖的船型运输飞船走去。弧形的船体在头尾处稍稍翘起, 简洁漂亮。他们走近后, 踏板便从船体伸出。工具保管者上船后走向船头, 火花跟在他后面, 芮恩则走到了船尾。整个过程飞船没有发出半点儿声音。飞船是敞开式的, 他们都暴露在外面, 这样的高度让人提心吊胆的同时亦觉得很兴奋。

她站在飞船上, 抓住栏杆, 随着飞船快速驶离那座山, 看着白云从脚下掠过。

---

① 这是《光环5: 守护者》的剧情。科塔娜进入智域获得永生, 打算亲自继承"衣钵", 那些守护者也是科塔娜唤醒的。

第四十一章

我们飞速下降，往大陆北上方向飞去。工具保管者站在船舱处，眼睛看向前方，神色冷峻，散发出不可接近的气场。他对我的扈从身体的反应并不让我意外。构建者阶级历来对武侍阶级和其装备没好脸色。

我等待、倾听，静候机会，让潮流带领我去往各方，我知道世上还有许多东西等待我发现。飞船来到一片广阔的稀树草原，掠过一片巨大的湖泊。我认出这是维多利亚湖。这片湖为一条叫尼罗河的蜿蜒河流供水，此时我们正沿着它继续北上。

"工具保管者，我们要去哪里？"我问。

"星所。"他稍微侧身，看了我好一阵，然后颇为不情愿地说，"你非同一般的经历已经超脱了扈从躯壳的平庸。"他摆了摆手，制止我做任何可能的回应。"我知道你的故事。无论是你人类时期的，还是监守者时期的。我获取了所有相关数据。我们很像，你和我。"

"怎么说？"

"我们都经历了长眠, 再睁开眼睛时已经是一千个世纪以后了……" 他凝望外面飞快经过的景色, "太多东西都已经失去。"

我知道这种失去身边重要的人的痛苦, 让人难以承受; 我还知道, 相对于宇宙已经跨越的时间鸿沟, 自身的改变却很小, 适应这两者的差异会带来怎样的挣扎。如果我没搞错的话, 工具保管者和其他监守者不同, 他是完整的印记, 或自己前身的完整意识精华。一个没有身体的心智, 和我一样。

我一定要知道, "你遇到什么事了?"

"我是仅存的所有了, 扈从。我本来应该回来和生而为光、黎旦旷野还有秘林之隙一起担任堡垒星的护卫, 但是洪魔大举入侵先行者的世界改变了许多事。我和同伴不断地被战事拖延, 投入一场场战斗, 躲避追捕……最后, 作为生物活下来变得越来越困难, 所以我们抛弃了肉身以杜绝被洪魔寄生的可能, 以此保证堡垒星的存在不被洪魔知晓。我们在这里建立的一切都是依照智库长的指示做的, 是给洪魔掘下的致命坟墓。如果被发现了, 我们做的所有努力都付诸东流了。所以我们成了意识精华, 躲进智域中, 直到战争结束, 到堡垒星的路径也能被安全又隐秘地保管起来。

"我们都不知道的是, 后来光环阵列的发射几乎将智域摧毁。我们被困在了里面, 分散各处。所有东西都……漆黑一片。我不知道其他人怎么样了。我担心他们的本源意识精华已经丢失了。最近，创世星连入智域的举动使我醒来，那时我才发现原来已经过去一千个世纪了。

"我躲起来，等待时机，同时寻找堡垒星，但是哪里都找不到。我只能猜测，这是因为堡垒星的安全措施在过去某个时间点被开启了。

"脚下的大地已经变成了沙漠。看来我们已飞过了尼罗河，向西进入了这片沙漠。

"我还在处理过去发生的一切。先行者的终结……"工具保管者沉默了很久，仿佛他的故事也已经落幕，"现在我们面临另一个威胁。我再说一次，我们时间不多了。"

我们沿着沙漠中一个绵延数公里长的锯齿状大峡谷飞行，然后降低高度，飞入峡谷之中。前方，一个巨大的流沙旋涡旋转下陷，慢慢露出一个宽敞的入口。我们的飞船减了速度悬停在上方，然后慢慢下降穿越入口，进入护盾世界的地表深层，最终到达了基底层。通道入口的周围被数千个发着柔光的护卫把守，它们都聚在一个由纵横梁划分出的网格中。

又过了几分钟，垂直的通道打开，我们抵达了星所。我马上明白了，这个地方的存在只为了照料一个东西。那东西被固定在中央：一艘让人惊叹的飞船，能够唤起古老的记忆，彰显着先行者的独创性和设计感。与之相比，我们宛若沙尘。我们缓缓下降，来到它优雅的阴影之下，进入一个中等大小的平台。

船体长一百米宽三十米，在先行者造的那些令人印象深刻的飞船中算不上最大的, 却是最精美的。船体散发出珍珠一般的光泽。飞船是椭圆形的, 从中部开始伸出五个尾翼, 越往后越大, 尾翼长约八十米, 又为飞船增加了不少长度; 它的形态像一只游动中的海兽, 在受到巨大推力后向深海奋力游动时的样子。

"这," 工具保管者骄傲地说道, "是'伊甸号'。"

"我的天, 它太美了。" 芮恩说, 她的身体摇摇晃晃地搭在扶手上往前探出。

"谢谢。"

她回过头惊讶地说: "它是你们造的吗?"

他僵硬和高傲的表情被温柔替代, "就在星所里造的。智库长指导我们以'勇者号'为基础做了些修改。'勇者号'是我们乘着去卡索纳星径的飞船? 你想看看飞船内部吗?"

我们跟着工具保管者过去时, 芮恩看向我的表情绝无仅有, 她的笑容极具感染力。我仿佛能清楚听见她的心在歌唱, 能想象出她此刻的敬畏和崇敬。她热爱飞船、太空旅行、飞船设计⋯⋯而这艘飞船便是梦想的化身, 一个近在眼前的、通过技术创造的艺术品。

一座光桥眨眼间便已搭好。我们走在上面时, "伊甸号"的船身自发地打开一个入口。我看到下方还有几座光桥, 生而为光和秘林之隙还有几十个监守者正在将几千个储物筒和生态环境箱搬运进储存舱。

我们进入飞船，发现内部的墙面也很不一般，它们是由硬光和可变形合金制成的半透明感应墙，我们可以看到各个区域和隔间的情况。这些墙可以根据每个人的喜好移动位置和改变形态，可以关起来成为私密空间，也可以完全收起，腾出空间。

"这边。"我们上到中央竖井的电梯前往舰桥。

随着我们的到达，舰桥立即实体化。工具保管者走近，舱壁处出现一个流线型的控制台。飞船的智仆出声问候了工具保管者。

芮恩在舰桥随意地四处参观，"造这艘飞船是做什么用的？"我看得出来，她除了赞叹之外，还想知道我们来这里的原因。

"遵照智库长的命令运送超大量的货物。本来这些都是我的职责，在堡垒星上监督构建者工作，并在时机到来时启动'伊甸号'，执行创世者的指示。"

"是什么样的货物？"她问。

最初工具管理者没有回答，不过他终于开口说道："我不能说。"

"那你为什么带我们来这里呢？"

"我需要你们的钥匙才能启动序列。等待的风险太大，'伊甸号'必须在我们将堡垒星移进跃迁空间之前离开，而且她早就该启程了。我必须完成我的使命。"

芮恩看向我，那表情是在征求我的意见。见我点头同意后，她从兜里拿出了钥匙。工具保管者带她走到舰桥控制台，两个钥匙孔从中升起，他与芮恩并排而立。他也取出一个硬光钥匙，然后两人一起将手上的钥匙插入孔中，随后"伊甸号"明显开始了启动程序。

这个过程期间，我脑海中毫无征兆地响起工具保管者的声音："有些秘密是人类无法保守的，即使他们并不想如此。"

"她和我一样是被钥匙引导到这里的，她被拉进传送门，通过了戒律的测试。"

"那是智库长最后的手段。"这位构建者回道，"你们拿着的钥匙本来应该是智库长亲自带来的。不过我知道智库长找到了别的办法，这是她一贯的作风，她总会为其他可能性做好准备，把必需的人类生物特征、你的先行者知识和能力集合到一起，形成你俩这个组合。"

"你认为这一切都是智库长计划好的吗？"

"我认为这是许多可能中的一种。"

他谈起智库长的时候仿佛智库长没有死，还在别的什么地方。我知道这种感觉是因为他还没有习惯新的现实，而这个现实中智库长已经不在世间了。

"你说过你需要我们。"我提醒他。

"不过只需你们中的一个，现在就有这个必要。"

"我听着。"

"堡垒星需要一个智仆。"他直截了当地说。

难道他说的是……

"一直以来堡垒星都需要三个完全独立的智仆管理——像你这样有着完整心智和丰富经验的意识精华，具备情感和道德，有能力适应、学习，也能依靠直觉和前瞻性做出判断。你们先前遇到的两个负责照管的监守者不是本尊意识的直接拷贝，为了避免像以前那样被争战级 AI 偏见之僧策反的事件发生，它们经过特别的设计和限制。"

太遗憾了，生而为光、黎旦旷野和秘林之隙的意识精华没能从智域中逃出来。

"现有的监守者已经做得极为出色。"我说。

"要是守护者发现了这个地方呢？这里还有不少东西……这里是创世者的实验室，远离议会，远离规约和教条，这里有她最危险的研究和实验……如果我们的监守者被策反，或者立场不坚定的话……"

我吓了一大跳，原来他在这里等着我，"你认为我不会被动摇吗？"

他语气中带着笑意，"我认为你有足够好的理由不被动摇。"

奇怪，我无法得知他这句话的含义。

"智库长的钥匙，"他继续说道，"拥有堡垒星全域和其上所有照看人员的控制权限。"

堡垒星一直是虚无缥缈的存在，一个无意义的词，一种怀疑，一种信仰。多年来，我以希望填补其虚无，假设它是还活着的先行者们的圣地——光环阵列发射后重新撒播在银河系的种子——希望破灭了。

可能是我搞错了。我们刚来这里时我就失望了。问候我们的不是活着的先行者，只是几个幽灵。

我所到之处，全是幽灵……

还有……他打算让我掌管堡垒星。

"伊甸号"的反应引擎启动了，凝聚出水晶般通透的真空能量和动力。芮恩转过身。刚才我和工具保管者的交流只过了很短的时间。

"你要去哪里？"我问他。

"银河系之外。"

"你会回来吗？"

"这里没有任何东西或人等着我回来。这是我的飞船，由我亲手打造的。飞船在哪里我就在哪里。贡多拉会把你们送回高塔的。我已经将我的批准发到接待大厅的钥匙接口。"

"你默认我会留下。"

他的嘴角扬起一抹微笑。又是那种自以为是的表情，"我对你的了解超过你所知，监守者契卡斯。欢迎回家。"

工具保管者从钥匙孔上取下智库长的钥匙，带着感激之心把它交还给了芮恩。她拿了钥匙回到我身边，对我们的对话毫不知情。

我们离开之前，我要求他再回答一个更紧要的问题。如果他需要我——如果智库长需要我——一定要告诉我。"'伊甸号'是为什么目的而造?"

他看着我好一会儿,然后答道:"赎罪。"

第四十二章

两人从星所回到了高塔，一路无话。火花全程都在看外面的风景，芮恩知道他心思不在脚下，思绪多半跑到十万八千里外去了。

古怪的气氛让她察觉到有什么东西发生了变化。

"黑桃A号"还停在原地，像在一艘航空母舰背上的小虫子。不过那也是她的小虫子，她和"黑桃A号"都不属于这个世界——尽管这里无比美好。这个世界也不属于他们。

运输船将他们送到了天桥的西北侧。在那里他们可以看到"伊甸号"开始了它的首航。

不用说，工具保管者即将离开。

乘着那艘"勇者号"的复刻。

不管那艘飞船上有什么，一定和智库长还有卡索纳星径有关——不可能无关。她的梦境和这把钥匙一直都指向那里。

很快，"伊甸号"出现了。它从西北边的地平线升起，珍珠般的船壳在蓝天下熠熠生辉。它上方很远处的天空中出现了一个不断变大的黑斑,黑斑扩大成为一个通道,黝黑的通道内层和冰冷的外层结构,投下的深色阴影将正下方的"伊甸号"笼罩其中。"伊甸号"的速度随着上升而加快,直到最后成为高空之上一个小小的光点,直直地飞进了黑暗的未知当中。它闪烁了几下,然后消失了,身后只留下真空能量紫色的轨迹。

火花不发一言,转头向塔中走去。

"嘿。"芮恩赶紧跟了上去,"你走错方向了吧。飞船在那边。"她指着"黑桃 A 号"。

"我们的事还没完。"

"但是我们还是需要回到飞船上去。堡垒星就要前往未知的地方,我们需要在那之前离开。"

他没有回答。

"火花。"

"我需要钥匙。"他伸出手。

"好……"她摸了摸口袋,把钥匙拿了出来,然后递了过去。

他继续朝高塔走去。有点不对劲,她心中有所感觉。

两人来到接待大厅,他马上朝终端走去,她紧随其后,想要搞清楚他的态度为什么有如此大的转变。

"我还以为钥匙解锁的财宝够我们装好几个反重力盘呢,结果还是空手而归。"她笑着说道,来到终端前站在他旁边,试着和他交流,让他开口说话。

他用那个看不出任何表情的脑袋看着她。良久,芮恩的心沉了下来。"我不会空手而归的。"他插入了钥匙。

接待大厅中响起一个悦耳的女声，清晰无比地陈述了一个事实："欢迎，04–343 罪恶火花。护盾世界 0983，代号，堡垒，现在听从你的指挥。"

芮恩的心跳都停了一拍。

两人相对无言。

她太过震惊，好不容易才找回了自己的声音："你要留下。"

不然呢？堡垒星是他的了。可能她不该这样吃惊，她早就知道他注定要承担某种重任。

他弯下身，一只手放在她的肩上，与她面对面，"我听到你血液在你血管中涌动的声音，芮恩·弗吉。我能看到你眼中的恐慌、心中的担心。"

"我有足够的理由这样。谢谢你指出来。"

"我指出来是因为我和你一样很挣扎。"

他的坦诚让她勉强挤出了点笑容。

他们相处的这段日子里，她逐渐变得很喜欢他。"拜托不要这么做。"这是个软弱自私的请求，话一出口她就后悔了，"对不起，我——"

"不用道歉。被人需要是很好的事。"

"你确定要这么做吗？"

"确定。我决定当堡垒星的照管者。我不属于过去，也不属于当下。你的世界没有我的位置。但是这里，我立于时间之外，是我的归属。和你还有船员们在一起的时光真是……非常美好。我变了，以我从来不敢想的方式与我的人性建立了连接。但这是不可持续的。当有一天你、拉姆、尼克和莉莎不在了，我的人性也无法持续下去。"

她已经能感受到，当那个时刻到来时他的失落，她理解他。

"他们会想你的。"

"我也是。"火花指向"黑桃 A 号"的方向，芮恩知道离别的时候到了。他们一起走向塔外。"有件事你应该知道……莉莎想上大学。我已经对她的每个最佳选择做了详细分析，我还做了份技术原理图，通过原理图可以打造一种可以完美改变她身份的皮下 ID 芯片。我告诉你是因为我担心她永远都不会跟你开这个口。"

芮恩张了张嘴，不知道该说什么，甚至不知道对这个突然听到的消息该做何反应。但火花举起一只手。他还没有说完。

"还有，我给尼克留了些定理和图像，还有张璀尼尔星的地图，在上面标明了一些技术的位置，我相信他会觉得很有研究价值的。我还得遗憾地告知你，拉姆也打算离开'黑桃 A 号'了。他买下了云屋星上'往昔号'的一间酒吧的所有权。还有诺尔·菲尔想请拉姆运营她的交易中心，还打算请你一起，那样她就可以退休了。"

芮恩脑袋一片空白。

她太吃惊了，机械地一步一步往前走。一阵暖风吹乱了她的头发。他们差不多走到"黑桃 A 号"的尾翼下了。"为什么你要告诉我这些?"因为老实说她听得心碎。

"他们害怕说出来会伤害你,所以很难自己说出来。他们是你的朋友——我们的朋友。所以他们都非常忠诚,而这或许会令他们做出给自己留有遗憾的选择。人类的生命太短暂,时不我待……对他们和你来说都是,好好利用它。"

这一切都发生得太快了。她想有几分钟喘息的时间,停下来好好思考,想想有没有比分开更好的办法。

"我已经完成了小不点儿的修复工作。他会是很棒的'黑桃 A 号'舰载 AI,和人类的智慧型 AI 相当。"

"我不知道还能说什么——你在催着我离开这里。"

"确实有一整个世界在等着我去打点。"火花轻声说道。

"我知道。可要是你被跟踪怎么办?"

"离开这里后,是不会留下踪迹的——路径没问题,跃迁会很干净。而且我之后还会跃迁一次。我已经下令开始生成传送门了。"

"那我猜咱们只能就此道别了。"她不喜欢离别。好像她总是在和她关心的人说再见。

他一只手搭在她的肩上,她握住那只手,使劲捏了一下,紧抿着下巴。

"你不止将我看作一堆金属和代码,为此——也为了这场冒险——我无论怎样感谢你都不够。"

　　"彼此彼此。"她说不来那些陈词滥调，她能说出口的比他优雅的道别要差太多了。在她意识到他要留下来的瞬间，那些言语都崩散到九霄云外去了。她深深地吸了一口气，有些颤抖，她用尽全力挤出一个很美好的笑容，"反正，你知道去哪里找我们……"

　　"我当然知道。"

第四十三章

芮恩坐到船长椅上,启动"黑桃 A 号"的点火程序。

"你好,船长。"小不点儿熟悉的声音响起。

芮恩笑了,"你好。听说你升级了。"

"什么?"

芮恩笑了,擦了擦眼睛,"升级了?"

"噢,对,太对了。确实。我得到了很多很多升级……"

小不点儿这种心不在焉的回应风格,她不由得怀疑是火花故意弄的。她对火花那令人啼笑皆非的幽默感太熟悉了,所以有九成把握他是故意的。

"所有系统均在线,并以百分之百的状态运行中。不过,隐形功能还只有百分之八十的程度。我们要离开了吗,船长?"

"是的,而且要尽快离开。我们出了护盾世界后马上打开传送门,从传送门出来后马上进入前往迈尔之月的跃迁空间。"

"这主意很棒。"

主观测屏亮起，出现了火花的身影，"你们可以起飞了，弗吉船长。"

观测屏上同时显示出两个版本的他，妈的，她好不容易才控制住自己的情绪。他投射出契卡斯的全息影像，真正的、原原本本的他，曾是人类的他，可能现在这个形象更年长和睿智一些吧。泪水在她眼眶里打转。她清了清喉咙，"不是吧？你现在这样对我？"都一起经历了那么多。

契卡斯的形象耸了耸肩，一边嘴角扬起，向她投来一个得意的笑容，一个该死的粲然笑容，"就当是离别留念吧。"

诚如他所言，这真的是他能给她最好的念想了。

第四十四章

一整周过去了，芮恩等得有些心焦。她什么小道消息也没有打听到。哨站的小型通信阵列还在维修中。这个星系受到疑似 EMP 冲击波的攻击，攻击之强就连最偏远的几个哨站都被波及了，迈尔之月和它连通外界的通信机能也包括其中。人们最后听到的只有几声求救声和信息片段，根本无法知道发生了什么事情，一切只有等通信恢复才知道了。

她疲倦烦躁，一直提心吊胆，无比急切地想去找她的船员。她和小不点儿每天都要争论一番，他的声音一直沉着冷静，而她的耐心所剩无几。他当然是对的，约定会合的时间还没有到，现在离开毫无意义。

所以她就只有和小不点儿斗嘴度日。

如果他再敢建议她去游泳或者训练当地的月光蟹为她捕鱼当晚餐，她可能会当场爆发；要是他再求她试用他在研究了当地动物群后研发的助眠配方，她很可能会冲到海里去，再也不回来了。

她的那些梦——如果她难得睡着的话——从离开厄瑞玻斯 7 号行星之后就一直反复，总是在那峡谷的裂缝处就戛然而止。虽然那里面有什么东西，但她拒绝去看，拒绝知道……拒绝去想。

在她无法入眠的夜晚，她会回想和火花相处的这一年多的时光，重放他们走过的每一步，从货舱中第一次见面，到在非洲融合智库长的印记，使用钥匙，以及那之后的所有事情。

她的船员四散天涯，火花走了，其他人远在光年之外。而且就算他们重聚，之后呢？莉莎想去上学，拉姆在"往昔号"上买了一间酒吧……诺尔·菲尔甚至还为她和拉姆提供了一份工作。没有一个人告诉她上面这些打算。

如果她失去了船员，她不知道自己还想不想重头来过。

如果她不重新开始，那还剩下些什么？

她已经失去了生养她的家庭，然后是伯格，再然后是卡德……

不过凯斯的出现倒是意料之外。她的索纳塔星之行让她看到母亲真实的一面，有些事情直到现在她才明白。她原本有个很好的机会去了解她的母亲，但那时她已经飞向了星辰大海，抛下了母亲。在她之前，她的父亲已经这样做过无数次了。那一定伤透了她的心吧。

　　心伤透了之后，莲恩·弗吉想要在一个新的星球开始新的生活，并切断了和女儿的所有联系。但也没有太绝对。她的母亲还留着以前的照片，还会时常翻看⋯⋯

　　芮恩有后悔的事——实际上有很多——但她不后悔知道了父亲是怎么死的。他走了，她还在适应这个事实，但她的母亲还活着。可能现在是时候补偿她，并且多去了解自己的弟弟了。必须有人迈出第一步。

　　她停下手上无意识的工作，看着眼前的浅海，海水呈现清澈的蓝色托帕石和绿色海泡石混合的漂亮颜色。除了这里的海，迈尔之月是个平平无奇的地方，一个与世隔绝的世界，这里只有少数几处分散在各处的小镇，几间杂货店，还有一帮子避世而居的人。她喜欢这样的地方。

　　这处海边的露营地是芮恩很久以前占下的。只有很少当地人知道这个地方，大多数人都是不会来这里的。她甚至认真考虑过和当地人生活在一起的可行性——谁能想到她这样做是因为飞船上的 AI 不厌其烦地关注她的心理和生理健康？

　　德里·佩格的出现正好帮她从思绪中解放出来。

　　德里来找她时，她正满头大汗，穿着背心和泳裤悬挂在“黑桃 A 号”右舷尾翼处的推进器边上，卖力地给导流板做清洁。“嗨呀，陌生人！”他举起两个装得满满的大布袋子，“这是你要的补给！”

　　她翻身落到地面，“我没要什么补给啊，德里。”

他竖起一根手指将他的宽边帽推了上去，他那张饱经风霜的瘦削脸庞浮现出显而易见的困惑。他从短裤口袋里拿出一个满是灰尘、屏幕还有裂纹的数据板，"这里有你的订单记录啊。"

芮恩伸出一只手，"给我看看。"她扫了一眼清单，看到是一些主食、当地蔬菜、六包装基涅氏牌的烟、四瓶装贪杯蜜酿和两瓶克里普斯酒……汗水流到了她的眼睛里，她用前臂揩了揩，将清单直滑到底。"——小不点儿。"她黑着脸念出一个名字。

"嗯。他真是个好人哪，很健谈。送货小费都提前付了，所以咱们钱货两清啦。那两个袋子你可以下次来镇上的时候还。噢，小心重的那一袋——芙蕾雅给你做了一壶家酿柑橘浆果茶。"

"那是我到这里以来听到的最好的消息了。请帮我谢谢她。"

他递过两个袋子，"祝你度过美好的一天。"

"也祝福你。谢谢，德里。"

他迈着悠闲的步子沿着小路向下走去，消失在了拐弯处的岩石后面。芮恩扛着两个袋子进了飞船，爬上楼梯进了起居舱，然后把袋子堆到了靠近食物储存柜的厨台上，"你要不要解释一下？"

小不点儿的声音从通信器中响起："什么东西需要解释？"

她从袋子里拿出一把把当地的蔬菜和药草，一个紫色的管子，还有米饭和面条。不过，那些喝的嘛，却是正中下怀，尤其是芙蕾雅的茶。

"要吃新鲜的东西才会有健康的免疫系统。"小不点儿说道，"你最近比平常暴躁就是因为缺维生素。"

"噢，我暴躁不是因为蔬菜吃少了。还有我也不缺维生素，因为我每个月都有吃补充剂。"所有优秀太空旅行者都这样做的。

"显然那样没起作用。"

她把芙蕾雅的茶腾到了一个高瓶子里，然后喝了几口。凉凉的、柠檬味，还有甜甜的浆果味，太好喝了……这次还带了点薄荷味，让人惊喜。在这么热的天能喝到这个，让她心中充满感激。"通信卫星今天有信号了吗？"

"没有，船长。很遗憾。"

"那我回船舱去了。"

简单冲了个凉后，芮恩换了身衣服坐在窗前梳理她湿漉漉的头发。她真要被憋疯了，还有几天时间，如果她的船员还没来，她就会动身去找他们了……

一个呵欠在胸中酝酿，待她打出来时，一阵疲劳袭来。她使劲眨了眨眼，房间清晰了又复变得模糊。她身体晃了晃，意识到了什么，"你玩我呢。"

"这是为了你好。"

"你干了什么？"

"我说服芙蕾雅在茶中加入了安眠药。我们聊了之后，她很担心你的状态。我向她保证你会非常感激她的。而且我只付给了她五千信用点。"

"小不点儿……"

"在,船长。"

"你被开除了——"

"你可以之后再谢我。晚安,船长。"

芮恩倒在床上,世界一片黑暗。

芮恩的潜意识里一直极力避免这一时刻。她不想知道,告诉自己不要关心。卡索纳星径属于过去,就应该一直留在过去。

但是峡谷壁上的裂缝不停地呼唤着她。

苍白的太阳在她背后升起,光柱照过她的身体,带来几分暖意。阳光穿过她双脚之间照到光滑的崖壁上,投出一个比她本人小一圈的影子,还有一个高一些的影子是走在她旁边的智库长的。

阳光照亮了黑暗的入口,洒进了裂缝之中。

芮恩的手被智库长握着。她发现,她所感觉到的紧张情绪是她和智库长之间共享的一种能量。她们往前走去,穿过裂缝时,影子遮挡住了洞口的光线。她一时看不清里面有什么,直到两人都进入了洞中。

智库长走在她前面,步入光线照不到的地方。

阳光再度回归,照亮了这片空间,这是一个长宽不过五十多米的洞窟。

芮恩抽气的声音在空中回荡。

洞窟的地面有许多大小如甜瓜的绿色泪滴状植物在阳光的照射下醒来,宽大而又粗糙的叶子展开,轻柔地垂向地面,如同正在优雅鞠躬的舞者;朵朵精致的白色花朵像提灯一样悬挂在茎上,发出星芒般的明亮光芒。这幅景象美得令人窒息。

洞窟中繁星闪烁,就像一个小型宇宙铺展在地上。

智库长跪下来,她的脸被花朵的莹莹光芒照亮。

芮恩是真的在梦境之中。

"某种程度上,是的。"智库长打趣道,"它们很了不起,不是吗?"

芮恩蹲下来。言语、思想、感觉,都无法囊括这里所见的罕有和深刻的意义。

"它们无比脆弱,如同投入旋涡中的精致易碎的玻璃制品。"

芮恩被复杂的情绪所淹没。这么小的事物怎么会引起如此多的痛苦和喜悦、悲伤和惊奇、遗憾和希望?她想她明白了,"它们就像外面的苔藓,是活着的历史?"

"是的。就是这样。活着的历史,传承了完整的遗传密码。"智库长坐了下来,双手抱膝,头靠在膝盖上。她黑色的眼睛中亮起万点星光。"但它们不是先行者。"她用平静的语调说道，"它们是先驱。"

时间静止了。

芮恩听到了那些话，身体如遭万钧之力冲击。

"卡索纳星径中发现两处种族屠杀期间的避难所。是先行者把它们藏起来的——曾试着医治它们。但是那超出了先行者的能力范围。先驱有能力自愈，但它们将命运交给了天道，它们的前途已定。

"它们死在了这里，成了标本，被研究和转为了遗传密码；这些种子过了一百万年才发芽。幼苗从土中钻到地面花了更久的时间。最近一百万年才开花。"

"但是洪魔……这些尘土和孢子……你不担心它们有可能……"

"要理解洪魔，你必须先理解洪魔的众合心智是全体固有的，而这一特性却不是先驱这一种族共有的。它们中有被腐化的，也有纯洁的。它们之间有区隔的，也有联合的；有融合的，也有排异的。每个先驱生来也是不一样的。比如最后一个活着的先驱原基热衷苦难，而其他人崇尚幸福。

"原基也即后来的洪魔，所作所为完全违背了'衣钵'的精神，而'衣钵'精神的首则就是要维护生之流转的平衡。无尽的破坏、无故的屠杀，还有遍及银河系的苦难，在生之流转的流动中制造了混乱和阻碍，使其有崩塌的可能。

"我族屠灭自身的创造者, 并虚伪地自诩配得上'衣钵'的传承, 为生之流转走向有史以来最大的不平衡奠定了基础。此之为因, 后来的洪魔便是这条道路产生的果。

"这些花没有被复仇和灾厄腐化, 它们纯净美丽和美好, 而且有伟大的目标。

"和你一样, 我的遗传密码中也带着一个印记, 是先驱在很久以前刻印在我的先祖体内的基因指令。我被许多片段驱使, 那些是我的梦魇、我的人类特征、我对'理论家阶级'的研究, 此外还有许多, 每一方面都推着我往特定方向前进, 引导我到了这里, 要我修复这一切。"

"导正前途, 平先行者一族之遗祸。"芮恩记得火花跟她说过的那几句话。

"正是如此。当时我从卡索纳星径带了这些样本出来, 本打算回居境向议会做我最后的且不完整的报告, 因为我们没有找到洪魔的起源, 也没找到阻止它们的办法。明面上, 我的任务在很多人看来是失败的, 但暗中, 这是一个新的使命的开始。为治愈生之流转的不平衡做准备。

"和屠灭了先驱的上古先行者一样, 我和'勇者号'上的船员们发现, 我们的发现太过重大, 已经很难回去了。我们被永远地改变了, 我的船员是我唯一信任能保守这个秘密, 并且被赋予另一个任务的人——去一个正在建设阶段的小型护盾世界, 干预它的形成, 使其条件符合培育这些最终会成长为新物种的生物。

"当洪魔横扫整个银河系时，生之流转的伤口扩大了。战争遍及银河各处，我的准备工作必须加紧了。人类，我们真正的基因上的姊妹，为了继承'衣钵'必须活下来，去照管整个银河系，遵守其规则，这样做对生之流转有帮助。"

"堡垒星就是你们造的护盾世界吧。你造'伊甸号'飞船是为了……"芮恩停下来想了一会儿后说道，"带先驱的种子和花去我们银河系外的某个地方，一个适合栽种和它们成长的理想世界。一个洪魔无法找到的地方。在遥远的未来，那颗行星上的生命将会萌芽，最终按照先驱完整的遗传密码成长为有知觉的生命；关键在于，它们可以说是一张白纸，它们将不会有基因记忆，将成长为一个新的文明。"

两人又回到了非洲，坐在那块熟悉的岩石上俯瞰那平原。她们身后极远处，太阳突破东方的地平线，第一缕阳光洒向大地，把天空染成了彩虹般的柔和色彩。

芮恩知道还有几天甚至几小时后智库长就会消逝。做了这么多，付出了这么多……真是不公平。"你怕吗？"她不知道为什么会问这个问题，刚出口就后悔了。

智库长微微地耸了耸肩，"有点……如果时间允许，我将看到我的孩子们，最终理解我的母亲。"

智库长付出了那么多，芮恩感觉到了她私人的遗憾。

"所有事情都是有关联的。然而，要真正看到那些关联，你必须把所有事情拆散，然后拼接回去。而那个过程并不总是……温柔的、公平的或良善的。

"世界线往下很远处，会出现另一个我——无论是蜥蜴人、人类、鸟类、爬虫类、男还是女……都无关紧要。也会有另一个原基，另一个宣教士，另一个契卡斯，另一个你，芮恩。生之流转需要自己的英雄，也需要恶人来保持平衡。

"我既是恶人也是英雄。

"有时候我做得太过，飞得离太阳过近。我的目的从来不是权力，只是知识和理解。但是它们本身也是很强大的力量——宇宙中最强大的力量。我以为我可以绕过自然法则，让时间屈从于我的意志；通过强大的印记和基因指令通常可以做到这点——对某些人来说，这种推动力可能是不够的，但对我来说已经足够了。

"现在只剩下最小的可能性了。

"有一天，如果我的计划成功了，这些小事就会浮现出来，在生之流转中激起幼小的涟漪。那些涟漪会变成波浪。这些波浪将净化银河系。

"如此，我此生无憾。

"就像我丈夫总是喜欢说，'敢为者成其事。'"

尾 声

前往未知地点的跃迁空间中 / 堡垒星

堡垒星已经进入传送门。

我们没有被跟踪。

这次之后我会进行第二次跃迁空间跳跃，以确保我们远离守护者。

我的脚埋在沙子里，任波涛轻柔地拍打着。阳光洒落，湖面波光粼粼。她打造了巨人湖，一个由尖锐、锯齿状的山峰环绕的充满沼泽的湖泊。湖中心有一座小岛，岛的中心是一座小山，那里曾经有一座冥冢……

工具保管者说得没错。

这里的东西比我所理解的还要多。我核心中的声音正在歌唱。

我不是很明白其原因，但还有很多时间可以查明。

这里秘密完成了一些东西，相当了不起。那些研究、样本、成果和理论使堡垒星远不止于是古代环境的再现。

有太多东西要学, 海量珍贵数据要研究, 足够我用上千年的时间去消化……我还仅仅只接触到了冰山一角。但这一角本身已经相当惊人了, 智库长的研究议题很广泛, 而且都很了不起。上古人类、先行者和先驱, 她的观察和实验都很高明。研究生之流转、尚存于世的能工作的重组机、冥冢、漫无边际的谜团……

我又想起新星的话, 现在我确实是智库长的那些实验中最危险的部分的管理员了。

我既是管理员, 也是钥匙。

我需要花些时间, 才能融入其中, 呼吸才能平缓, 然后开始我在这里的生活。我知道这个地方会从多种途径治愈我, 我本能地感觉到我不是独自一人。

我找到了我的目标。堡垒星是我的了。

当初我动身寻求机缘, 如今我得到了。

你准备好了吗, 归复者?

这就是我故事的开始……

致　谢

我最想感谢的是来自读者们的友谊、交流和支持。感谢周围的亲人们一直以来的鼓励：乔纳森、奥黛丽、杰米和凯姆琳，谢谢你们。还有远在他乡的了不起的大家：米里亚姆·克里斯、埃德·施莱辛格、杰里米·帕特诺德、蒂芙尼·奥布莱恩和杰夫·伊斯特林——请收下我的感激之情。感谢阅读这本书的你，很高兴与你一起共历"光环"宇宙。